国家出版基金项目
NATIONAL PUBLICATION FOUNDATION

非洲文学研究丛书 ｜ 朱振武 主编

# 博茨瓦纳英语文学进程研究

A Study of the Progress of Botswana Literature in English

朱振武　薛丹岩　著

西南大学出版社
国家一级出版社 全国百佳图书出版单位

**图书在版编目（CIP）数据**

博茨瓦纳英语文学进程研究 / 朱振武, 薛丹岩著
. -- 重庆：西南大学出版社, 2024.6
（非洲文学研究丛书 / 朱振武主编）
ISBN 978-7-5697-2135-5

Ⅰ.①博… Ⅱ.①朱… ②薛… Ⅲ.①英语文学－文学研究－非洲 Ⅳ.①I400.6

中国国家版本馆CIP数据核字(2024)第002090号

非洲文学研究丛书　　朱振武　主编

**博茨瓦纳英语文学进程研究**
BOCIWANA YINGYU WENXUE JINCHENG YANJIU

朱振武 薛丹岩 著

出 品 人：张发钧
总 策 划：卢　旭　闫青华
执行策划：何雨婷
责任编辑：卢　旭
责任校对：张昊越
特约编辑：汤佳钰　陆雪霞
装帧设计：万墨轩图书｜吴天喆　彭佳欣　张瑷俪
出版发行：西南大学出版社
　　　　　重庆市北碚区天生路2号　　邮编：400715
　　　　　市场营销部电话：023-68868624
印　　刷：重庆升光电力印务有限公司
成品尺寸：170 mm×240 mm
印　　张：16.25
字　　数：275千字
版　　次：2024年6月　第1版
印　　次：2024年6月　第1次印刷
书　　号：ISBN 978-7-5697-2135-5

定　　价：68.00元

国家社会科学基金重大项目"非洲英语文学史"阶段成果

教育部"中非高校 20+20 合作计划"项目

# "非洲文学研究丛书"顾问委员会

（按音序排列）

| | |
|---|---|
| 陈建华 | 华东师范大学 |
| 陈圣来 | 上海社会科学院 |
| 陈众议 | 中国社会科学院 |
| 董洪川 | 四川外国语大学 |
| 傅修延 | 广东外语外贸大学 |
| 蒋承勇 | 浙江工商大学 |
| 蒋洪新 | 湖南师范大学 |
| 金　莉 | 北京外国语大学 |
| 李安山 | 北京大学 |
| 李维屏 | 上海外国语大学 |
| 刘鸿武 | 浙江师范大学 |
| 刘建军 | 上海交通大学 |
| 陆建德 | 中国社会科学院 |
| 罗国祥 | 武汉大学 |
| 聂珍钊 | 广东外语外贸大学 |
| 彭青龙 | 上海交通大学 |
| 尚必武 | 上海交通大学 |
| 申　丹 | 北京大学 |
| 申富英 | 山东大学 |
| 苏　晖 | 华中师范大学 |
| 王立新 | 南开大学 |
| 王　宁 | 上海交通大学 |
| 王守仁 | 南京大学 |
| 王兆胜 | 中国社会科学院 |
| 吴　笛 | 浙江大学 |
| 许　钧 | 浙江大学 |
| 杨金才 | 南京大学 |
| 殷企平 | 杭州师范大学 |
| 虞建华 | 上海外国语大学 |
| 袁筱一 | 华东师范大学 |
| 查明建 | 上海外国语大学 |
| 张忠祥 | 上海师范大学 |
| 周　敏 | 杭州师范大学 |

# "非洲文学研究丛书"专家委员会

（按音序排列）

丛书主编简介

朱振武，博士（后），中国资深翻译家，中国作家协会会员；上海市二级教授，外国文学文化与翻译博士生导师，博士后合作导师，上海师范大学外国文学研究中心主任，比较文学与世界文学国家重点学科带头人；上海市"世界文学多样性与文明互鉴"创新团队负责人。主持国家社会科学基金重大项目等重点项目十几项，项目成果曾获国家出版基金资助。在《中国社会科学》《文学评论》《外国文学评论》《文史哲》《中国翻译》《人民日报》等重要报刊上发表文章400多篇，出版著作（含英文）和译著50多种。多次获得省部级奖项。

主要社会兼职有（中国）中外语言文化比较学会小说研究专业委员会会长、中非语言文化比较专业委员会副会长、中国外国文学学会副秘书长暨教学研究会副会长、上海国际文化学会副会长和上海市外国文学学会副会长兼翻译专业委员会主任等几十种。

**本书主要作者简介**

▨ **朱振武**

简介同前页面。

▨ **薛丹岩**

上海师范大学比较文学与世界文学国家重点学科博士研究生，国家社科基金重大项目"非洲英语文学史"骨干成员，在《文学跨学科研究》《英美文学研究论丛》等A&HCI、CSSCI期刊发表论文多篇，主要从事非洲英语文学及中非文学关系研究。

# 总序：揭示世界文学多样性　构建中国非洲文学学

　　2021 年的诺贝尔文学奖似乎又爆了一个冷门，坦桑尼亚裔作家阿卜杜勒拉扎克·古尔纳获此殊荣。授奖辞说，之所以授奖给他，是"鉴于他对殖民主义的影响，以及对文化与大陆之间的鸿沟中难民的命运的毫不妥协且富有同情心的洞察"[①]。古尔纳真的是冷门作家吗？还是我们对非洲文学的关注点抑或考察和接受方式出了问题？

## 一、形成独立的审美判断

　　英语文学在过去一个多世纪里始终势头强劲。从起初英国文学的"一枝独秀"，到美国文学崛起后的"花开两朵"，到澳大利亚、加拿大、爱尔兰、印度、南非、肯尼亚、尼日利亚、津巴布韦、索马里、坦桑尼亚和加勒比海地区等多个国家和地区英语文学遍地开花的"众声喧哗"，到沃莱·索因卡、纳丁·戈迪默、德里克·沃尔科特、维迪亚达·苏莱普拉萨德·奈保尔、J. M. 库切、爱丽丝·门罗，再到现在的阿卜杜勒拉扎克·古尔纳等"非主流"作家，特别是非洲作家相继获

---

[①] Swedish Academy, "Abdulrazak Gurnah—Facts", *The Nobel Prize*, October 7, 2021, https://www.nobelprize.org/prizes/literature/2021/gurnah/facts/.

得诺贝尔文学奖等国际重要奖项①，英语文学似乎出现了"喧宾夺主"的势头。事实上，"二战"以后，作为"非主流"文学重要组成部分的非洲文学逐渐呈现出蓬勃发展的态势，涌现出一大批优秀的作家作品，在世界文坛产生了广泛影响。但对此我们却很少关注，相关研究也很不足，其中一个重要原因就是我们较多跟随西方人的价值和审美判断，而具有自主意识的文学评判和审美洞见却相对较少，且对世界文学批评的自觉和自信也相对缺乏。

非洲文学，当然指的是非洲人创作的文学，但流散到其他国家和地区的第一代非洲人对非洲的书写也应该归入非洲文学。也就是说，一部作品是否是非洲文学，关键看其是否具有"非洲性"，也就是看其是否具有对非洲历史、文化和价值观的认同和对在非洲生活、工作等经历的深层眷恋。非洲文学因非洲各国独立之后民主政治建设中的诸多问题而发展出多种文学主题，而"非洲性"亦在去殖民的历史转向中，成为"非洲流散者"（African Diaspora）和"黑色大西洋"（Black Atlantic）等非洲领域或区域共同体的文化认同标识，并在当前的全球化语境中呈现出流散特质，即一种生成于西方文化与非洲文化之间的异质文化张力。

非洲文学的最大特征就在于其流散性表征，从一定意义上讲，整个非洲文学都是流散文学。②非洲文学实际上存在多种不同的定义和表达，例如非洲本土文学、西方建构的非洲文学及其他国家和地区所理解的非洲文学。中国的非洲文学也在"其他"范畴内，这是由一段时间内的失语现象造成的，也与学界对世界文学的理解有关。从严格意义上讲，当下学界认定的"世界文学"并不是真正的世界文学，因此也就缺少文学多样性。尽管世界文学本身是多样性的，但我们现在所了解的世界文学其实是缺少多样性的世界文学，因为真正的文学多样性被所谓的西方主

---

① 古尔纳之前 6 位获得诺贝尔文学奖的非洲作家依次是作家阿尔贝·加缪，尼日利亚作家沃莱·索因卡，埃及作家纳吉布·马哈福兹、南非作家纳丁·戈迪默、J. M. 库切和作家多丽丝·莱辛，分别于 1957 年、1986 年、1988 年、1991 年、2003 年和 2007 年获得诺贝尔文学奖。

② 详见朱振武、袁俊卿：《流散文学的时代表征及其世界意义——以非洲英语文学为例》，《中国社会科学》，2019 年第 7 期。作者从流散视角对非洲文学从诗学层面进行了学理阐释，将非洲文学特别是非洲英语文学分为异邦流散、本土流散和殖民流散三大类型，并从文学的发生、发展、表征、影响和意义进行多维论述。

流文化或者说是强势文化压制和遮蔽了。因此，许多非西方文化无法进入世界各国和各地区的关注视野。

## 二、实现真正的文明互鉴

当下的世界文学不具备应有的多样性。从歌德提出所谓的世界文学，到如今西方人眼中的世界文学，甚至我们学界所接受和认知的世界文学，实际上都不是世界文学的全貌，不是世界文学的本来面目，而是西方人建构出来的以西方几个大国为主，兼顾其他国家和地区某个文学侧面和诺贝尔文学奖得主的所谓"世界文学"，因此也就不能实现真正意义上的文明互鉴。

文学是文化最重要的载体之一。文学是人学，它以"人"为中心。文学由人所创造，人又深受时代、地理、习俗等因素的影响，所以说，"文变染乎世情，兴废系乎时序"①。文学作品囊括了丰富多彩的政治、经济、文化、历史、地理、习俗和心理等多种元素，不同民族、不同国家、不同区域和不同时代的作家作品更是蔚为大观。但这种多样性并不能在当下的"世界文学"中得到完整呈现。因此，重建世界文学新秩序和新版图，充分体现世界文学多样性，是当务之急。

很长时间里，在我国和不少其他国家，世界文学的批评模式主体上还是根据西方人的思维方式和学理建构的，缺少自主意识。因此，我们必须立足中国文学文化立场，打破西方话语模式、批评窠臼和认识阈限，建构中国学者自己的文学观和文化观，绘制世界文化新版图，建立世界文学新体系，实现真正意义上的文明互鉴。与此同时，创造中国自己的批评话语和理论体系，为真正的世界文化多样性的实现和文学文化共同体的构建做出贡献。

在中国开展非洲文学研究具有英美文学研究无法取代的价值和意义，更有利于我们均衡吸纳国外优秀文化。非洲文学本就是世界文化的重要组成部分，现已

---

① 《文心雕龙》，王志彬译注，北京：中华书局，2012年，第511页。

引起各国文化界和文学界的广泛关注，我国也应尽快加强对非洲文学的研究。非洲文学虽深受英美文学影响，但在主题探究、行文风格、叙事方式和美学观念等方面却展示出鲜明的异质性和差异性，呈现出与英美文学交相辉映的景象，因此具有世界文学意义。非洲文学是透视非洲国家历史文化原貌和进程，反射其当下及未来的一面镜子，研究非洲文学对深入了解非洲国家的政治、历史和文化等具有深远意义。另外，站在中国学者的立场上，以中国学人的视角探讨非洲文学的肇始、发展、流变及谱系，探讨其总体文化表征与美学内涵，对反观我国当代文学文化和促进我国文学文化的发展繁荣具有特殊意义。

## 三、厘清三种文学关系

汲取其他国家和地区文学文化的养分，对繁荣我国文学文化，对"一带一路"倡议下人类命运共同体的建设也具有重要意义。我们进行非洲文学研究时，应厘清主流文学与非主流文学的关系、单一文学与多元文学的关系及第一世界文学与第三世界文学的关系。

第一，厘清主流文学与非主流文学的关系。近年来，我国的外国文学研究重心已经从以英美文学为主、德法日俄等国文学为辅的"主流"文学，在一定程度上转向了澳大利亚、加拿大、新西兰等国文学，特别是非洲文学等"非主流"文学。这种转向绝非偶然，而是历史的必然，是新时代大形势使然。它标志着非主流文学文化及其相关研究的崛起，预示着在不远的将来，"非主流"文学文化或将成为主流。非洲作家流派众多，作品丰富多彩，不能忽略这样大体量的文学存在，或只是聚焦西方人认可的少数几个作家。同中国文学一样，非洲文学在一段时间里也被看作"非主流"文学，这显然是受到了其他因素的左右。

第二，厘清单一文学与多元文学的关系。世界文学文化丰富多彩，但长期以来的欧洲中心和美国标准使我们的眼前呈现出单一的文学文化景象，使我们的研究重心、价值判断和研究方法都趋于单向和单一。我们受制于他者的眼光，成了传声筒，患上了失语症。我们有时有意或无意地忽略了文学存在的多元化和多样性这个事实。非洲文学研究同中国文学走向世界的意义一样，都是为了打破国际上单一和固化的刻板状态，重新绘制世界文学版图，呈现世界文学多元化和多样性的真实样貌。

对于非洲作家古尔纳获得诺贝尔文学奖，许多人认为这是英国移民文学的繁盛，认为古尔纳同约瑟夫·康拉德、维迪亚达·苏莱普拉萨德·奈保尔、萨尔曼·拉什迪以及石黑一雄这几位英国移民作家①一样，都"曾经生活在'帝国'的边缘，爱上英国文学并成为当代英语文学多样性的杰出代表"②，因而不能算是非洲作家。这话最多是部分正确。我们一定要看到，非洲现代文学的诞生与发展跟西方殖民历史密不可分，非洲文化也因殖民活动而散播世界各地。移民散居早已因奴隶贸易、留学报国和政治避难等历史因素成为非洲文学的重要题材。我们认为，评判是否为非洲文学的核心标准应该是其作品是否具有"非洲性"，是否具有对非洲人民的深沉热爱、对殖民问题的深刻揭示、对非洲文化的深刻认同、对非洲人民的深切同情以及对未来生活的美好憧憬。所以，古尔纳仍属于非洲作家。

的确，非洲文学较早进入西方学者视野，在英美等国家有着较为丰硕的研究成果。我国的非洲文学研究虽然起步较晚，然而势头比较强劲。有一个重要的问题应该引起重视，那就是我们的非洲文学研究不能像其他外国文学的研究，尤其是英美德法等所谓主流国家文学的研究一样，从文本选材到理论依据和研究方法，甚至到价值判断和审美情趣，都以西方学者为依据。这种做法严重缺少研究者的主体意识，因此无法在较高层面与国际学界对话，也就在很大程度上失去了外国文学研究的意义和作用。

第三，厘清第一世界文学与第三世界文学的关系。如果说英美文学是第一世界文学，欧洲其他国家的文学和亚洲的日本文学是第二世界文学的话，那么包括中国文学和非洲文学乃至其他地区文学在内的文学则可被视为第三世界文学。这一划

---

① 康拉德1857年出生于波兰，1886年加入英国国籍，20多岁才能流利地讲英语，而立之年后才开始用英语写作；奈保尔1932年出生于特立尼达和多巴哥的一个印度家庭，1955年定居英国并开始英语文学创作，2001年获诺贝尔文学奖；拉什迪1947年出生于印度孟买，14岁赴英国求学，后定居英国并开始英语文学创作，获1981年布克奖；石黑一雄1954年出生于日本，5岁时随父母移居英国，1982年取得英国国籍，获1989年布克奖和2017年诺贝尔文学奖。
② 陆建德：《殖民·难民·移民：关于古尔纳的关键词》，《中国社会科学报》，2021年11月11日，第6版。

分对我们正确认识文学现象、文学理论和文学思潮及其背后的深层思想文化因素，制定研究目标和相应研究策略，保持清醒判断和理性思考，都具有十分重要的意义。

第四，我们应该认清非洲文学研究的现状，认识到我们中国非洲文学研究者的使命。实际上，现在呈现给我们的非洲文学，首先是西方特别是英美世界眼中的非洲文学，其次是部分非洲学者和作家呈现的非洲文学。而中国学者所呈现出来的非洲文学，则是在接受和研究了西方学者和非洲学者成果之后建构出来的非洲文学，这与真正的非洲文学相去甚远，我们在对非洲文学的认知和认同上还存在很多问题。比如，我们的非洲文学研究不应是剑桥或牛津、哈佛或哥伦比亚等某个大学的相关研究的翻版，不应是转述殖民话语，不应是总结归纳西方现有成果，也不应致力于为西方学者的研究做注释、做注解。

我们认为，中国的非洲文学研究者应展开田野调查，爬梳一手资料，深入非洲本土，接触非洲本土学者和作家，深入非洲文化腠理，植根于非洲文学文本，从而重新确立研究目标和审美标准，建构非洲文学的坐标系，揭示其世界文学文化价值，进而体现中国学者独到的眼光和发现；我国的非洲文学研究应以中国文学文化为出发点，以世界文学文化为参照，进行跨文化、跨学科、跨空间和跨视阈的学理思考，积极开展国际学术对话和交流。世上的事物千差万别，这是客观情形，也是自然规律。世界文学也是如此。要维护世界文明多样性，要正确进行文明学习借鉴。故而，我们要以开放的精神、包容的心态、平视的眼光和命运共同体格局重新审视和观照非洲文学及其文化价值。而这些，正是我们所追求的目标，所奉行的研究策略。

## 四、尊重世界文学多样性

中国文学和世界上的"非主流"文学，特别是非洲文学一样，在相当长的时间里被非主流化，处在世界文学文化的边缘地带。中国长期以来是世界上人口最多的国家，没有中国文学的世界文学无论如何都不能算是真正的世界文学。中国文学文化走进并融入世界文学文化，将使世界文学成为名副其实的世界文学。非洲文学亦然。

中国文化自古推崇多元一体，主张尊重和接纳不同文明，并因其海纳百川而生生不息。"君子和而不同"①，"物之不齐，物之情也"②，"万物并育而不相害，道并行而不相悖"③。"和"是多样性的统一；"同"是同一、同质，是相同事物的叠加。和而不同，尊重不同文明的多样性，是中国文化一以贯之的传统。在新的国际形势下，我国提出以"和"的文化理念对待世界文明的四条基本原则，即维护世界文明多样性，尊重各国各民族文明，正确进行文明学习借鉴，科学对待传统文化。毕竟，"文明因交流而多彩，文明因互鉴而丰富"④。共栖共生，互相借鉴，共同发展，和而不同，相向而行，是现在世界文学文化发展的正确理念。2022 年 4 月 9 日，大会主场设在北京的首届中非文明对话大会以线上线下相结合的方式举行，共同探讨"文明交流互鉴推动构建新时代中非命运共同体"，体现了新的历史时期世界文明交流互鉴、和谐共生的迫切需求。

英语文学在很长一段时间里被窄化为英美文学，非洲基本被视为文学的"不毛之地"。这显然是一种严重的误解。非洲文学有其独特的文化意蕴和美学表征，具有重要的研究价值，对其他国家和地区的文学也具有重要借鉴意义。在非洲这块拥有 3000 多万平方公里、人口约 14 亿的土地上产生的文学作品无论如何都不应被忽视。坦桑尼亚作家阿卜杜勒拉扎克·古尔纳获得诺贝尔文学奖，绝不是说诺贝尔文学奖又一次爆冷，倒可以说是诺贝尔文学奖评委向世界文学的多样性又迈近了一步，向真正的文明互鉴又迈近了一大步。

## 五、"非洲文学研究丛书"简介

"非洲文学研究丛书"首先推出非洲文学研究著作十部。丛书以英语文学为主，兼顾法语、葡萄牙语和阿拉伯语等其他语种文学。基于地理的划分，并从被殖民历

---

① 《论语·大学·中庸》，陈晓芬、徐儒宗译注，北京：中华书局，2018 年，第 160 页。

② 《孟子》，方勇译注，北京：中华书局，2018 年，第 97 页。

③ 《论语·大学·中庸》，陈晓芬、徐儒宗译注，北京：中华书局，2018 年，第 352 页。

④ 习近平：《在联合国教科文组织总部的演讲》，《人民日报》，2014 年 3 月 28 日，第 3 版。

史、文化渊源、语言及文学发生发展的情况等方面综合考虑，我们将非洲文学划分为4个区域，即南部非洲文学、西部非洲文学、中部非洲文学及东部和北部非洲文学。"非洲文学研究丛书"包括《南部非洲精选文学作品研究》《南非经典文学作品研究》《西部非洲精选文学作品研究》《西部非洲经典文学作品研究》《东部和北部非洲精选文学作品研究》《东部非洲经典文学作品研究》《中部非洲精选文学作品研究》《博茨瓦纳英语文学进程研究》《古尔纳小说流散书写研究》和《非洲文学名家创作研究》共十部，总字数约380万字。

该套丛书由"经典"和"精选"两大板块组成。"非洲文学研究丛书"中所包含的作家作品，远远不止西方学者所认定的那些，其体量和质量其实远远超出了西方学界的固有判断。其中，"经典"文学板块，包含了学界已经认可的非洲文学作品（包括获得诺贝尔文学奖、布克奖、龚古尔奖等文学奖项的作品）。而"精选"文学板块，则是由我国首个非洲文学研究国家社科基金重大项目"非洲英语文学史"团队经过田野调查，翻译了大量文本，开展了系统的学术研究之后遴选出来的，体现出中国学者自己的判断和诠释。本丛书的"经典"与"精选"两大板块试图去恢复非洲文学的本来面目，体现出中西非洲文学研究者的研究成果，将有助于中国读者乃至世界读者更全面地了解进而研究非洲文学。

第一部是《南部非洲精选文学作品研究》。南部非洲文学是非洲文学中表现最为突出的区域文学，其中的南非文学历史悠久，体裁、题材最为多样，成就也最高，出现了纳丁·戈迪默、J. M. 库切、达蒙·加格特、安德烈·布林克、扎克斯·穆达和阿索尔·富加德等获诺贝尔文学奖、布克奖、英联邦作家奖等国际奖项的著名作家。本书力图展现南部非洲文学的多元化文学写作，涉及南非、莱索托和博茨瓦纳文学中的小说、诗歌、戏剧、文论和纪实文学等多种文学体裁。本书所介绍和研究的作家作品有"南非英语诗歌之父"托马斯·普林格尔的诗歌、南非戏剧大师阿索尔·富加德的戏剧、多栖作家扎克斯·穆达的戏剧和文论、马什·马蓬亚的戏剧、刘易斯·恩科西的文论、安缇耶·科洛戈的纪实文学和伊万·弗拉迪斯拉维克的后现代主义写作等。

第二部是《南非经典文学作品研究》，主要对12位南非经典小说家的作品进行介绍与研究，力图集中展示南非小说深厚的文学传统和丰富的艺术内涵。这

12位小说家虽然所处社会背景不同、人生境遇各异，但都在对南非社会变革和种族主义问题的主题创作中促进了南非文学独特书写传统的形成和发展。南非小说较为突出的是因种族隔离制度所引发的种族叙事传统。艾斯基亚·姆赫雷雷的《八点晚餐》、安德烈·布林克的《瘟疫之墙》、纳丁·戈迪默的《新生》和达蒙·加格特的《冒名者》等都是此类种族叙事的典范。南非小说还有围绕南非土地归属问题的"农场小说"写作传统，主要体现在南非白人作家身上。奥利芙·施赖纳的《一个非洲农场的故事》和保琳·史密斯的《教区执事》正是这一写作传统支脉的源头，而纳丁·戈迪默、J. M. 库切和达蒙·加格特这3位布克奖得主的获奖小说也都承继了南非农场小说的创作传统，关注不同历史时期的南非土地问题。此外，南非小说还形成了革命文学传统。安德烈·布林克的《菲莉达》、彼得·亚伯拉罕的《献给乌多莫的花环》、阿兰·佩顿的《哭泣吧，亲爱的祖国》和所罗门·T. 普拉杰的《姆胡迪》等都在描绘南非种族隔离制度的社会悲剧中表达了强烈的革命斗争意识。

第三部是《西部非洲精选文学作品研究》。西部非洲通常是指处于非洲大陆西部的国家和地区，涵盖大西洋以东、乍得湖以西、撒哈拉沙漠以南、几内亚湾以北非洲地区的16个国家和1个地区。这一区域大部分处于热带雨林地区，自然环境与气候条件十分相似。19世纪中叶以降，欧洲殖民者开始渐次在西非建立殖民统治，西非也由此开启了现代化进程，现代意义上的非洲文学也随之萌生。迄今为止，这个地区已诞生了上百位知名作家。受西方殖民统治影响，西非国家的官方语言主要为英语、法语和葡萄牙语，因而受关注最多的文学作品多数以这三种语言写成。本书评介了西部非洲20世纪70年代至近年出版的重要作品，主要为尼日利亚的英语文学作品，兼及安哥拉的葡萄牙语作品，体裁主要是小说与戏剧。收录的作品包括尼日利亚女性作家的作品，如恩瓦帕的小说《艾弗茹》和《永不再来》，埃梅切塔的小说《在沟里》《新娘彩礼》和《为母之乐》，阿迪契的小说《紫木槿》《半轮黄日》《美国佬》和《绕颈之物》，阿德巴约的小说《留下》，奥耶耶美的小说《遗失翅膀的天使》；还包括非洲第二代优秀戏剧家奥索菲桑的《喧哗与歌声》和《从前有四个强盗》，布克奖得主本·奥克瑞的小说《饥饿的路》，奥比奥玛的小说《钓鱼的男孩》和《卑微者之歌》

以及安哥拉作家阿瓜卢萨的小说《贩卖过去的人》等。本书可为20世纪70年代后西非文学与西非女性文学研究提供借鉴。

第四部是《西部非洲经典文学作品研究》。本书主要收录20世纪初至20世纪70年代西非（加纳、尼日利亚）作家的经典作品（因作者创作的连续性，部分作品出版于70年代），语种主要为英语，体裁有小说、戏剧与散文等。主要包括加纳作家海福德的小说《解放了的埃塞俄比亚》，塞吉的戏剧《糊涂虫》，艾杜的戏剧《幽灵的困境》与阿尔马的小说《美好的尚未诞生》；尼日利亚作家图图奥拉的小说《棕榈酒酒徒》和《我在鬼林中的生活》，现代非洲文学之父阿契贝的小说《瓦解》《再也不得安宁》《神箭》《人民公仆》《荒原蚁丘》以及散文集《非洲的污名》、短篇小说集《战地姑娘》，诺贝尔文学奖获得者索因卡的戏剧《森林之舞》《路》《疯子与专家》《死亡与国王的侍从》以及长篇小说《诠释者》。

第五部是《东部和北部非洲精选文学作品研究》，主要对东部非洲的代表性文学作品进行介绍与研究，涉及梅佳·姆旺吉、伊冯·阿蒂安波·欧沃尔、弗朗西斯·戴维斯·伊姆布格等16位作家的18部作品。这些作品文体各异，其中有10部长篇小说，3部短篇小说，2部戏剧，1部自传，1部纪实文学，1部回忆录。北部非洲的文学创作除了人们熟知的阿拉伯语文学外也有英语文学的创作，如苏丹的莱拉·阿布勒拉、贾迈勒·马哈古卜，埃及的艾赫达夫·苏维夫等，他们都用英语创作，而且出版了不少作品，获得过一些国际奖项，在评论界也有较好的口碑。东部非洲国家通常包括肯尼亚、坦桑尼亚、乌干达、卢旺达、南苏丹、索马里、埃塞俄比亚、厄立特里亚、吉布提、塞舌尔和布隆迪。总体来说，肯尼亚是英语文学大国；坦桑尼亚因古尔纳获得诺贝尔文学奖而异军突起；而乌干达、卢旺达、索马里、南苏丹因内战、种族屠杀等原因，出现很多相关主题的英语文学作品，引起国际社会的关注；乌干达、卢旺达、索马里、南苏丹这些国家的文学作品呈现出两大特点，即鲜明的创伤主题和回忆录式写作；而其他5个东部非洲国家英语文学作品则极少。

第六部是《东部非洲经典文学作品研究》。19世纪，西方列强疯狂瓜分非洲，东非大部分沦为英、德、意、法等国的殖民地或保护地。第二次世界大战前，只有埃塞俄比亚一个独立国家；战后，其余国家相继独立。东部非洲有悠久的本土语言书写传统，有丰富优秀的阿拉伯语文学、斯瓦希里语文学、阿姆哈拉语文学和索马里语文学等，不过随着英语成为独立后多国的官方语言，以及基于英语成为世界通用语言这一事实，在文学创作方面，东部非洲的英语文学表现突出。东部非洲的英语作家和作品较多，在国际上认可度很高，产生了一批国际知名作家，比如恩古吉·瓦·提安哥、纽拉丁·法拉赫和 2021 年诺贝尔文学奖得主阿卜杜勒拉扎克·古尔纳等。此外，还有大批文学新秀在国际文坛崭露头角，获得凯恩非洲文学奖（Caine Prize for African Writing）等重要奖项。本书涉及的作家有：乔莫·肯雅塔、格雷斯·奥戈特、恩古吉·瓦·提安哥、查尔斯·曼谷亚、大卫·麦鲁、伊冯·阿蒂安波·欧沃尔、奥克特·普比泰克、摩西·伊塞加瓦、萨勒·塞拉西、奈加·梅兹莱基亚、马萨·蒙吉斯特、约翰·鲁辛比、斯科拉斯蒂克·姆卡松加、纽拉丁·法拉赫、宾亚凡加·瓦奈纳。这些作家创作的时间跨度从 20 世纪一直到 21 世纪，具有鲜明的历时性特征。本书所选的作品都是他们的代表性著作，能够反映出彼时彼地的时代风貌和时代心理。

第七部是《中部非洲精选文学作品研究》。中部非洲通常指殖民时期英属南部非洲殖民地的中部，包括津巴布韦、马拉维和赞比亚三个国家。这三个紧邻的国家不仅被殖民经历有诸多相似之处，而且地理环境也相似，自古以来各方面的交流也较为频繁，在文学题材、作品主题和创作手法等方面具有较大共性。本书对津巴布韦、马拉维和赞比亚的 15 部文学作品进行介绍和研究，既有像多丽丝·莱辛、齐齐·丹格仁布格、查尔斯·蒙戈希、萨缪尔·恩塔拉、莱格森·卡伊拉、斯蒂夫·奇蒙博等这样知名作家的经典作品，也有布莱昂尼·希姆、纳姆瓦利·瑟佩尔等新锐作家独具个性的作品，还有约翰·埃佩尔这样难以得到主流文化认可的白人作家的作品。从本书精选的作家作品及其研究中，可以概览中部非洲文学的整体成就、艺术水准、美学特征和伦理价值。

第八部是《博茨瓦纳英语文学进程研究》。本书主要聚焦 1885 年殖民统治后博茨瓦纳文学的发展演变，立足文学本位，展现其文学自身的特性。从中国学者的视角对文本加以批评诠释，考察了其文学史价值，在分析每一作家个体的同时又融入史学思维，聚合作家整体的文学实践与历史变动，按时间线索梳理博茨瓦纳文学史的内在发展脉络。本书以"现代化"作为博茨瓦纳文学发展的主线，根据现代化的不同程度，划分出博茨瓦纳英语文学发展的五个板块，即"殖民地文学的图景""本土文学的萌芽""文学现代性的发展""传统与现代的冲突"以及"大众文学与历史题材"，并考察各个板块被赋予的历史意义。同时，遴选了贝西·黑德、尤妮蒂·道、巴罗隆·塞卜尼、尼古拉斯·蒙萨拉特、贾旺娃·德玛、亚历山大·麦考尔·史密斯等十余位在博茨瓦纳英语文学史上产生重要影响的作家，将那些深刻反映了博茨瓦纳人的生存境况，对社会发展和人们的思想观念产生了深远影响的文学作品纳入其中，以点带面地梳理了博茨瓦纳文学的现代化进程，勾勒出了博茨瓦纳百年英语文学发展的大致轮廓，帮助读者拓展对博茨瓦纳英语文学及其国家整体概况的认知。博茨瓦纳在历史、文化及文学发展方面可以说是非洲各国的一个缩影，其在文学的现代化进程中表现得尤为突出。这是我们考虑为这个国家的文学单独"作传"的主要原因，也是我们为非洲文学"作史"的一次有益尝试。

第九部是《古尔纳小说流散书写研究》。2021年，坦桑尼亚作家古尔纳获得诺贝尔文学奖，轰动一时，在全球迅速成为一个文化热点，与其他多位获得大奖的非洲作家一起，使2021年成为"非洲文学年"。古尔纳也立刻成为国内研究的焦点，并带动了国内的非洲文学研究。因此，对古尔纳的10部长篇小说进行细读细析和系统多维的学术研究就显得非常必要。本书主要聚焦古尔纳的流散作家身份，以"流散主题""流散叙事""流散愿景""流散共同体"4个专题形式集中探讨了古尔纳的10部长篇小说，即《离别的记忆》《朝圣者之路》《多蒂》《天堂》《绝妙的静默》《海边》《遗弃》《最后的礼物》《砾石之心》和《今世来生》，提供了古尔纳作品解读研究的多重路径。本书从难民叙事到殖民书写，从艺术手法到主题思想，从题材来源到跨界影响，从比较视野到深层关怀再到世界文学新格局，对古尔纳的流散书写及其取得巨大成功的深层原因进行了细致揭示。

第十部是《非洲文学名家创作研究》。本书对31位非洲著名作家的生平、创作及影响进行追本溯源和考证述评，包含南部非洲、西部非洲、中部非洲、东部和北部非洲的作家及其以英语、法语、阿拉伯语和葡萄牙语等主要语种的文学创作。收入本书的作家包括7位获得诺贝尔文学奖的作家，也包括获得布克奖等其他世界著名文学奖项的作家，还包括我们研究后认定的历史上重要的非洲作家和当代的新锐作家。

这套"非洲文学研究丛书"的作者队伍由从事非洲文学研究多年的教授和年富力强的中青年学者组成，都是我国首个非洲文学研究国家社会科学基金重大项目"非洲英语文学史"（项目编号：19ZDA296）的骨干成员和重要成员。国内关于外国文学的研究类丛书不少，但基本上都是以欧洲文学特别是英美文学为主，亚洲文学中的日本文学和印度文学也还较多，其他都相对较少，而非洲文学得到译介和研究的则是少之又少。为了均衡吸纳国外文学文化的精华和精髓，弥补非洲文学译介和评论的严重不足，"非洲英语文学史"的项目组成员惭凫企鹤，不揣浅陋，群策群力，凝神聚力，字斟句酌，锱铢必较，宵衣旰食，孜孜矻矻，黾勉从事，不敢告劳，放弃了多少节假日以及其他休息时间，终于完成了这套"非洲文学研究丛书"。丛书涉及的作品在国内大多没有译本，书中所节选原著的中译文多出自文章作者之手，相关研究资料也都是一手，不少还是第一次挖掘。书稿虽然几经讨论，多次增删，反复勘正，仍恐鲁鱼帝虎，别风淮雨，舛误难免，贻笑方家。诚望各位前辈、各位专家、非洲文学的研究者以及广大读者朋友们，不吝指疵和教诲。

2024 年 2 月
于上海心远斋

# 序

博茨瓦纳（Botswana）位于南部非洲的中心，是一个以茨瓦纳（Tswana）民族为主体的国家，其字面意思是"茨瓦纳人的土地"。博茨瓦纳的大部分地区位于卡拉哈里沙漠（Kalahari），这里有林地、混合灌木、草原等多种植被类型，甚至在一些地区仍依稀可见沙丘的原始形态。实际上，博茨瓦纳沙漠内部的红沙蕴藏着丰富的煤炭、甲烷、锰、铜和钻石等矿产资源，这使得博茨瓦纳享有先天的资源优势。这个国家没有常年稳定的内河，也没有湖泊，水资源极度匮乏，但北部却有着世界上最大的内陆三角洲——奥卡万戈三角洲（Okavango Delta），是各类动物和植物栖息的家园。博茨瓦纳是多民族混居之地，绝大多数人讲茨瓦纳语（属于班图语系）。自1966年独立迄今，博茨瓦纳的经济取得了非凡的进步，因此也被视为高速发展的非洲国家典范。但是，经济的快速发展加之与其他国家、地区间的贸易往来，致使博茨瓦纳社会的贫富差距被不断拉大，社会问题日渐凸显。被强行纳入世界经济体系的博茨瓦纳，面临着严峻的现实考验，正试图凭借自身的力量脱离险境，希望能以行之有效的方案将问题解决，推动国家向好发展。

非洲是人类文明的起源地之一。位于非洲南部的博茨瓦纳更是蕴含着具有强大内在生命力的多元文学，是非洲各国在历史、文化及文学发展方面的一个缩影。近些年来，非洲文学似乎始终处于"非主流"的边缘地位，未得到世界文学应有的重视。而置于其中的博茨瓦纳英语文学，同样缺乏学界足够的关注和研究。此前，国内尚未出版专门的博茨瓦纳文学史著作。仅有的学术研究也不过是在谈及非洲整体文学时将博茨瓦纳文学单列一章，只对其作极为简要的概述；抑或在对博茨瓦纳国家的综合论述中，仅仅针对博茨瓦纳文学、文化这一方面进行笼统介绍，而不涉及具体的作家作品。无论是哪种做法，都缺乏有针对性的文学史研究，但我们无法忽视博茨瓦纳英语文学在文学的现代化进程中的突出表现。因此，本书的问世有助于填补国内在该领域的研究空白，通过简洁有力的文字和全面翔实的资料，为读者呈现真实可信的博茨瓦纳英语文学样貌。

非洲是个多种族多文化交融的共同体，身处其中的博茨瓦纳自然也不例外。19 世纪，随着殖民者的入侵以及非洲各部落的争斗，南部非洲处于长期的社会动荡和混乱中，而这也自然波及博茨瓦纳，使其接收了大量逃散的难民。各种族的复杂流动，加速了文化的交流与传播。博茨瓦纳人民在整个地区发展了新的贸易和外交关系，形成了长途马车路线，便于西方技术和制成品的快速传播。随着交通通道的打开，一批批传教士来到博茨瓦纳，特别是来自伦敦传教士协会（London Missionary Society）和赫尔曼斯堡传教会（Hermannsburg Mission Society）的传教士们，他们的到来为本土的博茨瓦纳文学吹来新风。这也导致当时博茨瓦纳文学的创作主体身份复杂，本国作家人数明显少于外国，文学发展并不均衡。本书并未局限在博茨瓦纳本土，而是放宽关注的视野，不受限于作家的具体国籍，将那些深刻反映了茨瓦纳人的生存境况，并对博茨瓦纳社会发展和人们的思想价值观念产生了深远影响的文学作品，统一纳入博茨瓦纳文学史的范畴，视作博茨瓦纳文学发展历程中不可忽视的重要组成部分。借由文学，久经磨难的博茨瓦纳人民将自身的精神需求诉诸纸上，让非洲之外的人民得以听见，并以此唤醒本国民众，推动民族文学的现代化进程。

"作品的产生取决于时代精神和周围的风俗。"[①] 文学创作与社会变迁息息相关，是具体时代精神的反映。1885 年，博茨瓦纳沦为英国殖民地，被称作"贝专纳保护地"（Bechuanaland Protectorate），丧失了独立治理地方的权力。这一历史事件对博茨瓦纳产生了巨大的影响，深刻改变其发展的总体方向和历史进程。在殖民统治的外部刺激下，博茨瓦纳文学逐渐脱离原先的停滞状态，从自发走向自觉，创作的数量和质量均有所提高。本书主要聚焦 1885 年殖民统治后博茨瓦纳文学的发展演变，立足文学本位，展现其文学自身的特性。在分析每一作家个体

---

① 伊波利特·阿道尔夫·丹纳：《艺术哲学》，傅雷译，南京：江苏凤凰文艺出版社，2018 年，第 71 页。

的同时又融入史学思维，聚合作家整体的文学实践与历史变动，按时间线索厘清博茨瓦纳文学史的内在发展脉络。百年的文学历程何其浩瀚，这也导致我们在实际论述过程中，无法做到面面俱到，只能针对具体问题进行具体分析。而一味地追求"全覆盖"，也只会将分析重点模糊，使阐述无法深入。基于此，本书以"现代化"作为博茨瓦纳文学发展的主线，根据现代化的不同程度，划分出博茨瓦纳英语文学发展的五个板块，并考察各个板块被赋予的历史意义。同时，又参考了作家代表作品的出版时间、具体文学实践以及所产生的社会影响等诸多因素，遴选出十余位对博茨瓦纳文学有突出贡献的作家，并将其依次归入这五个板块。本书主体部分共分五章，从1885年延续至今。书中的每一章节都会率先于引言处进行相应的背景介绍，对该部分所涉及的作家进行总体概括，为不熟悉博茨瓦纳的读者们补充必要的历史知识，呈现立体鲜活的作家形象，使读者能更好地理解作家的创作心理。文学和历史密不可分，文学史是在历史演进中变化着的文学活动，而文学作品便是文学史的具象化呈现。联系特定的历史语境，本书以"背景介绍—作家生平与创作—作品评析"的撰写模式，从中国学者的视角对文本加以批评诠释，考察其文学史价值，帮助读者拓展对博茨瓦纳英语文学及其国家整体概况的认知。

第一章"殖民地文学的图景"，回顾总结了博茨瓦纳艰难的殖民历史，探讨了殖民地文学时期博茨瓦纳主要的文学活动。肇始于1885年的殖民地文学主要有两种文学模式：口头文学和书面文学。口头文学是一种较为古老的文学样式，早期的口头文学为后世文学的发展做了大量积累和铺垫，其文学影响是不容忽视的。博茨瓦纳的口头文学，早已成为当时博茨瓦纳殖民地文学的重要一支，甚至延续至今，作为非洲极具特色的文化现象和艺术形式而存在。博茨瓦纳的本土文字产生时间较晚，19世纪才出现相应的拼音文字和文法，因而此前的艺术创作基本依靠口头传播和保存。"没有文字，当然使文学的广泛流传和完整保存受到极大的影响，甚至灾难性的影响。……其实，他们的口头文学，像海洋一样深广，像钻石一样的炫目。"①博茨瓦纳的口头文学有着辉煌的历史，是一个开放包容并且不断发展变化的内生的系统，蕴含非洲人民早期的原始想象、部落记忆和文化心理。

---

① 韩北屏：《略谈西非黑人口头文学》，《世界文学》，1963年第9期，第102页。

它从遥远的时代而来，是完全生成于非洲本土的文学样式。虽然早期书面语言和文字缺失，口头文学却借助部落文化的土壤茁壮生长，大放异彩。因为非洲也有史诗和民族神话，是对其部落起源的抽象图解。"但应该清楚的是，相较于书面文学，口头文学存在一些不同的潜在性，并且善口技者为达个人目的能够开发出另外的智力。从这方面来看，口头文学作为一种审美表达方式，具有重要意义。"[1]口头文学往往需要借助表演者的表演扩大其影响力。表演者在表演诗歌、讲述民间故事的过程中，往往能够连接传统，以口头表述的形式生动演绎，使听众专注在其精湛的表演上。"口头诗学关注的是传统、表演和文本这三个要素。……口头诗学的核心命题是'表演中的创作'（composition-in-performance），这是从活态的口头传统诗歌的现实中获得的。"[2]博茨瓦纳口头文学在表演中逐渐成熟完善，蔚为大观，在殖民地文学中成为主导。博茨瓦纳深受英国殖民的影响，引进了西方的文化技术，而印刷行业的发展和博茨瓦纳文字的形成，推动了殖民地时期除口头文学之外的书面纸质文学的勃兴。在这一过程中，传教士群体起到了巨大的文化传播作用。一方面，他们大多来自宗主国，为传播宗教而在博茨瓦纳定居，化身宣传西方思想的政治工具；另一方面，为获得更优的传教效果，传教士们主动学习当地的语言，将西方经典的文学作品和宗教典籍译入博茨瓦纳，起到了一定的文化启蒙作用。文学艺术源于生活，这些传教士以及一些殖民政府官员通过与茨瓦纳人民的切身接触，将自己的航海、传教甚至是奴隶贸易等相关经历记录纸上，留下了宝贵的殖民地文学材料，真实地反映了博茨瓦纳那段灰暗屈辱的历史。

　　20世纪30年代以后，博茨瓦纳的本土文学扎根自身文化土壤，也逐渐成长起来，展现出蓬勃力量。第二章聚焦独立前的博茨瓦纳本土文学，关注具有博茨瓦纳民族特性的重要作品，从侧面反映出博茨瓦纳艰难的反殖民斗争历程。"文学是一种社会性的实践，作为媒介语言来使用，是一种社会创造物。……文学'再现''生活'，而'生活'在广义上则是一种社会现实，甚至自然世界和个人的

---

[1] Ruth Finnegan, *Oral Literature in Africa*, Cambridge: Open Book Publishers, 2006, p. 7.
[2] 尹虎彬：《古代经典与口头传统》，北京：中国社会科学出版社，2002年，第52页。

内在世界或主观世界，也从来都是文学'模仿'的对象。"①自1885年起，博茨瓦纳遭受了英国长达81年的殖民统治，在政治体系、价值观念、社会发展模式等各个方面均深受西方文化体系的影响。博茨瓦纳并非英国政府重视的殖民地，一开始只是作为南非矿场的劳动力储备库。"大约在1946年至1956年间，殖民地博茨瓦纳作为'没有未来的国家'陷入停滞。"②英国原本计划将贝专纳保护地一并交由南非管理，但遭到当地民众的强烈反对，兼并计划只得作罢。这一民族主要矛盾，激起了博茨瓦纳人民争取民族独立和自由的决心，推动了非洲民族主义的发展，也深刻反映在博茨瓦纳文学之中，成为当时鲜明的时代主题。在被殖民时期，博茨瓦纳的教育和文学事业发展缓慢，但可喜的是，还有相当数量的文学作品涌现，形成了除外国作家之外的本土文学作家群体。这些本土作家作为本国文学的先驱者，主动肩负起社会责任，围绕博茨瓦纳各种社会现象和所处的殖民环境，创作了以诗歌、小说、戏剧为主的各类文学作品。例如，继承一贯的口头文学传统，博茨瓦纳的诗歌稳步发展，传情达意，呈现出本土人民普遍具有的生命记忆。"如果说诗歌是非洲大陆最具有本土气息的文学形式，小说则完全是舶来品。……欧洲殖民统治时期，在闯入非洲的所有文学体裁中，小说从许多方面来讲都是最纯粹的欧洲产物。"③欧洲人的到来深刻改变了博茨瓦纳的社会结构，使年轻一代被同化，久而久之与传统脱离。相较诗歌，"欧化"的小说受到大量博茨瓦纳作家的关注，成为主流的文学体裁。作家们在大量吸收国外经典小说精华的同时也继承了早期民间故事的叙事技法，以茨瓦纳语或英语写作，努力打破欧洲的文学垄断，形成具有本国特色的小说现象。依托小说这一形式，作家们发掘多样化主题，揭示博茨瓦纳的社会状况，努力传播博茨瓦纳部落文化，抨击战争和殖民主义统治，为本国人民发出强有力的声音。

---

① 勒内·韦勒克、奥斯汀·沃伦：《文学理论》(新修订版)，刘象愚等译，杭州：浙江人民出版社，2017年，第83页。

② Neil Parsons, "Unravelling History and Cultural Heritage in Botswana", *Journal of Southern African Studies,* 2007, 32(4), p. 672.

③ 马兹鲁伊主编：《非洲通史·第八卷：一九三五年以后的非洲》，屠尔康等译，北京：中国对外翻译出版公司，2003年，第402页。

1966 年，贝专纳保护地取得独立，更名为"博茨瓦纳共和国"，重获治理主权。"自 1966 年以来，政府一直是蓬勃发展的采矿业与其他经济部门之间的主要纽带。"[1]尽管当时被列入世界上最贫困的国家之一，但在塞莱茨·卡马（Seretse Khama，1921—1980）政府的带领下，博茨瓦纳迎来重大的历史转折期，走上追求自由与平等的道路。外部政治环境的缓和与改善，为博茨瓦纳内部的经济、政治、文化教育等各方面的发展营造了良好的条件，使其综合国力有了较大提升。"独立时，学龄儿童入学率不到 50%。但到了 20 世纪 70 年代，大约 70%~75% 的学龄儿童在上学。"[2]教育的普及，有效地改善了博茨瓦纳原先糟糕的教育生态，促进了国民文化素养的提高，推动了文学的深入发展。在此背景下，茨瓦纳人开始将文学关注的重点从反殖民斗争转向茨瓦纳人的身份认知，强化民族身份的建构，加速文学的现代化发展。"进入 1960 年代，成长于非洲独立运动大潮中的一代非洲作家开始登上历史舞台，他们的出现代表现代非洲文学的真正开始"[3]，博茨瓦纳文学在真正意义上开始了独立发展，进行了相当有益的文学探索。

就整体而言，"非主流"英语文学经历的发展道路却较为相似，即均肇始于对英国文学亦步亦趋的模仿，继而经历了一段旨在本土化和民族化的艰难抗争，最后终于在国际化和民族化之间寻求到相对的平衡，呈现出与英美文学交相辉映的景象。[4]

随着博茨瓦纳文学的发展，1980 年博茨瓦纳作家协会（Writers' Association of Botswana）成立，旨在增强作家群体的力量。"非洲黑人作家，由于受到特殊的历史环境的影响，发展出了一种必然不同于白人的小说创作方法，尽管他们中的一些人也会回顾过去，而另一些人则试图应对新形势。"[5]作家们顺应时代发展，

---

[1] Onalenna Selolwane (ed.), *Poverty Reduction and Changing Policy Regimes in Botswana*, London: Palgrave Macmillan, 2012, p. 41.

[2] 同上，p. 152.

[3] 蒋晖：《从"民族问题"到"后民族问题"——对西方非洲文学研究两个"时代"的分析与批评》，《文艺理论与批评》，2019 年第 6 期，第 121 页。

[4] 朱振武：《非洲英语文学的源与流》，上海：学林出版社，2019 年，第 9 页。

[5] Geoffrey V. Davis, Peter H. Marsden, Bénédicte Ledent and Marc Delrez eds., *Towards a Transcultural Future: Literature and Society in a 'Post'-Colonial world*, New York: Rodopi, 2005, p. 99.

敏锐地捕捉各类社会现象，在保护本民族文化的基础上，对文学进行大刀阔斧的改革，为文学注入新的活力，从而拓宽了博茨瓦纳文学的书写形式和创作疆域。此外，伴随世界各国各地区人口的加速流动，居住于博茨瓦纳的外国作家也将作品涉猎的领域扩大，关注身处博茨瓦纳的白人群体和原住民之间的冲突与交流，探讨全球化背景下的移民流散问题。相较于独立之前，1966 年至 2000 年的博茨瓦纳文学在内容和形式上均取得了较大的进展，反映了国家发展的现代化进程。

自独立伊始，博茨瓦纳通过大力开发矿石资源及与其他国家互惠合作，完善基础设施建设，增加外汇储备，成为一个崛起中的非洲经济体。经过三十多年的高速增长，解除了外部政治威胁的博茨瓦纳，以和平、稳定、成熟的国家形象，更加从容地应对着本国的各种风险与挑战。21 世纪以来，在飞速变化发展的国际环境中，博茨瓦纳文学也逐渐向严肃文学与通俗文学两大方向分化，在迈向现代化的同时亦感受着传统与现代的碰撞。这也是本书第四、五章讨论的焦点。"流行的艺术形式通常产生于剧烈的社会变革和分裂的背景下，尤其是在本土文化和外来文化产生冲突时。"[①]从殖民地时期发展至今，博茨瓦纳文学受到各种西方文学思潮的交互影响，在对外国文化融会贯通的基础上追求本民族文学的形式突破。值得注意的是，无论是博茨瓦纳本土还是海外作家，往往身兼数职，不仅在文学方面，在教育、政治、医学等相关领域也有所建树。他们以自身的创作实践，对殖民主义进行了反思与控诉，"不仅将过去视作行动的场所，更是承载（主体）现时意义的场域，联结起个人记忆与集体记忆"[②]。非洲国家地区的边界是被外来殖民者随意切割的，往昔殖民主义留下的弊病和矛盾仍然存在。如今，博茨瓦纳人民的反殖民斗争已转向更深层次，不断地延续着。现代化进程的加速，也暴露出博茨瓦纳的社会问题和政治隐患。出现于 20 世纪 90 年代的艾滋病，如风暴般在博茨瓦纳的国土上肆虐，无情地打击着重获新生不久的非洲国家。博茨瓦纳甚至一度成为世界上最严重的艾滋病发源地之一。这一时代病，加之此前殖民统治带来的种族歧视、种族隔离制度等，导致暴力事件接连产生，严重威胁到博茨瓦

① Duncan Brown. *Oral Literature & Performance in Southern Africa*, Oxford: James Currey, 1999, p. 198.

② C. Harrison and A. Spiropoulou, "Introduction: History and Contemporary Literature", *Synthesis: an Anglophone Journal of Comparative Literary Studies*, 2015, (8), p. 9.

纳的社会治理，而这种不安定的情绪也深刻反映在这一阶段的文学作品中。

作为一个现代国家，博茨瓦纳在现代世界中寻求其他国家的接纳，努力与国际接轨，实现民主与平等。这其中便包括追求女性的地位平等，唤醒女性群体的独立意识。相对于传统的博茨瓦纳社会，新世纪的女性获得了更多的自由和权利。许多女性精英作家注意到这一社会热点，开始为妇女问题大声疾呼。她们在作品中传达女性独特的生命体验，坚决反抗家庭暴力，呼吁女性社会地位的提升。本书有意识地在作家和评论家的选择方面进行了性别平衡，在精心选取的 13 位作家中便有 8 位女性作家。这也意味着在后殖民时期女性写作力量的增强，广大女性同胞开始在政界和文坛积极发挥自身作用，试图改善社会问题，推动国家进步。除了女性书写，博茨瓦纳的文学重心也在大众文化的繁荣发展中逐渐下移，走向市场化。大众传媒的发展、网络平台的涌现，改革了以往传统文学的传播方式，对严肃文学形成了巨大的冲击和挤压。而消费文化也正改变和塑造着作家的创作观念，诸如科幻小说、侦探系列小说、言情小说等文学类型的出现，极大地推进了博茨瓦纳通俗文学的多元化发展。一批拥有非洲文化经验的作家逐渐成长起来，他们融合本土的文化元素，以积极的姿态介入到当代文学的创作空间内。"西方的信仰体系往往包含抽象的思想主体，并在特定的地方运作，与之不同的是，非洲的宗教是日常经验组织的一部分，并具有特定的社会取向。"[1]浸润于非洲宗教文化的作家们，在保留博茨瓦纳传统美学风格和价值取向的基础上，将天马行空的想象置于新的文学创作，演绎具有时代特点的先锋性文学作品。阅读博茨瓦纳当代文学作品，非洲大陆的粗犷灵动与异域风情扑面而来，传递出原始、神秘的非洲力量。这种极具特色的文学特质，也是博茨瓦纳文学有别于其他国别文学的鲜明底色，蕴藏着作家独特的审美意趣。相信随着博茨瓦纳教育和文化事业的发展，博茨瓦纳文学在未来能够继续克服艰险，推陈出新，实现民族文学的进一步发展和超越，造就举世瞩目的非洲文学景观。

本书主要面向中国与博茨瓦纳的文学专业研究者和文学爱好者，简洁精练地勾勒出博茨瓦纳百年的文学发展历程，力图搭建起中博两国之间文化沟通的桥梁，

---

[1] Duncan Brown. *Oral Literature & Performance in Southern Africa*, Oxford: James Currey, 1999, p. 204.

实现中非文明互鉴。作为教育部"中非高校 20+20 合作计划"入选高校，上海师范大学始终与博茨瓦纳大学保持着良好的友谊和密切的学术交流。本书也是上海师范大学"中博百年现代化进程比较"项目的阶段性研究成果，凝聚着朱振武教授带领的非洲英语文学研究团队的心血和汗水。舛误不当之处，敬请海内外方家和广大读者朋友不吝指正。

# 目录 | CONTENTS

# 第一章

殖民地文学的图景

（1885 年至 1930 年）

约翰·坎贝尔
（John Campbell）

大卫·利文斯通
（David Livingstone）

查尔斯·雷伊爵士
（Sir Charles F. Rey）

莫迪里·塞拉斯·莫莱马
（Modiri Silas Molema）

罗伯特·莫法特
（Robert Moffat）

# 引　言

　　博茨瓦纳是南部非洲的内陆国家，东部和东北部与津巴布韦接壤，南部毗邻南非，西部和西北部、北部则与纳米比亚相连，北部一角与赞比亚交界。这个国家的人口主要分布在东南部的狭长地带，西部和北部则人烟稀少。博茨瓦纳曾是英国殖民地，在摆脱殖民统治后走向独立，经济稳步增长，政治环境优化，教育条件改善，从贫穷落后的非洲小国逐渐成为发展势头较好的新兴国家，甚至被称为非洲的奇迹。这个历史悠久的非洲国度里，文学在时间的洪流中悄然孕育、生发，吸纳着民间文化的精华，产生了形态各异的文学样式，并逐渐汇聚成一股强大的博茨瓦纳文学力量。

　　五千年前，科伊桑人（Khoisan）就已经在博茨瓦纳定居，是该地最早的居民。目前，茨瓦纳族是博茨瓦纳最大的民族，在被殖民统治前以农业种植和游牧为生。而茨瓦纳族又细分为 8 个部落，分别是：恩瓦托（Ngwato）、昆纳（Kwena）、恩瓦凯策（Ngwaketse）、塔瓦纳（Tawana）、卡特拉（Kgatla）、莱特（Lete）、罗龙（Rolong）和特罗夸（Tlokwa）①。这 8 个以创始酋长名字命名的部族，有

---

① 国内对于八个部落名称的译法不一，本书主要参考《中国大百科全书》（第三版）以及"中华人民共和国商务部官网"的译法。具体参见：沈晓雷："博茨瓦纳人"（条目），《中国大百科全书》（第三版），2023 年 2 月 15 日，https://www.zgbk.com/ecph/words?SiteID=1&ID=24964&Type=bkzyb&SubID=59799.驻博经商处：《博茨瓦纳概况》，中华人民共和国商务部，2023 年 2 月 15 日，http://bw.mofcom.gov.cn/article/ddgk/200801/20080105330161.shtml.

着相似的文化风俗和相互交织的亲缘关系，均使用班图语系（Bantoid）中的茨瓦纳语（Setswana）。

1454年，茨瓦纳部族进入博茨瓦纳并建立酋长国，于1852年成为这块土地居民的主体，在各项社会事务方面居主导地位。1885年，为避免被南非境内的荷兰裔布尔人吞并，三位部落首领——巴奎纳部落酋长塞贝勒一世，恩瓦凯策部落酋长巴索恩二世和巴曼瓜托部落酋长卡马三世——"代表"博茨瓦纳人民，从一个穷乡僻壤的非洲国家远赴英国，"请求"女王给予该国独立地位，而不要将该国并入南非。[①]于是，在当年的3月31日，英国于非洲南部建立"贝专纳保护地"，开启博茨瓦纳的殖民地时期。虽未获得完全的自由，但三位首领捍卫了土地的完整，使博茨瓦纳避免陷入南非种族隔离的泥淖，为日后的国家统一做了铺垫，某种程度上也为此后的文学发展营造了相对稳定的社会环境。1966年9月30日，贝专纳保护地正式更名为"博茨瓦纳共和国"，最终通过漫长的民族解放斗争获得了独立。

复杂的民族部落分布和社会环境，势必会引发冲突和矛盾，而多样的文化元素在此过程中则得以交流碰撞，焕发新机。博茨瓦纳的早期口头文学、书面文学与后来的殖民地文学具有内在的承接关系，三者共同为后续博茨瓦纳本土文学的发展奠定基础，推动其现代转型。博茨瓦纳文学在发展的过程中既吸收各部落的文化精华，又获取了许多西方的优秀文化养分，逐步实现由早期口头文学向书面文学的过渡，并在殖民文化的冲击挑战下，依然保持自身的文学特色，展现出独具博茨瓦纳特色的殖民文学图景。文以传情，以载道，以化人，多彩的博茨瓦纳文学在热情表现人民情感的同时，也承载着许多重要的社会功能，但其文学价值在很长时间内是被低估甚至是忽视的，未得到应有的认可。跟随书中的文字介绍，读者能够深入博茨瓦纳的人文历史，纵览博茨瓦纳百年文学发展历程，近距离感知博茨瓦纳文学的脉搏，在对文学的上下求索中感悟生命的真谛。

---

① 奎因·莫科佤佩：《博茨瓦纳——曾经的贝专纳王朝》，李丛译，《中国投资》，2017年第16期，第74页。

# 第一节
# 口头文学的发展

19 世纪以前，博茨瓦纳各部落没有文字，只能口头传递信息、交流情感，客观上为博茨瓦纳口头文学的积淀、发展、繁荣做了充足的准备。诞生于民间的博茨瓦纳口头文学，具有悠久的文学传统，时至今日仍对博茨瓦纳乃至非洲社会产生着深远影响。

"口头文学"是一个较为宽泛的文学概念，主要指以口语表达、传播的口头艺术，包括神话、史诗、歌谣、谚语等形式。无论是何种具体形式，无一例外地展示了创作者细致的观察、生动的想象和巧妙的表达，从单纯的语言层面上升至艺术领域，文学便孕育其中。这种极具特色的非洲文化现象，承载着非洲各国部落的集体文化记忆，是非洲人民情感沟通的纽带，也是了解和研究非洲文学的绝佳路径。作为本国人民智慧的产物，博茨瓦纳的口头文学充满文学张力，因契合各部族人民的情感表达而逐渐发展壮大，作为一种重要的交流模式活跃至今。

"在野蛮期的低级阶段，人类的高级属性开始发展起来……想象，这一作用于人类发展如此之大的功能，开始于此时产生神话、传奇和传说等未记载的文字，而业已给予人类以强有力的影响。"① 在文字尚未诞生的漫长岁月里，博茨瓦纳人民借助想象，将日常生活编织成各种鲜活的故事，热情地讴歌着周遭的一切。博茨瓦纳口头文学主要有两种表现形式——赞美诗（Maboko）和民间故事（Mainane）。在茨瓦纳语中，人们可以通过改变单词的第一个音节或添加前缀来表示词义的变化。赞美诗的名称便来源于动词"boka"，即通过在诗歌中

---

① 卡尔·马克思：《摩尔根〈古代社会〉一书摘要》，北京：人民出版社，1965 年，第 54 页。

冠以头衔来赋予荣耀、歌颂。<sup>①</sup>赞美诗通常是人们在重大集会等公开场合中表演吟诵的诗歌，赞美者们会在诗中叙述诸如酋长一类人物的伟大事迹，抑或记录重大历史事件和生产活动，抑或揭示某一部落的过往历史，深情歌颂酋长等身份高贵的英雄式人物。"直到 20 世纪初，赞美诗基本上仍以口头文学的形式而存在"<sup>②</sup>，它与博茨瓦纳人的生活密不可分，是博茨瓦纳重要的文学现象，展现出博茨瓦纳人民不懈追逐美的波澜壮阔的历程。赞美诗主要通过演唱的形式表现出来，在口口相传中得以留存和再创造。专业的吟游诗人可能既是酋长的歌者，又是部落的史官，具备一定的文化素养和表达能力。他们往往会从身边熟悉的事物入手，在诗中歌颂神、人、动物、植物等，并结合歌颂对象的具体特性暗指人类的行为，自然地流露出浓烈情感，充分肯定人民的智慧和勇气，促使人们在欣赏表演的过程中达成共同的社会价值评判。

发展至 19 世纪，赞美诗面向的群体范围扩大，可以经由任何人演绎创作，包括普通的商人和妇女。赞美诗的题材自由，节奏强烈，感情真切。在《牛的赞美诗》中诗人如此咏叹："我们家中那可爱的牛啊 / 一只，独自，就是甜美 / 丢掉一只，仅仅一只，却是忧伤 / 深蓝灰的牛 / 从睡梦中惊醒 / 满是斑点的牛 / 发出悦耳的声响 / 强大的武器 / 流质食物的调制机 / 湿鼻子的上帝。"<sup>③</sup>被誉为"牛的国度"的博茨瓦纳重视农业生产，人们将牛视作神一般的存在，认为牛是能下田耕地、富有灵性的动物，不可随意怠慢。通过质朴生动的语言，诗人赞扬牛的健壮外表和悦耳叫声，进而表达对牛的喜爱和拥有牛的自豪，呈现强烈的农耕文化特质。

"口头文本在口头表演中产生，因此是开放和动态的。一个特定作品中，可以被抽象出来的语言内容，总是根据场合的需要，被不断再创造和改写，在不断地演绎中被赋予新的感受。"<sup>④</sup>博茨瓦纳人通过在公共场合表演赞美诗，与公众互

---

① Virginia Simmons Nyabongo, "(Review) Praise Poems of Tswana Chiefs by Tswana Chiefs: I. Schapera", *Books Abroad*, 1966, 40(4), p. 485.

② James Denbow and Phenyo C. Thebe, *Culture and Customs of Botswana*, Westport: Greenwood Press, 2006, p. 59.

③ Hoyt Alverson, *Mind in the Heart of Darkness: Value and Self-Identity among the Tswana of Southern Africa*, New Haven (Conn.): Yale University Press, 1978, p. 126.

④ 阿比奥拉·艾瑞尔：《口头性，读写性与非洲文学》，泰居莫拉·奥拉尼央、阿托·奎森（主编）：《非洲文学批评史稿》，姚峰、孙晓萌、汪琳译，上海：华东师范大学出版社，2020 年，第 101 页。

动，根据听众的反应和表演者的个人体悟有针对性地加工完善，极具开放性和包容性。表演者的面部表情、语气强度、手势变化、节奏把握等众多表演元素，皆对诗歌整体效果的呈现起着至关重要的作用。茨瓦纳人在进行赞美诗吟唱时，还会根据诗歌内容配合独奏者的歌唱或乐器的奏鸣，追求更深层的审美体验。诸如此类的表演细节，不仅仅是对已经存在的文学作品的修饰，更超出了文学的范畴。诗、乐、舞多位一体，以一个惊人的艺术品的形式完整而灵活地呈现在大众面前。可以说，赞美诗是能够被无限延展的，表演者在与观众互动的过程中，及时接收他们的反馈，对诗歌进行改编再创造，以贴近民生、针砭时事，真正达到"歌诗合为事而作"的境界。

早期博茨瓦纳各部族的诸多口述神话故事，想象奇特，具有原始的野性和生命力。发展到后期，诗歌篇幅逐渐增加，诗节整体偏长，对表演者的记忆力和表演功力提出了更高的要求。遗憾的是，由于口头传授的局限和文献保护意识的缺乏，博茨瓦纳的赞美诗尚未得到系统的收集整理，未能进入更多研究者的视野。

博茨瓦纳口头文学的另一重要表现形式是民间故事。顾名思义，民间故事诞生取材于民间，深入人民生活的方方面面，主要起到娱乐和教育的作用。"许多民间故事和神话传说具有跨越文化的同一性，而其他的故事即便有着不同的讲述方式，却也遵循着相似的主题。"① 早期茨瓦纳人以农民、牧民为主，过着恬静自在的农耕生活，因此故事大多取材于他们自身，将熟悉的人物与事物入诗。故事讲述者通过离奇曲折的故事情节吸引听众，在娱乐的同时表达人与自然和谐相处、与人为善等道德教化的主题。如同中国古代的诗歌集《诗经》，这些民间故事经过广泛传播，往往难以确定故事初创者的身份，可看作是集体创作加工的成果。

茨瓦纳人通过民间故事确认文化身份，传承民族历史。在博茨瓦纳流传的图腾传说中，姆济利卡齐（Mzilikazi）酋长领导的祖鲁军队从南方入侵了博茨瓦纳的土地。当时茨瓦纳人民由卡马（Khama）统治，但他无力抵抗像蝗虫过境一般恐怖而强大的姆济利卡齐军队，在他们的攻击下节节败退。茨瓦纳的战士们勇敢地抵抗着入侵者，无奈力量悬殊，死伤惨重，而卡马也趁机逃进了荒野。他寻找

---

① James Denbow and Phenyo C. Thebe, *Culture and Customs of Botswana*, Westport: Greenwood Press, 2006, p. 61.

残余的军队，希望将他们聚集起来，再次反攻，但祖鲁军队始终步步紧逼，不给卡马任何喘息的机会。精疲力竭的卡马倒在一根腐烂的木头后面，惊奇地发现一只雄鹿普提（Phuti）也躺在此处，没有离去。当祖鲁战士们走近荆棘丛时，他们的喊叫惊吓了普提，使它一跃而起，在战士们之间来回狂奔。于是，祖鲁战士们看见性子如此刚烈的雄鹿，便料定普提不会和人待在一起，转身离开了。卡马成功脱离险境，再次获得了生的希望，之后他重建部落，成为茨瓦纳第一位国王。每当茨瓦纳人听到这个故事时，他们就会对聪明勇敢的普提充满感激，将其当作部落图腾加以尊重和崇拜。这也使得"鹿"从具体的动物形象演变为部落符号，成为承载部落精神的有意义的文化形式，部族的情感和记忆在此过程中也得以传承和延续。

随着民间故事传播范围的扩大，一些较为冗长的故事也会被精简提炼为各种俗语、谚语。人们只要提起这些俗语短句，便能联想到相关故事，理解故事背后蕴含的深意。博茨瓦纳有一句俗语"太多的搜寻会扰乱原本静止的事物"，便是来源于一则民间故事。一个人上山砍柴，伐木时看见一棵粗壮的树，便用石子砸去。石子滚动惊扰了一只小羚羊，小羚羊跑开又使小鸭子被吓得跑进了灌木丛，而躺在灌木丛里的水牛也因害怕小羚羊而跑开了。慌乱之下，水牛又误杀了过路的猎人。当人们发现围在猎人尸体旁的秃鹫，才惊觉猎人已死，于是便开始追根溯源，想找出猎人死亡的原因。他们最后得出结论，正是最开始砍树的人扔出了石头才使悲剧最终发生。[①] 这则具有寓言意味的故事中，各种森林动物的出场，如同蝴蝶效应般推动情节发展，引发听众的好奇心，而充满童真的叙述方式，使得故事简单易懂却又给人启发，不致沦为索然无味的道德说教。亲切生动的俗语，久而久之便成为博茨瓦纳语言艺术的重要组成部分，被灵活地运用于各种生活场景中。

此外，还有大量散落于民间的俗语谚语。这类口头文学，大都通俗有趣，体现着茨瓦纳人的智慧，颇具警示意味。譬如在《非洲民间传说的宝库》（*A Treasury of African Folklore*，1975）中收录了几则谚语：

---

① Odette St. Lys, *From a Vanished German Colony: a Collection of Folklore, Folk Tales and Proverbs from South-West-Africa*, London: Gypsy Press, 1916, pp. 114-115.

狒狒是一个攀登者，但他始终没有忘记他可能会掉下去。

黑暗中，要抓住对方的袍子。

总有许多黎明将至。

荆棘树是靠它的节而非它的刺爬上去的。

锅里的肉放多了，锅就会裂。

拯救者的孩子没有被拯救。

苦心也会吞噬自身。

前方某处的井是靠不住的。

人的胸膛是一张错综复杂的网（深不可测）。

不咆哮的狮子才是杀人的狮子。

第一个跛脚的不是第一个死的。[①]

上述语句大多从经验出发，甚至清晰可见辩证法的逻辑思维痕迹，反映着茨瓦纳人的处事态度和宗教观念——要培养强烈的道德观念和正确的行事准则，相信自己的力量，对外在的危险充满警惕。其中"苦心也会吞噬自身"，便道出了一种人类的生存状况。《圣经》中明确地阐释了负面情绪对身心的影响，如在箴言第 16 章第 24 节强调，言语如蜂房，使心觉甘甜，使骨得医治。因此，乐观的生活态度极为重要，宗教对茨瓦纳人的影响也可见一斑。

博茨瓦纳口头文学以其独特的魅力，影响并塑造着一代又一代茨瓦纳人。然而，博茨瓦纳口头文学并未得到应有的重视和保护，在口述文学作品被逐渐遗忘的当下，及时整理、记录这些非物质文化遗产，并为未来的非洲文学研究提供基础，对当代学者而言是一项异常紧迫而又意义重大的艰巨任务。

---

① Harold Courlander, *A Treasury of African Folklore: the Oral Literature, Traditions, Myths, Legends, Epics, Tales, Recollections, Wisdom, Sayings, and Humor of Africa*, New York: Crown Publishers, 1975, p. 440.

## 第二节
## 书面文学的兴起

　　伴随口头文学的发展，一种新的文学样态——书面文学也悄然产生，作为口头文学的有益补充，对博茨瓦纳文学的长远发展意义深远。与底蕴深厚的口头文学相比，博茨瓦纳书面文学起步较晚，直到19世纪初期英国传教士抵达博茨瓦纳后才逐步发展起来。这首先是因为博茨瓦纳的文字形成时间较晚，缺乏完整规范的文字体系。"1819年，传教士詹姆斯·里德写了一本拼写小书，并在格里夸敦印刷。"①至此，茨瓦纳文拼音法和文法系统逐渐确立起来，博茨瓦纳书面文学得以摆脱原先的语言缰绳，进入崭新的文学场域，开拓新的文学生成空间。

　　1885年，为修建铁路加之三位博茨瓦纳酋长坚决反对博茨瓦纳归入南非的管辖领地，英国政府将该地区列入殖民范围，建立"贝专纳保护地"，即如今的博茨瓦纳共和国的前身。到19世纪后期，阿非利卡人②（Afrikaners）和英国官员几乎占领了茨瓦纳的所有领土。英国殖民者利用各部落酋长实施间接统治，他们"承认说茨瓦纳语的八个部族为主体民族，其他少数部族为八大部族的附属群体，要服从八大部族的专制管理与统治，在地方上各个少数部族要按照八大部族的传统方式处理内部事务"③。如此一来，英国政府成功使博茨瓦纳内部分崩离析，各部落间因不平等的地位而矛盾尖锐，冲突激烈，直到1966年独立后民族问题仍然存在。在此殖民环境中，博茨瓦纳的殖民文学形成了以口头文学为主的发

---

① Thomas Tlou and Alec C. Campbell, *History of Botswana,* Gaborone: Macmillan Botswana, 1984, p.107.
② 阿非利卡人，原称"布尔人"（Boer），是南非和纳米比亚的白人移民后裔。
③ 徐薇：《博茨瓦纳民族问题研究》，《世界民族》，2013年第2期，第26页。

展模式，而书面文学作为后起之秀受到西方文化的影响，深刻改变着本土的文化结构，有力地冲击了原有的文学格局。

这一阶段，由于不受英国殖民地重视，博茨瓦纳的教育事业几乎停滞，受教育的权利被掌握在极少数上层贵族手中，文化普及率极低，书面文学的发展举步维艰。"在其对贝专纳殖民统治期间，殖民政府长期漠视那里的经济发展和社会事业。……在殖民统治结束前10年，在各方面的压力下，英国政府才由其殖民发展部拨款，做了一些事情。"①因此，在博茨瓦纳独立时，国家各个方面几乎都没有发展，社会教育事业也很落后。但茨瓦纳人借助文字书写民族故事，逐渐走出封闭的状态，这恰如被解放了的普罗米修斯，将文字带来的希望的火种四处播撒在博茨瓦纳的广阔大地上。

博茨瓦纳的书面文学作品，最早可追溯到1830年至1857年出版的《旧约》和《新约》。在非洲传教的过程中，广大传教士们面临的首要难题就是语言。为了推动基督教文化在非洲大陆的传播，扩大其影响力，传教士们努力打破语言障碍，开始有意识地将基督教原典翻译为茨瓦纳语，进行了大量的翻译尝试。传教士的翻译行为，无形中促成了博茨瓦纳早期书面文学的诞生，成功实现了跨文化交流。英国传教士约翰·坎贝尔（John Campbell，1766—1840）以茨瓦纳语撰写主祷文。由于坎贝尔尚未完全掌握茨瓦纳语，对茨瓦纳人的文化心理缺乏深入了解，他的写作结果并不尽如人意。但不论如何，这种颇具勇气和前瞻性的写作尝试值得肯定，是一个良好的开头，具有重要的文学史意义。

此后的罗伯特·莫法特（Robert Moffat，1795—1883）更是有力地推动了博茨瓦纳早期书面文学的发展。他出生于苏格兰的奥米斯顿（Ormiston），受母亲的影响自小对基督教文化产生浓厚兴趣，后在南非从事了近54年的传教士工作。1817年，他着手翻译《圣经》，于1830年译完《路加福音》，并在开普敦印刷。1831年，他在库杜马（Kudumane）建立了一家印刷厂，开始独立完成印刷工作。而他建立的印刷厂，正是如今仍在继续出版"茨瓦纳系列书籍（Setswanabook）"的出版社的前身。1840年，莫法特完成《新约》译本，最终

---

① 徐人龙（编著）：《列国志：博茨瓦纳》，北京：社会科学文献出版社，2007年，第67-68页。

在1857年完成了《圣经》的翻译。在此期间，莫法特出版著作《南非的劳工和场景》（*Labor and Scenes in South Africa*，1842）。这本书回忆了作者在非洲的旅行经历，以纪实的风格，展现当地人的真实生活经历，并对一些土著（原住民）的习俗习惯进行了简单介绍。此外，莫法特还谈及自己所代表的伦敦传教士协会在南非所开展的早期工作，并生动刻画了一位野蛮的阿非利卡酋长形象。

随着印刷行业的发展，纸质材料的大量生产为当地人的阅读提供了便利，阅读者的读写能力提高，文学的受众范围拓宽。出版社"不仅出版宗教书籍，还在茨瓦纳印刷报纸"[①]。诸如《巴茨瓦纳视野》（*BaTswana Visitor*）、《巴茨瓦纳教员和新闻报道者》（*The Instructor of the Batswana and Announcer of the News*）等一批由外国传教士创办的茨瓦纳报纸诞生，对茨瓦纳文学进行了有益的补充。文学的内容题材日渐丰富，脱离了原先单一的宗教教义，转向多样化的茨瓦纳社会报道，使得文学承担的社会功能进一步强化，文学的发展更具活力。在博茨瓦纳长达81年的被殖民历史中，除了传教士和政府官员，很少有白人前往博茨瓦纳。外来传教士们往往出于传教目的，克服万般艰难才能抵达博茨瓦纳，他们有意将西方的宗教观念传入非洲，自觉将西方的文学作品翻译为茨瓦纳文，客观上促进了博茨瓦纳书面文学的发展。

在英国的殖民统治下，茨瓦纳人习得英语，并开始尝试以英语和茨瓦纳语书写历史和文学。但这一时期至博茨瓦纳独立之前，受制于语言文化水平，英语文学创作更多由居住在博茨瓦纳的外国人如传教士、旅行者和探险家等完成，集中在贝专纳保护地和英国两处，而博茨瓦纳的本土作家仍是屈指可数，未成气候。可见，彼时的茨瓦纳文学创作并未真正走入普罗大众，创作的内容较为有限。处于博茨瓦纳英语文学发展的起步阶段，这些大多拥有较高的社会地位的作家，虽然身份各异，且大多不是博茨瓦纳本土居民，但他们在作品中描写刻画与博茨瓦纳相关的内容，同样应被纳入博茨瓦纳英语文学的范畴。他们结合自己的社会身份和经历，创作出包含传教士的旅居日记、回忆录、历史剧作、探险小说等一众优秀作品，为博茨瓦纳独立后的文学繁荣发展奠定基础，甚至产生了一定的国际影响力。

---

① Thomas Tlou and Alec C. Campbell, *History of Botswana*, Gaborone: Macmillan Botswana, 1984, p.107.

　　大卫·利文斯通（David Livingstone，1813—1873）是英国著名的传教士、探险家。利文斯通是莫法特的女婿，两人都有着相同的宗教信仰，将传教事业视为毕生使命。1845年，利文斯通在科洛本（Kolobeng）设立了一个传教站，开启了他漫长的传教之旅。传教期间，他创作了《南非传教旅行和研究》（*Missionary Travels and Researches in South Africa*，1858），将传教研究与户外探险结合。该书一经出版便大受欢迎，引发轰动，甚至被翻译成多种语言版本。书中主要叙述了他在博茨瓦纳等非洲国家的奇妙经历，而"这些关于博茨瓦纳的早期探险旅行记录激发了英国、美国和南非几代读者对非洲大陆的兴趣"[①]，使得非洲之外的人们逐渐将关注的目光投向遥远的非洲，打破对非洲落后贫穷的刻板印象，意识到非洲文明的存在。利文斯通是维多利亚瀑布和马拉维湖的发现者，对大自然的美有敏锐的感受。同时，在与非洲原著居民相处时，他希望能通过自己的传教使他们从灵魂深处获得洗礼，进而发掘出宗教教义中的崇高的美。

　　对博茨瓦纳书面文学做出卓越贡献的，还有查尔斯·雷伊爵士（Sir Charles F. Rey，1877—1938）。"在20世纪早期，大量的旅居日记和回忆录涌现，纷纷歌颂发生在非洲殖民地的善行，粉饰其罪恶行径。"[②]其中当数雷伊爵士的作品较为突出。雷伊爵士是英国人，他在伍尔维奇皇家军事学院接受私人教育，之后在皇家矿业学院学习采矿工程。1929年至1937年，他任职贝专纳保护地驻地专员，并撰写相关殖民地社会评论。作品《我调查的所有君主：1929—1937年间的贝专纳日记》（*Monarch of All I Survey: Bechuanaland Diaries 1929-1937*，1988），详细生动地记录了一位非洲殖民地管理者八年来的行动和思想。抛开殖民主义的粉饰辞藻，不难发现雷伊对经济和社会发展的高度关注，他深刻地反映出英国帝国主义和南非阿非利卡民族主义之间的矛盾斗争，敏锐地洞察到大萧条（Great Depression）和即将到来的战争的影响，在作品中呈现强烈的个人风格。

　　直到20世纪，一些受过现代教育并熟悉英文和茨瓦纳文的茨瓦纳知识分子开始用茨瓦纳文写小说和诗歌。与刚被确立为殖民地时的创作主题不同，此时的博

---

① James Denbow and Phenyo C. Thebe, *Culture and Customs of Botswana*, Westport: Greenwood Press, 2006, p. 65.
② 同上。

茨瓦纳英语文学作品的主题更为深刻，并非仅仅停留于茨瓦纳人轻松的生活、旅行和探险经历，而是更多地追问茨瓦纳人的身份和历史，主张通过抗争获得自身的合法权益。

"艺术趣味和审美理想的转变，并非艺术本身所能决定，决定它们的归根到底仍然是现实生活。"①在专横的殖民统治之下，受殖者民族意识的觉醒往往会直接体现在其创作的文学作品中，受制于经济、政治、文化等多方面因素的综合影响。英国为维护自身利益修建了一条重要通道，将贝专纳直接纳入殖民统治。此后，殖民当局和酋长的独断专横统治持续了八十余年。茨瓦纳人饱受折磨，非但没有享受应有的权利，反而要缴纳沉重的赋税，背负本不属于自己的经济负担，生活苦不堪言。这些都引发了茨瓦纳民众的强烈不满，"到20世纪20年代，一些茨瓦纳知识分子开始向这种专横的殖民统治提出挑战。……西蒙·拉特绍纳（Simon Ratshona）首先发难，提出普通的茨瓦纳人应参与管理自己的国家……参与制定法律"②。如拉特绍纳一般的有识之士，不愿国家再忍受如此深重的灾难，希望能发声唤醒人民，共同反抗，夺回治理国家的自主权。

随着第一次世界大战的爆发，世界各国不可避免地受到了战争波及。非洲各殖民地也开始响应独立的号召，投身民族解放的浪潮中，奋起抗争。总体来看，博茨瓦纳是一个以部落为主的乡村共同体，虽然有英国殖民者从中作梗，但各部落间仍有着一致的目标，同生死，共存亡。他们都最大限度地抵制殖民主义的影响，为普通民众的主体性和人格尊严摇旗呐喊。民族国家的身份认同问题成了这一时期的主要矛盾，文学逐渐突显"反殖民"主题，具有尖锐的批判意味。

出生于南非的莫迪里·塞拉斯·莫莱马（Modiri Silas Molema，1891—1965），曾是英国政府设立的立法委员会成员，父亲是巴隆酋长皇室的一员。莫莱马主要用英语进行写作，其著作《班图的过去和现在：南非土著民族的民族志和历史研究》（*Bantu Past and Present: An Ethnographical and Historical Study of the Native Races of South Africa*，1920），虽写南非黑人，但讲述的是茨瓦纳人的历

---

① 李泽厚：《美的历程：修订插图本》，天津：天津社会科学院出版社，2001年，第190页。
② 徐人龙（编著）：《列国志：博茨瓦纳》，北京：社会科学文献出版社，2007年，第57页。

史。作者希望能借此书"激励许多人收集和记录他们民族的历史"①，真诚地将自己的思考和体会呈现给读者，揭示国外读者无法理解的隐秘内心。而传记《莫罗卡酋长的一生、国家与人民》（*Chief Moroka: His Life, His Country and His People*，1987）和《蒙特西瓦（1815—1896）：罗龙部落酋长与爱国者》（*Montshiwa 1815-1896: Barolong Chief and Patriot*，1966）则发表于莫莱马去世后。

索尔·T. 普拉杰（Sol T. Plaatje，1876—1932），出生于奥兰治自由邦（Orange Free State）的博斯霍夫地区（Boshof），这是一个茨瓦纳语区。他是知名的茨瓦纳语学者，早期的作家和译者之一。1901年，在巴隆军首领莫莱马的资助下，他创办了第一份博茨瓦纳英语周刊《博茨瓦纳新闻报》（*Korante oa Bechoana*）。普拉杰最为人熟知的作品是《穆迪：一百年前的南非生活史诗》（*Mhudi: An Epic of South African Native Life a Hundred Years Ago*，1930），小说的背景设定在19世纪二三十年代，反映了南部非洲所发生的土地让渡和非洲群体权利丧失等各种问题，揭示了茨瓦纳人面对的严峻社会现实，对非洲各国乃至世界具有警示作用。这部作品对博茨瓦纳文学意义非凡，是"最早为'茨瓦纳人'界定身份的小说之一"②，深刻影响着茨瓦纳人对于身份概念的认知。正因此，本书以《穆迪：一百年前的南非生活史诗》的首次出版时间——1930年作为早期殖民地文学与本土文学的时间分界，而关于普拉杰的身份问题以及其具体的文学实践，本书的第二章第一节将再加以详述。

博茨瓦纳的殖民地文学从早期较为粗犷、不成熟的口头文学样式逐渐发展而来，受各种文化氛围的影响，其艺术形式得到了长足发展，在表演中得以积累完善。受益于茨瓦纳拼音文字的产生，博茨瓦纳的书面文学虽起步晚，但也得到了一定的发展。文学创作的形式也由原先的赞美诗、民间故事、俗语谚语，拓展到更具现代形式的小说、戏剧、散文，由简约向精致转变，自觉地追求艺术手法的多样化表达。产生于殖民地时期的殖民文学，受制于外部强大的殖民压力，以及

① S. M. Molema, *The Bantu, Past and Present: an Ethnographical & Historical Study of the Native Races of South Africa*, Edinburgh: W. Green & Son, 1920, p. vii.

② Mary S. Lederer, *Novels of Botswana in English, 1930-2006*, New York: African Heritage Press, 2014, p. 26.

内部本土作家创作资源的匮乏，在畸形的环境中艰难地前进。但令人欣喜的是，博茨瓦纳的殖民文学发展至后期，作家们开始自发地挖掘埋藏于殖民统治之下的民族文化根基，在民族独立意识觉醒的过程中逐步形成了"殖民—反殖民"的内在文学主线，将文学与现实紧密勾连。这也说明博茨瓦纳人的文学思维逐渐走向复杂的现实，一群本土作家正是在这样内忧外患的社会环境中成长起来，大胆尝试本土写作实验，有意识地避免落入西方文学的窠臼，希冀能合理运用本民族的优秀文化资源，讲好博茨瓦纳独特的文学故事。

第二章

本土文学的萌芽

（1930 年至 1966 年）

娜奥米·米奇森（Naomi Mitchison）

索尔·T. 普拉杰
（Sol T. Plaatje）

尼古拉斯·蒙萨拉特
（Nicholas Monsarrat）

# 引　言

　　1885 年，英国以保护自身关键的经贸通道为根本目的，宣布贝专纳成为其保护地。目的达成后，20 世纪一二十年代，英国试图将贝专纳移交给实行种族主义政策的南非联邦管理，但却遭到了茨瓦纳人的强烈抵制。英国遂在贝专纳采取间接统治，即让酋长来治理部落内部事务，但重大的决策仍需听从英国总督官员的意见。英国此番做法并非是尊重贝专纳民众的传统风俗文化，而是为了最大限度地节省殖民地的管理资金。

　　与此同时，英国政府还向贝专纳人民收取繁重的税收用以殖民地的行政管理，这大大加重了民众的经济负担。经济发展遭到漠视，政治状况一度混乱，人民的正当权益得不到保障，这一切都让贝专纳处于水深火热之中。在这样的情况下，一些茨瓦纳知识分子的民族意识逐渐觉醒，开始向殖民统治提出挑战。

　　本章主要关注 1930 年至 1966 年的博茨瓦纳英语文学，与 1885 年至 1930 年殖民地时期的文学创作不同，这一时期文学作品更加鲜明地突出了反对殖民统治、追求民族独立和彰显茨瓦纳独特性的主题。"毫无疑问，非洲英语文学的兴起和发展与英国的殖民扩张和殖民统治密切相关。非洲各民族国家的英语文学均肇始于对英国文学的亦步亦趋，继而经历了一段旨在本土化和民族化的艰难抗争"①，最终才迎来了繁荣发展的局面。

博茨瓦纳英语文学的发展历程亦是如此。在经历了长达四十年的殖民统治后，一些本土作家开始逐渐重视黑人自身的身份、权利和历史，借助英语来表达茨瓦纳群体内心的声音。与此同时，部分英国作家亦将自身融入博茨瓦纳的人民和社会现实中，观照博茨瓦纳的传统文化，用作品为博茨瓦纳的未来提出了良好的发展思路和路径。在本土作家和部分英国作家的努力之下，这一时期贝专纳的本土英语文学逐渐萌芽。

索尔·T. 普拉杰的小说《穆迪：一百年前的南非生活史诗》是"最早为'茨瓦纳人'界定身份的小说之一"②，也是博茨瓦纳英语文学史上一部里程碑式的作品。普拉杰在使用英语写作的同时，还融入茨瓦纳人独特的传统文化，"以'帝国反写'的方式塑造与西方文学作品中不同的黑人与白人形象，抒发非洲人民反抗殖民统治和追逐自由的不屈精神"③。就民族身份而言，普拉杰是茨瓦纳人，他始终心系茨瓦纳人这一巨大群体，而茨瓦纳人是博茨瓦纳的主体民族。与此同时，作为一名语言学家和翻译家，普拉杰编写了茨瓦纳语拼音手册和词典，并将英国大文豪莎士比亚的多部戏剧作品翻译为茨瓦纳语，为贝专纳人的文化普及、贝专纳本土文学文化的发展都做出了卓越的贡献。他的小说《穆迪：一百年前的南非生活史诗》还与茨瓦纳人国家意识的形成和民族意识的增强密切相关。作品所传达出的自由、团结和平等的民族意识亦深刻影响着此后的茨瓦纳人。

20 世纪中期，贝专纳保护地的茨瓦纳人开始积极争取国家独立和民族解放。一些具有民族主义觉悟和泛非主义思想的知识分子开始纷纷组建政党，为争取民族独立做准备。同时，这些知识分子也将社会现实反映在文学作品中。代表人物有提勒·迪桑·拉迪特拉迪（Leetile Disang Raditladi，1910—1971）、卡莱曼·杜麦迪索·莫策特（Kgalemang Tumediso Motsete，1899—1974）。

---

① 朱振武（主编）：《非洲英语文学研究》，上海：华东理工大学出版社，2019 年，总序第 2 页。
② Mary S. Lederer, *Novels of Botswana in English, 1930-2006*, New York: African Heritage Press, 2014, p. 26.
③ 朱振武（主编）：《非洲英语文学研究》，上海：华东理工大学出版社，2019 年，序言第 4 页。

拉迪特拉迪于 1959 年建立了贝专纳保护地的第一个非洲原住民政党"贝专纳保护地联邦党"（Bechuanaland Protectorate Federal Party），但这一政党组织力量不足，不到四年便解散了。拉迪特拉迪使用茨瓦纳语创作出多部文学作品，被公认为博茨瓦纳文学先驱。他创作了本国第一部历史剧《莫茨瓦塞勒二世》（*Motswasele II,* 1939）。这部作品聚焦于王室专制和暴政导致的后果，抨击了非正义行为和封建专制，表明一个国家需要能够明智地分配权力并妥善解决问题的领导人。

历史剧中所表达的主题正契合当时的社会背景和现实需要。1960 年，博茨瓦纳历史上第一个全国性政党——贝专纳人民党（Bechuanaland People's Party）[①]成立，莫策特是其建立者之一。这一政党遵循种族平等的理念，主张废除酋长制，要求尽快实现独立。莫策特还是一位使用茨瓦纳文创作的诗人，被称为博茨瓦纳诗歌鼻祖。他"是茨瓦纳人第一个获得英国伦敦宣教会奖学金在英国接受高等教育的知识分子。……他的诗歌代表作是博茨瓦纳共和国国歌的歌词'我们的国土'，已译成英文"[②]。

随后，1962 年另一个全国性政党贝专纳民主党（Bechuanaland Democratic Party）[③]成立，博茨瓦纳独立后的首任总统塞莱茨·卡马是奠基人之一。这一政党要求保留酋长制，同时限制酋长的权力。由于酋长制已扎根于部落民众的内心，民主党主张保留这一传统制度，从而获得了大部分民众的支持。

此外，20 世纪四五十年代，卡马与英国白人妻子之间跨种族的爱情经历在南部非洲和英国引起巨大轰动。卡马是恩瓦托[④]部族大酋长的儿子，在英国攻读法律时，结识了英国白人露丝·威廉斯（Ruth Williams）。二人一见钟情并决定在伦敦举行结婚仪式。"当时南非种族主义者正在制定禁止白人同非白人通婚的《禁止通婚法》"[⑤]，但大多数部族人承认卡马的婚姻以及他作为大酋长的合法继承人

---

① 博茨瓦纳独立后，贝专纳人民党改称博茨瓦纳人民党（Botswana People's Party）。
② 徐人龙（编著）：《列国志：博茨瓦纳》，北京：社会科学文献出版社，2007 年，第 237 页。
③ 博茨瓦纳独立后，贝专纳民主党改称为博茨瓦纳民主党（Botswana Democratic Party）。
④ 恩瓦托部落是茨瓦纳族八大部落之一。
⑤ 徐人龙（编著）：《列国志：博茨瓦纳》，北京：社会科学文献出版社，2007 年，第 75 页。

身份。南非联邦政府得知消息后向英国政府施加压力，迫使英国政府也对卡马下达了禁回令。卡马因此被软禁在英国长达五年。此后，在恩瓦托部族民众的争取下，英国政府于 1956 年 9 月 28 日取消了对卡马的回国禁令。此事引发的巨大轰动，促进了多部文学作品的产生，例如《肤色障碍》（*Colour Bar*，2007）和《困难重重的婚姻》（*A Marriage of Inconvenience*，1990），后者目前已经被改编为电影《联合王国》（*A United Kingdom*，2016）。

尼古拉斯·蒙萨拉特（Nicholas Montserrat，1910—1979）也曾受卡马的跨种族爱情经历的启发，并结合当时贝专纳的现实境况，创作出小说《失去酋长的部落》（*The Tribe That Lost Its Head*，1956）和《比他所有的部落更富有》（*Richer Than All His Tribe*，1968）。在这两部作品中，主人公迪纳毛拉酋长（Dinamaula）的婚姻风波与卡马和妻子的经历相似，二人的婚姻也因种族差异和地位悬殊而遭遇重重阻挠。

《失去酋长的部落》虚构了一个与贝专纳类似的英国保护国——法拉摩尔（Pharamaul），讲述了其摆脱英国的殖民统治，成为一个独立自主的国家的故事。《比他所有的部落更富有》可以说是前一部作品的续集，主要探讨了新生国家法拉摩尔领导者的腐败堕落与殖民时期遗留的种种问题。蒙萨拉特的作品多以博茨瓦纳为社会背景，充分彰显了博茨瓦纳和平民主的国家特征。虽然博茨瓦纳是一个崇尚民主和公正的国家，但在独立之前它处于十分落后的局面。

为了节省管理殖民地的资金，英国政府在贝专纳一直实行间接统治，即让非洲人自己管理自己，并且长时间不过问当地的经济发展和社会事业。"在殖民统治结束前 10 年，在各方面的压力下，英国政府才由其殖民发展部拨款，做了一些事情。"[1]因此在博茨瓦纳独立时，国家各个方面几乎没有发展，社会教育事业十分落后："独立时只有 40 个茨瓦纳人有学士学位，约 100 个人有高中文凭。"[2]

娜奥米·米奇森（Naomi Mitchison，1897—1999）在其作品中也对博茨瓦纳

---

[1] 徐人龙（编著）：《列国志·博茨瓦纳》，北京：社会科学文献出版社，2007 年，第 68 页。
[2] 万秀兰、李薇等：《博茨瓦纳高等教育研究》，杭州：浙江人民出版社，2014 年，第 2 页。

此类社会问题予以揭示。她的小说《太阳明天升起：博茨瓦纳的故事》（*Sunrise Tomorrow: A Story of Botswana*，1973）不仅关注博茨瓦纳的现实与未来，还强调了博茨瓦纳传统文化和信仰在国家发展过程中的重要性。

本章主要围绕以上三位作家展开。普拉杰从黑人与白人之间的战争冲突出发，强调茨瓦纳人应对未来的殖民者保有清醒认识；蒙萨拉特则以虚构中的茨瓦纳人的土地成为白人殖民地，民众纷纷争取国家独立为背景，进而在其第二部作品中揭露领导者的腐败，深刻反思社会现实；娜奥米则观照博茨瓦纳独立前后的社会现状，用青年一代的思想观念为博茨瓦纳的未来勾勒出了一幅蓝图。

纵览三部作品所呈现的内容，三位作家用作品描绘出了一条博茨瓦纳由酋长国沦为英国殖民地，再由殖民地转变为独立国家的历史发展脉络，不仅充分体现出了三位作家将文学与历史巧妙融合的创作才能，还展现出他们对博茨瓦纳社会和人民的现实关怀。尽管三位作家的国籍不属于博茨瓦纳，但他们的作品和博茨瓦纳的历史发展进程有着千丝万缕的联系。三位作家将自身的命运与博茨瓦纳乃至整个非洲的命运相连，用作品为广大黑人群体发声，不仅刻画出个性鲜明、令人钦佩的黑人形象，还肯定了黑人自身的特质、美德与价值，同时表达出博茨瓦纳人强烈的自我肯定的意识。这些作家对博茨瓦纳社会和群体的书写具有深远意义，不仅在人物形象塑造和主题范式上具有一定的开创性，同时对后世的博茨瓦纳人民有着重要的启示作用，也为独立后英语文学的进一步发展做了铺垫。

# 第一节
## 本土文学的先驱：索尔·T. 普拉杰

## 生平与创作

索尔·T. 普拉杰是茨瓦纳文学史上一位里程碑式的作家[1]，为茨瓦纳文化的继承和本土文学的发展做出了杰出贡献。他的代表作《穆迪：一百年前的南非生活史诗》是"最早为'茨瓦纳人'界定身份的小说之一"[2]。除此之外，这部作品还引发了一场重要讨论：在文学作品创作中，作者应如何呈现博茨瓦纳社会的整体面貌，揭示社会的主流价值观念[3]。这部作品在很大程度上影响了茨瓦纳人思想观念的形成，推动了博茨瓦纳本土文学的发展。

普拉杰于 1876 年出生在南非约翰内斯堡（Johannesburg）附近的罗龙部落[4]，在家中排行第六。父母都是有着坚定信仰的基督徒，对家中子女的言行举止有着严格的要求。在普拉杰 4 岁时，他的父母便来到了位于巴克利—韦斯特（Barkly-West）和金伯利（Kimberley）之间的波尼尔（Pniel）传教站，为德国传教士工作。成长于浓厚基督教家庭氛围中，他恪守礼节，勤勉刻苦并时常反省自身。普拉杰在传教站开办的教会学校中接受了小学基础教育，获得了教育启蒙。

---

[1] 普拉杰的国籍存在争议：一些学者考虑到普拉杰的民族身份，认为普拉杰是贝专纳（博茨瓦纳独立之前的名称）人；一些学者则认为普拉杰是南非人。博茨瓦纳和南非境内均有茨瓦纳人分布。虽然普拉杰的国籍存在争议，但他是茨瓦纳人这一民族身份是确凿无疑的。此外，普拉杰在其代表作《穆迪：一百年前的南非生活史诗》中着重描写了茨瓦纳人（贝专纳人）的生活经历、处事准则和思想观念，对贝专纳文学的发展起到了强有力的推动作用，因此应当纳入博茨瓦纳文学的探讨范畴。

[2] Mary S. Lederer, *Novels of Botswana in English, 1930-2006*, New York: African Heritage Press, 2014, p. 26.

[3] 同上。

[4] 罗龙部落是茨瓦纳人的一个分支，母语为茨瓦纳语，分布在博茨瓦纳和南非。

此外，家庭也对普拉杰的本土文化启蒙和教育起到了关键作用。普拉杰从母亲、外祖母和姑姑的言传身教中了解到茨瓦纳的文化和口头传统，这为他在作品中加入非洲元素奠定了知识基础。

1892年，16岁的普拉杰成为一名实习老师。这份工作既能补贴家用，也利于普拉杰更好地锻炼自身，将学到的知识传授给他人。他具备为他人服务奉献的精神，深受学生们的尊重和爱戴。在此期间，普拉杰还跟随德国传教士和其妻子学习文学，他了解了莎士比亚其人其作，培养了自身的语言才能。此后，他通过勤奋自学，通晓包括英语、荷兰语、德语、赛索托语和祖鲁语等多种语言。1894年普拉杰回到了金伯利，与有着相同教育背景的以赛亚（Isaiah）成为好友。也正是这个缘故，普拉杰得以和以赛亚的妹妹伊丽莎白多次相见并暗生情愫。1898年，普拉杰顺利同伊丽莎白结婚。尽管两人的婚姻起初由于部落不同遭到家人的反对，但二人想要在一起的决心感动了双方父母，最终得以顺利组建家庭。同年，普拉杰回到马弗京后被查出身患疟疾，不得不留在家中静心养病。即便如此，他还是为能够待在家中陪伴怀有身孕的妻子而感到欣慰。

1898年至1901年，普拉杰在马弗京裁判法院担任口译员，负责荷兰语和英语双语翻译。除了翻译，普拉杰还是一名出色的新闻工作者。他曾以战地记者的身份见证了马弗京包围战（The Seige of Mafeking，1899—1900），并用英语记录了战争期间黑人的悲惨经历，这就是后来出版的《索尔·T.普拉杰的布尔战争日记》（*The Boer War Diary of Sol T. Plaatje*，1973）。这部日记是"反映这场战役中黑人处境的唯一的真实记录：在这场白人（英国人）对白人（布尔人）的战争中，14000名黑人丢掉了性命"[①]。1902年，普拉杰成为一名全职报刊编辑，在《贝专纳报》（*Koranta ea Becoan*）[②]和《人民之友》（*Tsala ea Batho*）工作。普拉杰强烈反对南非联邦政府实行的种族隔离政策，并时刻关注南非黑人的生活境况，试图发出黑人自身的声音。普拉杰作为非洲舆论的发言人之一，充分利用了报刊这一能够左右公共政策制定的平台。这两个报刊均反映了"日益增长的民族意

①  李永彩：《南非文学史》，上海：上海外语教育出版社，2009年，第240-241页。
②  1901年创刊，发行英文和茨瓦纳文两种版本。

识，预见了黑人在土地被剥夺之后面临的悲惨生活"[1]，深刻表达了对于黑人凄凉处境的同情以及对种族隔离政策的批判。在此期间，普拉杰还付出大量精力专注于茨瓦纳文化的复兴。他利用自身具备的语言优势，编写了《茨瓦纳语谚语及字面翻译和对应的欧洲翻译》（*Sechuana Proverbs with Literal Translations and Their European Equivalents*，1916）和《茨瓦纳读者国际拼音法》（*A Sechuana Reader in International Orthography*，1916）[2]，为茨瓦纳文学文化的发展兴盛献上一己之力。

普拉杰的一生都致力于帮助南非和茨瓦纳人民争取合法权益。1910 年，南非联邦政府成立，在国内实行严格的种族隔离政策，这让广大黑人群体苦不堪言。普拉杰意识到单纯依靠新闻媒体来为黑人发声是不够的，还需要借助更强大的组织力量，因此 1912 年 1 月他推动了南非原住民国民大会（South African Native National Congress）的成立，并当选为首任秘书长。1913 年，南非联邦政府推出《原住民土地法》（*Natives' Land Act*），"该法案仅把南非土地总面积的百分之七分给全国 500 万非洲人民"[3]，剥夺了本属于黑人的广大土地。英布战争（Anglo-Boer War，1899—1902）爆发之前，英国宣称进行这场战争是为了消除布尔共和国[4]实行的种族歧视政策。这让部分非洲民众以为英国胜利就意味着自己可以成为和白人拥有同等权利的公民，而不必再遭受种族歧视的压迫。但英国在战争胜利后并未履行许下的诺言。为表示对法案的抗议，1914 年普拉杰作为代表团成员前去同英国政府谈判，谈判一直持续到 1917 年，但英国政府始终未做出让步。创作是普拉杰为黑人发声的另一种方式。在此期间，他写出政论性作品《南非原住民生活状况：欧洲大战与布尔人反叛前后》（*Native Life in South Africa: Before and Since the European War and the Boer Rebellion*，1916），矛头直指南非联邦政府对待黑人的不公政策和土地法案，呼吁英国政府关注南非原住民的合法权益。

---

① 李永彩：《南非文学史》，上海：上海外语教育出版社，2009 年，第 241 页。

② 《茨瓦纳读者国际拼音法》是普拉杰和伦敦大学学院的一位语音学教师丹尼尔·琼斯共同完成的。转引自：Michael Green, "Generic Instability and the National Project: History, Nation, and Form in Sol T. Plaatje's "Mhudi", *Research in African Literatures*, 2006，37 (4), p. 46.

③ Gareth Cornwell, Dirk Klopper and Craig MacKenzie, *The Columbia Guide to South African Literature in English Since 1945*, New York: Columbia University Press, 2010, p. 215.

④ 布尔共和国是由阿非利卡人于 19 世纪四五十年代所建立的，包括德兰士瓦共和国和奥兰治共和国，后者此后改称为奥兰治自由邦。1910 年，布尔共和国成为南非联邦的组成部分。

得益于曾有过与法律相关的工作经历，普拉杰思维缜密，逻辑严谨，以细腻的笔触描绘了黑人所遭受的痛苦，积极为黑人发声。后来，普拉杰还去过加拿大和美国，分别遇到了黑人民族主义者马库斯·加维（Marcus Garvey，1887—1940）[1]和泛非主义之父威廉·爱德华·伯格哈特·杜波依斯（William Edward Burkhardt Du Bois，1868—1963）。在与他们的交谈中，普拉杰更加坚定了要为广大黑人同胞发声的决心。随后，普拉杰的政治小册子《微尘和栋梁：英国南非公司性别关系史诗》（*The Mote and The Beam: An Epic on Sex Relationships Twixt White and Black in British South Africa*，1921）出版。

在普拉杰晚年，除了献身于保障黑人权益的政治运动，他还致力于促进茨瓦纳文学的发展。普拉杰是最早将莎士比亚的戏剧译成茨瓦纳语的人，他"将莎士比亚的五部作品翻译为茨瓦纳语，但只有两部得以出版，其余三部手稿目前下落不明"[2]。另外，由于对现存的英语和茨瓦纳语双语词典存有批判态度，普拉杰"实际上早已开始编纂自己的词典，但未能完成便离世了"[3]。

在贝专纳，"普拉杰是文学革命的先驱之一。文学革命起源于或与正在进行的工业革命平行——社会正从文盲前的状态进入识字状态"[4]。普拉杰在贝专纳的第一家新闻报社担任编辑时，以当地人喜闻乐见的形式呈现内容，从而促进了报刊在本土民众中的普及，提升了贝专纳人民的文学文化素养，也在一定程度上推动了本土文学的发展。1932年6月19日，56岁的普拉杰因身患肺炎死于约翰内斯堡的皮姆维尔（Pimville），被埋葬在金伯利。一千多人参加了普拉杰的葬礼。

1998年，南非西北大学因普拉杰的人道主义行为和他为反对种族隔离做出的贡献，授予其荣誉博士学位。他的著作《南非原住民生活状况：欧洲大战与布尔人反叛前后》也于2007年再版，继续为南部非洲黑人争取自己的土地提供有力的历史借鉴和信息支持。

---

① 马库斯·加维，牙买加人，是一位黑人民族主义者，主张世界各地的非裔黑人回到非洲大陆，共同建立一个统一的黑人国家。

② Tim Couzens and Brian Willan, "Solomon T. Plaatje, 1876-1932 An Introduction", *English in Africa*, 1976, 3(2), p. 2.

③ 同上，p. 4.

④ Tim Couzens, "Sol T. Plaatje and the First South African Epic", *English in Africa*, 1987, 14(1), p. 51.

# 作品评析

《穆迪：一百年前的南非生活史诗》是索尔·T. 普拉杰为博茨瓦纳英语文学做出的杰出贡献之一。作品的创作时间是 1917 年至 1920 年，出版时间是 1930 年。普拉杰在作品的序言中表明写这部小说的目的，"南非的文学迄今为止几乎一直是被欧洲人垄断的"[1]，因此，一个土生土长的本土作家有必要大胆迈出这一步。

写作此书基于两个目的：一是要向公众读者诉说"黑人心灵的本质"的一个方面；二是用读者的钱为（班图学校）搜集、出版茨瓦纳的民间故事。由于欧洲思想观念的传播，这些民间故事很快就要失传了。因此，希望借此培养民众对本土艺术与文学的热爱之心。（11）

小说以南部非洲 19 世纪二三十年代的战争为背景，讲述了由姆济利卡齐带领的马塔贝莱人（Matabele）[2]同罗龙人之间的战争以及布尔人与马塔贝莱人之间的战争，歌颂了非洲原住民贝专纳人崇高的道德品质和精神力量，彰显了无论肤色如何，同为个体的人都应得到相应尊重的价值理念。这部作品不只是一部历史小说，同时也是一部爱情小说，在讲述战争故事的同时，亦讲述了女主人公穆迪（Mhudi）和丈夫拉塔加（Ra-Thaga）之间的感人至深的爱情故事。

"小说是现实的反映，它和作者的经历是分不开的。"[3]普拉杰是一位充满智慧和远见的作家。在《穆迪：一百年前的南非生活史诗》中，他将作品内容同

---

[1] Sol T. Plaatje, *Mhudi: An Epic of South African Native Life a Hundred Years Ago*, Lovedale: Lovedale Press, 1930, p. 11. 本书关于《穆迪：一百年前的南非生活史诗》的引文均出自此版本，以下引用随文标注页码，不再一一详注。

[2] 马塔贝莱人属于祖鲁人的一个分支。1837 年 11 月 12 日，缺少火器装备的恩德贝莱人（Ndebele）受到布尔人施加的军事压力，被迫退出马里科谷地（Mariko Valley），分两股向北撤退。这次撤退一定程度上改变了德兰士瓦地区的近百年史。恩德贝莱人北渡林波波河（Limpopo）进入津巴布韦（Zimbabwe）以后，习惯上就不再称恩德贝莱人，而改称马塔贝莱人。

[3] 朱振武：《福克纳的创作流变及其在中国的接受和影响》，北京：人民文学出版社，2015 年，第 32 页。

100 年前的社会现实以及创作时期的历史背景相结合，以作品中的人物、情节来隐喻非洲的社会现实。史诗与民族主义精神的形成、发展密切相关。在作品中，普拉杰的同胞茨瓦纳人遭到马塔贝莱人的屠杀，土地和牲畜被占有，过着民不聊生的生活。回归到现实，1913 年南非联邦颁布了土地法案致使白人占有了原本属于黑人的土地，给黑人群体带来了数不尽的劫难。

作为一名虔诚的基督徒，普拉杰对《圣经》熟稔于心。他时常将其中的故事融入自己的创作之中，如《旧约》中的《出埃及记》的景象在其政论性作品《南非原住民生活状况》中就有所体现。"在他去世前未完成的第二部小说中，巴卡人( Baca people )的历史被明确比作圣经史诗。"[1]普拉杰在这部作品的序言中说道："我对他们的历史研究得越多，就越感到自豪，我们这个南非能够向世人展示这样一个部落，它的历史中有一些史诗般的题材，只有在古代以色列人的编年史中才能找到。"[2]在《穆迪：一百年前的南非生活史诗》中也可以看到类似的场景，男女主人公从一开始就被姆济利卡齐的士兵从类似于伊甸园般的库纳纳( Kunana )家园驱逐到非洲的荒野之中，同齐迪罗龙人( Tshidi Barolong )[3]一起在非洲的荒野中求生。

## 一、部落战争中的"面纱"

在白人殖民者侵入非洲大陆之前，非洲土著部落之间也会因利益冲突而矛盾不断。普拉杰在《穆迪：一百年前的南非生活史诗》的前言中说道：

我们几乎从孩提时代就被教导要对马塔贝莱人心存畏惧——一个凶猛、残暴且丧失理性的民族，它会毫不客气地攻击任何一个人或部落。我们被告知，无论

---

① Tim Couzens, "Sol T. Plaatje and the First South African Epic", *English in Africa*, 1987, 14 (1), p. 52.

② 同上。

③ 罗龙部落中的一个分支。

是基于事实或是理性，他们杀害我的族人这种做法，都是没有正当理由的。他们这样做纯粹是出于对人血的欲望。（11）

作为祖鲁民族的一个分支，马塔贝莱人血腥和残暴的形象就这样深深地被印刻在孩提时代普拉杰的心中。在普拉杰看来，《穆迪：一百年前的南非生活史诗》是"一个道德故事也是一种警示"（16）。

小说一开始就讲到姆济利卡齐因不满恰卡（Chaka）国王的残酷统治，带领自己的民众脱离恰卡的统治，向西出发，寻找新的生存之地。然而，马塔贝莱人向西出发却占领了本属于罗龙人的土地。此前罗龙人居住在中央德兰士瓦和卡拉哈里沙漠之间的广大区域。"他们在几个酋长的领导下过着父权的生活，这些酋长不效忠任何国王或皇帝。"（23）随后，姆济利卡齐带领士兵侵占了罗龙人的土地，并要求周围的部落定期为其缴纳贡品。罗龙人因不慎杀害了两名马塔贝莱人的收税官而遭遇了灭顶之灾。随之而来的是姆济利卡齐指挥军队洗劫了罗龙人的首都库纳纳，并大肆屠杀妇女孩童。

拉塔加的父亲诺托（Notto）是罗龙酋长的左膀右臂。拉塔加跟随父亲路过库纳纳时，目睹了罗龙人被残忍杀害的过程，从一位濒临死亡的女性口中知悉事情的来龙去脉。拉塔加说："这就是我知悉大屠杀源头的唯一故事。"（29）在这场大屠杀之中，拉塔加的父亲不幸遇害，他只身一人逃离了库纳纳，进入了荒野之中。在没有进入荒野之前，所见之处均是废墟一片，房屋被烧毁，庄稼被毁坏，尸横遍野。拉塔加行走了将近两个月也未能见到一个有生命迹象的人，找寻不到一个同伴，这让其心灵遭受着孤独和寂寥的侵蚀。但他所不知道的是，同为茨瓦纳人的穆迪和他所处的境遇相同。拉塔加是罗龙部落中塞胡巴（Sehuba）家族中的一员。穆迪属于科戈罗（Kgoro）部落，她部落中所有族人几乎无一例外全被马塔贝莱人杀害。拉塔加和穆迪二人互诉衷肠，讲述着惨不忍睹的过往。即使野兽之王狮子也从未肆意杀害人类，但祖鲁人却这么做了，这让穆迪不禁怀疑如此残暴的祖鲁人身上究竟是否具备人性。二人相遇之前，茕茕孑立，形影相吊。拉塔加的出现让穆迪免受狮子群的攻击，挽救了她的生命。在这种情形之下，有着相似遭遇的两人更能够互相陪伴、产生共鸣，这极大地消除了独身一人时的孤独和寂寞。不久后，他们便在荒野中结为伉俪。

一个民族如果只是依靠蛮横的杀戮掠夺，那么它往往难以服众，更难以长存。此时，拥有一位贤明的领导者就显得尤为重要。马塔贝莱人在洗劫库纳纳后，举办了热闹的庆祝仪式。姆济利卡齐派出信使邀请其他的贝专纳部落酋长前来参加。作为姆济利卡齐军队的最高统帅，古布扎（Gubuza）却对国王如此铺张的庆祝仪式持反对意见，他认为"不同国家的智者都一致认为轻而易举的成功总是伴随着惨痛的后果。年长者同样宣称，个人，尤其是国家，应该提防年轻人的浮躁冲动"（54），并对前去收税的两位人员的行为表示怀疑，认为罗龙人之所以杀害他们可能是出于正当防卫，或许是因为蛮横无理的收税官触犯了罗龙人的正当权利。古布扎十分了解马塔贝莱人的本性，他的猜测并非空穴来风。马塔贝莱人残暴且好战，此后又试图突袭贝专纳的另一个部落邦瓦克塞（Bangwaketse）。由于两个部落之间路途遥远，天气干旱，马塔贝莱人在行进途中因缺少足够的食物和水源，战斗力急剧下降，抵达目的地时竟然开口向邦瓦克塞人求助，但遭到了拒绝。邦瓦克塞利用这一机会为罗龙人报仇，杀死了将近百名马塔贝莱人。马塔贝莱人的这一经历充分印证了古布扎的观点。

此时，损失惨重、势单力薄的罗龙人正在策划如何向马塔贝莱人复仇，而布尔人的出现为罗龙人的复仇计划提供了契机。罗龙酋长得知布尔人也遭到了马塔贝莱人的攻击，在布尔人的央求之下，决定号召自己的族人为布尔人提供马车、牲畜、货物和人力，并允许布尔人在罗龙人的土地上逗留和居住，帮助布尔人度过劫难。但善良朴实的罗龙人从未想到，将来他们的土地会被布尔人据为己有。年轻的布尔人菲尔（Phil）与拉塔加因彼此互相欣赏成了好友，并下定决心学习对方的语言。

除此之外，他们有着共同的敌人——马塔贝莱人，这让他们之间的友谊更加坚固。"拉塔加无法宽恕库纳纳被洗劫，菲尔亦无法原谅失去自己的牲畜和亲人。"（122）向马塔贝莱人复仇的计划一直在布尔人和罗龙人心中酝酿着，为了打探马塔贝莱士兵内部情况，他们派出了两名间谍进入敌人内部。但听到两位间谍被杀害的消息（实际上是虚假消息）后，布尔人决定派兵攻击马塔贝莱人。布尔人拥有攻击力极强的火药武器，极大地震慑了一直以长矛为武器的马塔贝莱士兵。带领士兵在前线作战的古布扎在给姆济利卡齐的信中说道："这些日子我们不是在和人类战斗，而是在和雷声战斗……对抗我们的力量是超自然力量，人类的力量无法阻挡他们的前进。"（161）他建议姆济利卡齐带领人民离开所在的城市，将城市迁移至北方。最终白人殖民者布尔人取得了胜利，姆济利卡齐不得不带领自己的族人逃向北方靠近非洲大陆中心的地方。

　　历史事件的发生和发展是人们难以预判的，很多时候展现在人们面前的美好景象往往蒙着一层面纱。布尔人将残暴的马塔贝莱人从这片土地上驱逐了出去，这让罗龙人放下了对马塔贝莱人的戒备，并对手持先进火器的布尔人深怀感激。但罗龙人无论如何也想不到布尔人本质上是白人殖民者，也预测不到白人殖民者的到来对于土著人来说意味着什么。作品一开始提道：

　　这些农民满足于自己单调的生活，丝毫不去想他们那些当时正在弗吉尼亚和密西西比的种植园和港口创造历史的海外亲戚；他们也不知道或不关心家乡开普敦的霍屯督人和布尔人的关系。他们对开普半岛的地形并不感兴趣；如果有人提到好望角的美景和他们自己的次大陆上的银树的荣耀，他们会感到失望，因为它们不结可食用的果实。（24）

　　由于位于非洲内陆腹地，博茨瓦纳的信息十分闭塞。罗龙人大多为朴实忠厚的农民，他们不清楚布尔人这一外来者的真实身份，更不了解布尔人在开普敦是如何残忍地对待当地的原住民霍屯督人（Hottentot）①。此时的茨瓦纳人如同生活在乌托邦之中，只专注于自身的温饱，对于"未来敌人"——布尔人毫无戒备之心。仅有女主人公穆迪深刻地洞悉了布尔人的本质。

---

① 霍屯督人是南部非洲人，自称科伊科伊人（Khoekhoe），主要分布在纳米比亚、博茨瓦纳和南非。

## 二、洞察"面纱"背后真相的女性

女性在小说中扮演着尤为重要的角色——非洲之母，甚至在一定程度上影响了南部非洲的历史进程。在作品中，普拉杰并没有落入以往作家描绘刻板女性形象的窠臼，而是成功塑造了两位令人钦佩的女性形象，即拥有远见和智慧的穆迪和乌曼迪（Umnandi）女王，让人耳目一新。与此同时，作者也以具体的事例充分揭示了罗龙部落的民众对女性的重视和尊重。

第一位是作品的女主人公穆迪，她的身上有着优秀的品质：善良、勇敢、坚韧、顽强、聪慧和敏锐。在小说中，穆迪是"非洲之母"的象征，其身上有着鲜明的女性主义精神。与穆迪相比，丈夫拉塔加极其软弱，没有辨别是非的能力，竟荒谬地认为荒野中的狮子也是姆济利卡齐的财产。穆迪说道：

听了你这么说之后，我不会对你认为利于草坪生长的雨水也是由姆济利卡齐和他的杀人团伙赐予而感到惊讶。但实际上，他们是闯入者和入侵者。我们需要将他们从这里驱逐出去，就像你那天追赶那头狮子一样，并且像杀死那头狮子一样消灭他们的战士。他们没有权力像此前一般肆意地屠杀妇女和儿童。（67—68）

穆迪则有着强烈的反抗精神，对不公正的事件感到义愤填膺，敢于保护自身的权利，为应有的权利而抗争。

在遇到科拉纳（Qoranna）的族人之前，穆迪同丈夫在荒野中孤独行走了很长时间。确认所遇到的人不是姆济利卡齐的士兵后，他们才答应同科拉纳的领导者唐·康（Ton Qon）成为朋友。和唐交谈的过程中，穆迪发现了他们正面临的潜在危险。唐看中了贝专纳女性酿制啤酒的高超技艺，因此，想要娶一名贝专纳女性作为妻子。唐本以为所有的贝专纳女性都在此前的大屠杀中被杀害，于是放弃了娶贝专纳女子为妻的想法，但是穆迪的出现重新燃起了唐的希望。

穆迪意识到他的真实想法，并暗示丈夫不要同他走得太近。但拉塔加并没有听从穆迪的意见，还由此想到了一句谚语："千万不要由女性牵着走，以免掉下悬崖。"（75）作为一名成年男子，拉塔加却缺少最基本的辨别意识，盲目地信服他人所说的话，这导致他陷入唐设下的试图谋杀他的圈套中。随后，穆迪凭借自身的智慧和警觉，从唐的魔爪下顺利逃脱，并成功从野兽口中将丈夫营救出来。得知事情的真相后，拉塔加为自身的盲目自大而忏悔。穆迪不仅是一位智慧女性，也是敏感、能够洞察人心的女性，她的身上散发着"非洲之母"的光芒。

穆迪是一位女英雄，她不止一次预见了丈夫面临的危险并挽救丈夫于水火之中。当拉塔加为穆迪寻找治病的草药归来时，发现一只狮子就在他们的居住地附近，他成功地抓住狮子的尾巴，并大声呼喊让穆迪拿着长矛将狮子刺死。一般来讲，贝专纳的女性在面临这种巨大危险时，都会选择大声喊叫以向周围人求救，但穆迪与普通的贝专纳女性不同，她不仅临危不惧，而且成功杀死了狮子。在这个过程中，二者的性别角色发生了转变。在非洲的殖民历史中，拉塔加的此番行为象征着非洲的男性抛弃了自身的男性气质，甘愿被白人所控制。于是，具有强烈反抗精神的穆迪希望自己的丈夫能够变得更加具备男子气概，这样做"是为了重获尊重，站起来反抗白人的压迫"①。此外，穆迪梦到向姆济利卡齐复仇的丈夫被杀害，于是全然不顾自己的病情，决心去寻找丈夫。在大自然面前，人类是如此的渺小和不堪一击。虽然穆迪在路途中遭遇极端恶劣的暴雨天气，她却并没有表现出丝毫的退缩，"仍然继续淌过水前行，心中怀着营救丈夫的希望，这场前所未有的剧烈风暴不但没有使她的精神消沉，反而给她带来了希望"（166），"尽管被大雨淋得全身湿透，她的决心丝毫没有动摇"（166）。拉塔加与穆迪之间感情深厚、如胶似漆。由于穆迪曾多次拯救拉塔加的生命，拉塔加无比感激和尊重自己的妻子，认为是穆迪塑造了他。他的生命中有穆迪的存在才会显得完整。

拉塔加同自己的白人好友菲尔谈道"人不是生来就该独自生活的"（171），"只要你没有找到一位妻子，你的男性气概就永远不会被认可"（171）。拉塔加十分尊重自己的妻子，将妻子看作是成就自己的人，把穆迪放在核心的位置。作品结尾处，拉塔加对穆迪深情说道："我已经报了仇，应该感到满足。从今往后，我将不再倾听战争的呼唤和追逐。除了酋长的召唤，我只会听到一个人的召唤，那就是你的声音——穆迪。"（200）

---

① Jenny Bożena du Preez, "Liminality and Alternative Femininity in Sol T. Plaatje's 'Mhudi'", *English in Africa*, 2017, 44(2), p. 53.

　　小说中第二位重要的女性人物是乌曼迪女王，她是姆济利卡齐最心爱的妻子。尽管乌曼迪没有子嗣，却依然深受国王的百般宠爱，这不免引起国王其他妻妾的嫉妒。其中一位便对女王起了杀心，指使一位医生暗中杀害女王。善良的医生不忍心戕害仁慈宽容的女王，于是将事情的原委告知乌曼迪。无奈之下，她只好逃离此地，前往更为安全的地方。

　　但当听到姆济利卡齐的军队因受到布尔人的攻击而节节败退之时，乌曼迪下定决心要回到姆济利卡齐身边，与他一起共度劫难。穆迪在寻找丈夫的途中偶然与乌曼迪同行，听闻她的事迹后，穆迪对女王身上的精神感到敬佩，认为"如此可爱又善良的人竟然是马塔贝莱人，真是可惜"（177）。当穆迪请求乌曼迪在回到国王身边后劝说国王不要再挑起战争时，乌曼迪语重心长地回答说："只要地球上有两位男性的存在，恐怕就会有战争。"（179—180）

　　乌曼迪被国王视作马塔贝莱人的"保护者"，她的回归让国王内心十分欢喜。为表示对乌曼迪女王平安归来的欢迎，马塔贝莱人举办了大型的庆祝活动。虽然马塔贝莱人好战且残暴，但是普拉杰并没有向我们展示马塔贝莱人的悲惨结局。"相反，我们看到姆济利卡齐和他的人民在如今被称作博茨瓦纳的国家的森林里，在他们实行暴政和惨遭失败之地以北数百英里的地方，重建自己的国家。"① 乌曼迪是一位富有包容之心和智慧之见的女王，她的存在不仅能够稳住国王的心，还可以平复马塔贝莱人的军心。跟随姆济利卡齐前往非洲大陆腹地后，乌曼迪便为国王生下一位能够继承父业的王子。在乌曼迪女王的悉心教导之下，这位王子手中掌握的权力和建立的功勋甚至超越了他的父亲。

　　除了塑造两位栩栩如生的女性形象，小说中也充分表现出了贝专纳人对女性意愿的尊重。两对青梅竹马的罗龙男女没能顺利结婚，而是不得已听从父母的意见与他人成为夫妻。婚后，两位已婚女性依然喜欢对方的丈夫，双方发现后为此争吵不已。一名布尔人和罗龙人的酋长分别来为此事评理，二人所持的观点不一。"布尔人说道，在这种情况下，我们会让这个女人依附她的丈夫，让她忘记童年时期所爱的人。"（132）罗龙人的酋长却持反对意见，"不幸的是，我们并不是

---

① Anthony Chennells, "Plotting South African History: Narrative in Sol Plaatje's 'Mhudi'", *English in Africa*, 1997, 24(1), p. 39.

生活在乔萨①的时代"（133），认为部落每一位个体的意愿都应得到尊重。"如果让她和一个不再爱的男人共度余生，那就是犯罪。我的裁决是：从今天开始，诺科要娶波太太，波要娶他爱的女人——诺科的妻子。"（133）"听到这对她们来说唯一明智的决定，两位女性几乎无法掩盖内心的满足。"（133）罗龙酋长不像布尔人那般强硬，他并没有固守传统的婚姻理念，而是从实际情况出发，充分体现了对女性的尊重，重视夫妻双方的情感意愿，从而有效解决问题，这才迎来了皆大欢喜的局面。

## 三、外力压迫下的本土之音

普拉杰在小说中还描述了布尔人与茨瓦纳人之间的两种关系：友好或对立。黑人与白人能够建立友谊，同样具备思想、灵魂和优良品质；白人和黑人亦存在互相对立的情况，但主要原因是白人歧视黑人，无端压榨和迫害黑人。在遭受到白人殖民者的歧视和侵略后，黑人有必要发出自己的声音来保障自身应有的权利，重申自身才是非洲大陆的主人，而非"他者"。

在小说中，普拉杰通过描述拉塔加与一位年轻布尔人成为好友，二者彼此欣赏，说明了白人与黑人之间能够建立深厚的友谊。但作品中这样的和谐关系实属少见，展现更多的却是布尔人的残暴和残忍以及对黑人的歧视和虐待。布尔人在缺少粮食时，会毫不犹豫地袭击杀害自己的邻居，掠夺他们的牲畜和粮食。与生性好战的祖鲁人相比，布尔人则"更胜一筹"。

当拉塔加因受到布尔人的款待而对布尔人有强烈的好感时，富有警觉心的穆迪却持怀疑态度。事实证明，穆迪的直觉是正确的。在布尔人居住的地方，穆迪目睹了一位老妇人以尖锐刺耳的语调大骂那位霍屯督女仆，并从火中抽出一条拨火棍无情抽打女仆的身体。在这一过程中，周围所有的布尔人都无动于衷，反而把旁观如此恐怖的惩罚行为当作一种消遣。这使穆迪看清了布尔人的真实面目，并发誓再也不会来到此地。

---

① 这里的乔萨（Chosa）指的是罗龙部落此前的酋长。

穆迪将自己亲眼所见的事实告知丈夫，但拉塔加并未放在心上，仍然将布尔人视为他的好友。直到他在布尔人居住地附近饮水时，一群布尔人的孩童冲着他大喊"卡菲尔人，卡菲尔人"①，并对拉塔加说了一些污秽谩骂的话语。这时拉塔加才真正意识到妻子所说的话是真实的，才明白布尔人歧视黑人。除此之外，在寻找丈夫的途中，穆迪遇上了布尔人的车队，于是乘坐其马车前行。由于一位霍屯督人在驾驭马车时，险些触碰到另一辆的刹车，紧接着"几乎每一个布尔人都愤怒地喊出他的名字，谩骂他，每个人都想在脏话上胜过别人"（175）。

普拉杰在小说中揭示出了白人殖民者布尔人的罪恶形象。他们的到来为非洲土著人民带来了深重的灾难，让本是非洲大陆主人的黑人成为"他者"。姆济利卡齐带领自己的人民离开原本属于自己的领地向北迁徙，前往非洲大陆的腹地寻求庇护，也是在布尔人强大军事武器攻击之下不得已做出的选择。

小说结尾处，普拉杰还以隐喻的方式暗示了未来整个非洲大陆的命运。作为一名优秀的政治家，普拉杰时刻关注着国家及非洲大陆的命运走向，有着炽热而深沉的家国情怀。菲尔在拉塔加的劝告和暗示之下如愿地在布尔人中找到一位妻子安妮杰（Annetje）。在拉塔加和穆迪将要离开时，安妮杰希望拉塔加一家将来能够和布尔人共同居住一段时间，但都遭到了拉塔加的拒绝。拉塔加说道："你们白人有办法写下有条件的承诺，并把它们当作债务。"（200）菲尔送给拉塔加和穆迪一辆旧马车和两只牲畜作为送别礼物。即便这辆二手马车已经临近报废，其他的布尔人仍然觉得赠予卡菲尔人这样贵重的礼物太过奢华。

与族人不同，菲尔遵循种族平等的理念，不存在对黑人的歧视，而是平等相待，认为"没有希腊人和犹太人、奴隶和自由人、男人和女人、白人和黑人之分，所有人在耶稣基督眼前都是一个整体"（197）。在小说中，除了菲尔和妻子以外，其余的布尔人都遵循着极端民族主义、白人至上主义和种族主义。随着历史进程的发展，殖民者布尔人不断将魔爪伸向非洲腹地，给无数的非洲黑人土著带来了数不尽的灾难。尽管布尔人菲尔和黑人拉塔加之间建立了深厚的友谊，他们之间的浓厚情感与肤色无关，但在历史的洪流之中，少数白人和黑人之间的友谊却经不起历史的重击。

---

① 卡菲尔人（Kaffir）原意是异教徒，是穆斯林对异教徒的称呼。这个词有负面的意义，在南非，是一种对非洲黑人的蔑称。

二手马车是布尔人即将废弃的交通工具，因为这种马车在前进时，会发出让人难以忍受的刺耳声。"二手马车指代的是南非黑人的历史命运，而恩德贝莱人已经被赶出了南非。"[1]马塔贝莱人固然残酷，要求周边的部落定期为其缴纳贡赋，在受到攻击时会尽全力反击，但这可以称得上是一种自我防卫。与马塔贝莱人相比，白人殖民者布尔人更加残酷暴力，生性更为残忍，他们将黑人训练成服务自身的奴隶，把黑人的生命看得如牲畜一般卑贱。在白人殖民者的统治之下，非洲黑人的命运变得愈加悲惨，千千万万名黑人苦不堪言。

白人殖民者的到来迫使土著人离开原有的居住地，搬往距离社会经济中心较远的边缘地带，但当时的黑人并未意识到白人殖民者是怎样一种身份，又会给土著人带来何种程度的影响，依然对能够使用白人殖民者废弃的物品而心怀感激。曾认为自身是一个新的民族祖先的拉塔加和穆迪便是如此，他们乘坐一辆二手马车在一条宽阔的大路上前进着，拉塔加允诺穆迪，今后只听从她的召唤。

此外，马塔贝莱人在遭到布尔人强大的火器攻击而节节败退时，姆济利卡齐曾预言南部非洲将来会面临更惨烈的战争和背叛。这种表达存在一种模糊性，使人不禁思考，他们究竟要走向何方，拉塔加为什么只听从穆迪的召唤，南部非洲要面临怎样的灾难以及非洲大陆未来的命运又会如何？正是"这种模棱两可造就了普拉杰的'道德寓言'"[2]。1852年至1853年，茨瓦纳人和布尔人之间爆发战争。"茨瓦纳人憎恨布尔人的侵略、威胁和虐待，因为布尔人时常抓捕年轻的茨瓦纳男孩、女孩作奴隶。"[3]马塔贝莱人在布尔人的强烈攻击之下，不得不向非洲大陆的中心迁移，渐渐脱离殖民者布尔人和英国人的压迫，这也许是普拉杰在作品中表现出的对于非洲大陆未来的美好愿景——非洲人民不再受欧洲殖民主义的压迫和西方资本主义的压榨，而是过着不被外界干扰的宁静祥和的生活。

作为一名茨瓦纳作家，写作就是普拉杰最好的发声方式。他具备渊博的历史知识，在小说中加入了茨瓦纳人的民间故事、诗句和谚语，将故事和当地的民间文化巧妙地结合起来，以非洲民众喜闻乐见的形式呈现作品。这从侧面表明，书

---

[1] Anthony Chennells, "Plotting South African History: Narrative in Sol Plaatje's 'Mhudi'", *English in Africa*, 1997, 24(1), p. 46.

[2] Michael Green, "Generic Instability and the National Project: History, Nation, and Form in Sol T. Plaatje's 'Mhudi'", *Research in African Literatures*, 2006, 37(4), p. 46.

[3] 徐薇：《博茨瓦纳族群生活与社会变迁》，杭州：浙江人民出版社，2014年，第192页。

面文学的初步发展往往会从民间文学中汲取力量。民间文学中的故事、谚语不单纯是故事，而是成了此后文学创作的核心和源头。在语言上，普拉杰使用的是殖民语言——英语，并在作品中插入非洲的哲理性谚语、诗句和一些非洲特有词汇。"这种混杂的语言是对殖民语言所包裹的意识形态的解构和模糊化，是呈现非洲本土文化的有力尝试。"①普拉杰在小说的前言中就表明，写这部作品的目的之一就是希望能够利用读者的钱来传承发扬茨瓦纳文化。在作品中，他并不排斥殖民语言，而是借助它，同时加入自身的本土元素，以一种"借力打力"的方式来彰显茨瓦纳文化。不得不说，这是作家创作智慧的体现。

另外，《穆迪：一百年前的南非生活史诗》有着丰富的审美意蕴。故事的主人公是一位英雄般的人物，并有着自身鲜明的特征，有自己的情感体验、思想主见和价值判断。这些决定了这部小说"是作为非洲黑人主体的文学性对抗政治性的殖民反击之作"②。《穆迪：一百年前的南非生活史诗》以黑人的视角讲述了黑人之间的部落冲突，书写了茨瓦纳民族的历史、文化特征和生活方式，主张黑人与白人都具备各自的鲜明特征和美好品质。"面对西方几百年来的误读（'没有历史的黑暗大陆'、'没有自我意识的自然人'），非洲人通过政治独立和文学写作找到了自己，他们在诗歌、小说和戏剧里直面现实并找回民族的尊严。"③普拉杰就是其中的代表作家之一，在这部小说中，他呈现了以穆迪为代表的茨瓦纳人自身的历史、精神文化生活及喜怒哀乐，歌颂了茨瓦纳人身上具有的崇高道德品质。作品书写了非洲黑人因力量薄弱和对白人殖民者认知不足而受到的残忍对待，揭示了黑人在白人殖民统治下的悲惨命运，同时也彰显了普拉杰作为一名优秀作家对非洲大陆早日实现真正"独立"以及非洲人民能够成为大陆主人的殷切企盼。

---

① 秦鹏举：《阿契贝与鲁迅诗学比较》，《西南民族大学学报》（人文社科版），2018 年第 8 期，第 172 页。
② 同上，第 170 页。
③ 夏艳：《种族主义与黑非洲文学：从传统到现代》，《外国文学评论》，2011 年第 1 期，第 209 页。

# 第二节
# 海洋探险与异国政治小说大师：尼古拉斯·蒙萨拉特

## 生平与创作

尼古拉斯·蒙萨拉特是英国小说家、剧作家，在第二次世界大战期间为英国皇家海军服务，担任指挥官，后转入外交部门并先后被派往南非与加拿大。蒙萨拉特的多部小说参考了自己的海军服役经历与外交事务经历，是英国对博茨瓦纳等非洲国家和地区殖民历史的文学再现。

蒙萨拉特出生在英国利物浦（Liverpool）兰开夏郡（Lancashire）的一个医生家庭，父亲是一名杰出的外科医生。童年时期在安格尔西岛（Anglesey）的美好度假经历在蒙萨拉特的心中种下了向往大海的种子。他青年时期曾先后就读于温切斯特公学（Winchester College）和剑桥三一学院（Trinity College Cambridge）并获得法律学位，但蒙萨拉特拉认为自己并不适合律师这一职业。在他犹豫未来职业之时，1931年皇家海军胡德号（HMS Hood）上爆发了抗议政府削减水兵薪资待遇的弗戈登海军兵变（Invergordon Mutiny），这一事件激发了蒙萨拉特对政治和社会经济问题的兴趣。不久后蒙萨拉特搬到了伦敦，正式决定成为一名作家，事实上他在大学期间就已经开始创作短篇小说。这一时期的蒙萨拉特是一名狂热的政治左翼分子，他参加社会游行，以自由撰稿人的身份为报纸供稿，同时帮助《工人日报》（*The Daily Worker*）的发售。

蒙萨拉特的第一部小说《思考明天》（*Think of Tomorrow*）于1934年正式出版。他在1934年到1939年共五年的时间里创作了四部小说和一部戏剧。其中，前三部小说在左翼政治思想影响下创作而成，以现实主义的叙述风格表达了对社会问题的思考。第四部小说《这是教室》（*This is The Schoolroom*，1939）带有自传性色彩，讲述了一个理想主义的、有抱负的年轻作家第一次体验"真实世界"的故事。

蒙萨拉特的第一部戏剧《访客》（*The Visitor*，1939）曾在伦敦西区戏剧中心（London's West End）上演，他称这部戏剧为"它根植于对人类的救赎，它的头牢牢地夹在云中"①。尽管演员阵容出色，且受到一些评论家的关注，但这部戏剧最终因票房的惨败而告终，蒙萨拉特因此鲜少再创作戏剧作品。

在第四部小说《这是教室》出版后不久，第二次世界大战爆发。尽管对军事暴力持批评态度，年轻的蒙萨拉特依旧觉得他必须为祖国尽一份自己的力量。起初加入圣约翰急救队（St John's Ambulance Brigade）的蒙萨拉特很快被战争带来的苦难所震惊，他决定"先帮助打赢这场仗，然后再应对道德原则"②。随即蒙萨拉特加入了英国皇家海军志愿后备队（Royal Naval Volunteer Reserve），主要负责护送车队并保护他们免受敌人袭击。对航海的热爱使他成为一名能干的海军军官，出色地完成了战时任务。最终，蒙萨拉特以护卫舰舰长的身份见证了战争的结束。1946 年，蒙萨拉特辞去了军队职务，进入了外交部门。他最初被派往南非的约翰内斯堡，担任英国驻约翰内斯堡新闻办公室主任；然后在 1953 年前往加拿大渥太华（Ottawa）担任英国信息官员，1959 年开始全职写作。

蒙萨拉特在服役期间写了一本航海日记，这本日记为他后期多部小说中的海军生活描写提供了素材。蒙萨拉特的许多作品都与海洋有关：《尼龙海盗》（*The Nylon Pirates*，1960）讲述了一艘远洋班轮上发生的精巧设计的诈骗犯罪故事。《公平一天的工作》（*A Fair Day's Work*，1964）讲述了利物浦码头（Liverpool Docks）一艘即将起航的远洋客轮上爆发的劳工罢工与骚乱。《马耳他教区的神父》（*The Kappillan of Malta*，1973）讲述了第二次世界大战期间马耳他岛上的萨尔瓦多神父（Father Salvatore）在战乱中为无家可归的民众提供帮助，传播希

---

① Paul Xuereb, "Nicholas Monsarrat(1910-1979)", *The Gozo Observer*, 2001, 44(5), p. 1.

② 同上。

望的故事。他也著有短篇小说集《马尔伯勒号将进入港口》（*HMS Marlborough Will Enter Harbour*，1949）和《死于耻辱之船》（*The Ship That Died Of Shame*，1959，后被拍成同名电影）。其中影响最为广泛的海洋小说是《残酷之海》（*The Cruel Sea*，1951），讲述了年轻的海军军官基思·洛克哈特（Keith Lockhart）在一艘名为玫瑰罗盘号（The Compass Rose）的巡洋舰上的服役经历与所建功绩。小说一经出版就成为当时的畅销书，奠定了蒙萨拉特的地位与声誉。W·J·莱德尔（W. J. Lederer，1912—2009）在《纽约时报书评》（*The New York Times Book Review*）的一篇头版评论中写到，尽管故事在人物塑造上还有所欠缺，但"蒙萨拉特在描述他个人对战争的印象时非常出色"，并称这本书是"一个引人入胜、令人信服的故事"①。小说因其激动人心的战斗场景和对大西洋之战的真实描绘而获得 1952 年海涅曼文学奖（Heinemann Award For Literature）②，并于 1953 年被拍摄成电影。

蒙萨拉特出版于 1953 年的小说《埃丝·特科斯特洛的故事》（*The Story Of Esther Costello*）同样在商业上取得重大成功。小说讲述了一个爱尔兰盲聋哑女孩被她的监护人夫妇操控的悲惨故事。这本书表达了作者对无道德的慈善筹款的强烈攻击，随后在 1957 年也被拍摄成电影（国内译作《人海孤鸿》）并引起社会广泛热议。

蒙萨拉特旅居非洲的经历为他的几部异国冒险小说提供素材。这些冒险小说中，最为重要的是以非洲西南部海上的一个虚构小岛法拉摩尔岛为故事背景的《失去酋长的部落》与它的续集《比他所有的部落更富有》。这两部小说是当代博茨瓦纳冒险小说的重要组成部分。法拉摩尔即意指同样曾经是英国保护国的博茨瓦纳，或称殖民地时期的"贝专纳"。20 世纪中期，非洲酋长塞莱茨·卡马与英国白人妻子的跨种族婚姻在南非与英国引起舆论哗然。蒙萨拉特亦受到新闻影响，"当时他必须处理媒体的压力以及卡马被流放过程中出现的其他问题。蒙萨

---

① Eric Pace, "Nicholas Monsarrat, Novelist, Dies; Wrote War Epic 'The Cruel Sea'", *The New York Times,* August 9, 1979. nytimes.com/1979/08/09/archives/nicholas-monsarrat-novelist-dies-wrote-war-epic-the-cruel-sea-wrote.html?_r=0.

② Christine L. Krueger(ed.), *Encyclopedia of British Writers: 19th and 20th centuries (Volume 2)*, New York: Facts on File, 2003, p. 257.

拉特在这件事中似乎包含着对卡马夫妇没有与英国当局合作这一事实的愤慨和恼火。"①

他在小说中也设定了主人公与白人女子的情感故事，并将这段感情描述得不甚愉快。同时蒙萨拉特借鉴了他在外交服务方面的经验，并展现了英国在非洲的殖民手段与非洲人民的反抗。"蒙萨拉特为博茨瓦纳设想的未来比实际展开的要残酷得多，但他对冲突的设定在随后的博茨瓦纳冒险故事中得到了呼应。"②有评论家认为这两本小说与《白王爷》（*The White Rajah*，1961）具有共性，即"这些故事的叙述者被卷入到暴力和兽性的网中，这些也正是原始文化中的生活的特征"③。

作者在1956年接受采访时自述："我也许并不是一个工于文体辞藻的作家，但我想要被别人阅读……我有想要说的话。"④作为连接英国与非洲信息交流的官员，蒙萨拉特见证了非洲大陆殖民与反殖民的冲突，经历了非洲社会文化的巨变，而他尝试用虚构的小说来还原、记录这一切。

蒙萨拉特的最后一部作品是名为《水手大师》（*The Master Mariner*，1978）的两卷本历史小说，由于在作者去世时尚未全部完成，因而第二卷以不完全形式在身后出版。小说基于一个流浪犹太人的传说，讲述了16世纪一位英国海员的故事。作为对他懦弱行为的惩罚，主人公马修·劳（Matthew Lawe）注定要在海洋中航行，直到时间尽头，海洋干涸。作品的大致主题是"英国水手为打开地球所做的一切……探索、绘制地图、殖民、航行，我们在镇压奴隶、扩展贸易市场中扮演着坚定的角色"⑤。作者借主人公的视角重新审视1588年到1805年英国海军的历史。小说中每个部分都是一个新的时期，以海军发展史上的不同阶段或某

---

① Mary S. Lederer, *Novels of Botswana in English,1930-2006*, New York: African Heritage Press, 2014, p. 94.

② 同上，p. 93.

③ Christine L.Krueger, *Encyclopedia of British Writers: 19th and 20th Centuries(Volume 2)*, New York: Facts on File, 2003, p. 257.

④ J. Y. Smith, "Author Nicholas Monsarrat Dies",*The Washington Post*, August 9, 1979, washingtonpost.com/archive/local/1979/08/09/author-nicholas-monsarrat-dies/c96551dd-e24c-4935-843f-3c6e3a7f3d78/

⑤ Eric Pace, "Nicholas Monsarrat, Novelist, Dies; Wrote War Epic 'The Cruel Sea'", *The New York Times*, August 9, 1979. nytimes.com/1979/08/09/archives/nicholas-monsarrat-novelist-dies-wrote-war-epic-the-cruel-sea-wrote.html?_r=0.

个重要领导人为中心。小说主人公见证并参与了历史上英国海军的发展，这也是作者作为前海军将士丰富经历的体现。蒙萨拉特在一生中创作了大量以海洋为主题的小说。其中，以《残酷之海》《水手大师》为代表的此类小说产生了一定影响，使他赢得了"海洋故事的大师"①的美誉。

另外蒙萨拉特著有包括自传在内的两部非小说类书籍：《生活是个四个字母的词：闯入》[ *Life Is a Four-Letter Word (volume 1): Breaking In*，1966 ] 和《生活是个四个字母的词：突围》[ *Life Is a Four-Letter Word (volume 2): Breaking Out*，1970 ]。1979 年 8 月 8 日，蒙萨拉特因癌症于伦敦去世。由于杰出的战功和对英国皇家海军的宏伟叙事，他得到了全国的认可，英国皇家海军实现了他在军舰上海葬的愿望。蒙萨拉特以其简洁的文风和节奏紧凑的叙述而闻名，成为 20 世纪最成功的小说家之一。《每日电讯报》（ *Daily Telegraph* ）称赞他为"一位娱乐价值很高的、让我们物有所值的专业人士"②。他丰富多样的小说类型、新颖奇妙的故事内容正是他作为一位成熟的小说家的标志。

## 作品评析

《比他所有的部落更富有》是蒙萨拉特创作于 1968 年的小说，是他的另一本小说《失去酋长的部落》的续集。两部小说剧情前后连贯，讲述了一个非洲小国如何在英国殖民统治中获得独立、谋求发展、产生矛盾的故事。小说名字《比他所有的部落更富有》取自威廉·莎士比亚（William Shakespeare，1564—1616）四大悲剧之一《奥赛罗》（ *Othello*，1603 ）中的台词。来自非洲的摩尔人奥赛罗是威尼斯城邦雇佣的大将军，他骁勇善战、军功显赫，与元老的女儿苔丝狄蒙娜（Desdemona）两情相悦，结为夫妻。然而由于种族限制与地位差异，他们的婚姻受到许多责难。奥赛罗的旗官伊阿古（Iago）嫉妒奥赛罗娶妻成功，又为自己

---

① Eric Pace, "Nicholas Monsarrat, Novelist, Dies; Wrote War Epic 'The Cruel Sea'", *The New York Times*, August 9, 1979. nytimes.com/1979/08/09/archives/nicholas-monsarrat-novelist-dies-wrote-war-epic-the-cruel-sea-wrote.html?_r=0.

② Nicholas Monsarrat, *Richer Than All His Tribe*, Looe: House of Stratus, 2012, p. 4.

未得提拔而愤愤不平，于是伪造苔丝狄蒙娜与副官卡西奥（Cassio）私通的假象。多疑的奥赛罗相信了伊阿古的说辞，愤怒的他在新婚之日掐死了自己忠贞而无辜的妻子。在谎言被澄清之后，奥赛罗悔恨万分，最终拔剑自刎。小说名字就取自奥赛罗临终感言中的一句：

"你们应当说我是一个在恋爱上不智而过于深情的人；一个不容易发生嫉妒的人，可是一旦被人煽动以后，就会糊涂到极点；一个像印度人一样糊涂的人，会把一颗比他整个族体所有的财产更贵重的珍珠随手抛弃。"①

对奥赛罗来说，苔丝狄蒙娜这颗明珠甚至比他整个族体更富有、更贵重，然而他听信了谗言，将其随手抛弃。对蒙萨拉特来说，"比他所有的部落更富有"就已然从字面上暗示了这是个由权力与金钱而引发的故事。

## 一、虚构小说与历史真实的对照

故事发生在作者虚构的一个名叫法拉摩尔的海岛上。它位于非洲西南部海岸五百英里左右的大西洋洋面上，一个多世纪以来一直属于英国的保护国。岛的南部是维多利亚港（Port Victoria），居住着法拉摩尔人，遍布富丽堂皇的豪宅；中部是本土首都盖门特（Gamate），居住着毛拉人；北部鱼村（Fish Village）与谢比亚（Shebiya）丛林是极为落后的定居点，居住着非毛拉人（U-Maulas，字面意思是非毛拉人）。蒙萨拉特在这里除了借用博茨瓦纳独立前的前身贝专纳是英国的保护地这一历史事实以外，更巧妙地运用词根特性与地域分布，影射了法拉摩尔即是博茨瓦纳。

首先，"maula"就像"tswana"一样作为词根使用，因此法拉摩尔暗指博茨瓦纳，既包括南部的毛拉，也包括北部的非毛拉……其次，非毛拉人憎恨毛拉人及其社

① 莎士比亚：《莎士比亚全集》（五），朱生豪等译，北京：人民文学出版社，1994年，第680页。

会和政治权力,就像博茨瓦纳北部的卡兰加(Kalanga)人憎恨巴恩瓦托(BaNgwato)人的地位一样。第三,法拉摩尔和博茨瓦纳一样,模糊地分为北部和南部地区,东部由一条铁路走廊连接,首都维多利亚港(哈博罗内,Gaborone)在遥远的南部,盖门特(塞罗韦,Serowe)在中部,谢比亚(弗朗西斯敦,Francistown)在北部。谢比亚是吃鱼的人生活的地方,bajatlhapi是博茨瓦纳的一个术语,指的是生活在水上或水边的北方人,他们以鱼为主要食物。①

南北的巨大差异导致法拉摩尔种族冲突严重、国家发展极度不平衡。于是在《失去头颅的部落》中,蒙萨拉特就向读者展示了一个并不富裕且准备不足的非洲小国是如何通过暴力起义获得英国的独立许可的:候任酋长(Chief-designate)迪纳毛拉(Dinamaula)从英国留学归来,他怀着加快国家发展的热切愿望,想要让国家获得独立,却引发了无数阴谋与政治危机。颇具影响力的《泰晤士报文学增刊》(Times Literary Supplement)认为这部作品"既拥有宏大的规模,又注重对细节的刻画,它成功地解决了如何让法拉摩尔吸引读者兴趣的问题",并且"有着非常有效出色的技巧"②。续集《比他所有的部落更富有》就在前者所完成的人民起义、国家独立的先决条件下展开,更侧重于探讨新生国家法拉摩尔领导人集团的腐败与未完全消解的殖民冲突问题。

## 二、族体之争背后的权力阴谋

故事开始于法拉摩尔举国欢庆的独立日(Independence Day in Pharamaul)。海岛南部维多利亚港的板球场作为唯一能够容纳人群的地方,被布置成官方活动的集会场地。大厅里一片寂静,炎热而沉闷的空气带来压迫感。来自全国各地的

---

① Mary S. Lederer, *Novels of Botswana in English, 1930-2006*, New York: African Heritage Press, 2014, p. 95.

② Paul Xuereb, "Nicholas Monsarrat(1910-1979)", *The Gozo Observer*, 2001, 44(5), p. 2.

人被召集起来，聆听独立宣言。他们有人接到了英女王的请柬，有人听到了广播、看到了报纸，有人被族体首领要求出席，也有人仅仅听信了古老的迷信传说。年轻贵族们衣着光鲜，盖门特居民戴着草帽穿着军大衣与破旧的衬衫，鱼村的人们则套着印有政府标志的白色锅炉服。

小说主人公之一的大卫·布莱肯（David Bracken）无声地观察着这严肃而啼笑皆非的集会。即便在炎热的天气里，大卫也保持着佩剑、高领官服、羽毛头盔等例行服饰，其严谨自律的性格可见一斑。他是法拉摩尔的首席秘书，从被英国派遣担任地区官员（District Officer）到驻地专员（Resident Commissioner）再到见证法拉摩尔独立的政要官员，大卫已经在这个国家待了十多年。他兢兢业业地为法拉摩尔处理纷杂的政治事务，并将这段岁月视作"持续的辛劳、挫折与偶尔秘密的欢乐"[1]。在大卫身旁的是新任总统迪纳毛拉，他在度过五年的流放期后回到法拉摩尔。尽管英国官方并没有减少对迪纳毛拉的疑虑，但考虑到他是领导者的唯一选择，官方命令大卫在正常工作的同时观察迪纳毛拉的动态并向上级汇报。迪纳毛拉始终对大卫有所戒备，因为后者是他流放程序的执行者和现行工作的监视者。但在独立之日，两人心照不宣地达成了暂时的友好。"我们摆脱了一个过时的社会制度的束缚……殖民主义已经死了，就像奴隶制本身一样死了。"（7）在迪纳毛拉充满激情的讲话下，民众热情的欢呼声淹没了这片土地，一个新生的独立国家就此诞生。在鲜花与美酒背后，蒙萨拉特悄无声息地埋下不安的种子：大卫与迪纳毛拉微妙的关系，北方与南方悬殊的发展水平，独立日酒席上黑人与白人被区别对待，甚至连降下英国国旗时发生的小小卡顿都微妙地铺垫了不祥的预兆。伍德考克（Woodcock）这位精明的维多利亚俱乐部前任主席立下了关于国家将来会破产的赌约，这正是蒙萨拉特巧妙的暗示。

盖门特的穆伦巴（Murumba）、谢比亚的班卡（Banka）以及鱼村的贾斯汀（Justin）这三位来自北方的首领无疑是蒙萨拉特安排的与迪纳毛拉形成对照的阵

---

[1] Nicholas Monsarrat, *Richer Than All His Tribe*, New York: William Morrow & Company, 1969, p. 4. 本节关于《比他所有的部落更富有》的引文均出自此版本，以下引用随文标注页码，不再一一详注。

营。他们穿着华丽古老的民族传统服饰，沉默而严肃地站立着。依照世代相传的首领制度，他们在人民的拥护下被推选产生，管理着所属的土地、庄稼和牲畜。面对维多利亚港绚丽前卫的政治氛围，这些坚守者只感到无所适从。"这是一个古老的分裂，有时甚至是凶残嗜血的；即使是现在，当这个国家刚刚团结在一起时，它仍然潜伏在血液中，像愤怒，像欲望。"（15）这一分裂在迪纳毛拉上台后愈演愈烈。

从制定宪法、推选议会开始，法拉摩尔中、北部地区的民众就开始无措地面对这些现代名词。地区专员用绘画、符号为这些毛拉土著进行选举规则的解释与翻译，他的这一行为夹杂在两种文明之间，显得有几分孩子气。即便如此，迪纳毛拉还是尽可能提高政府部门里法拉摩尔本土人的比例，他对于国际移民涌入、商业行为扩张、国防力量建设等一系列问题抱有过于乐观的态度，这让大卫开始感到不安。大卫意识到，迪纳毛拉确有考虑向世界银行借贷资金来筹备法拉摩尔海军力量，以至于他不得不设法去反对这个荒诞的想法。大卫与好友阿列克萨尼安（Alexanian）的交谈更加深了他的这种不安。这位犹太商人敏锐地察觉到迪纳毛拉用信贷与假币透支着法拉摩尔本就不稳固的国际声誉。在迪纳毛拉看来，增强国家实力、提高国际地位比这个国家和人民会因此受到什么影响更为重要。他顺利地组建了专属于黑人的议会以便更好地反映同胞们的诉求，并仿效西方国家从政府职能部门、社会基础设施等方面进行大刀阔斧的改造与新建。

从这一角度来说，法拉摩尔确实是一个崭新的国家，但对大多数世代成长于族体中的本土人来说，变化已经远远超出了他们的接受范围。无穷的庆祝、随意的罢工、堕怠享乐的态度，人们顶着新制度的幌子，怀着新奇的态度自我放纵，对社会上弥漫的消极氛围视而不见。议会内部也分裂成以班卡族长为首的保守派和以迪纳毛拉为首的激进派。"危险的是，这个国家在学会走路之前已经在尝试跑步了。"（100）《法拉摩尔报》（*Times of Pharamaul*）主编汤姆·斯蒂尔维尔（Tom Stillwell）直言不讳地提醒着读者。他有着媒体人犀利的眼光与诚实的表达。当整个国家都沉浸在迪纳毛拉画下的宏伟蓝图中时，他冷静而勇敢地分析着其中利弊："并不是所有的改变都值得你们去做。不是所有的新事物都是好的，也不是所有的旧事物都是坏的。"（90）然而，迪纳毛拉与其他政府官员并没有放慢推进的脚步。很快，大卫发现在国家独立的半年时间中，已经出现了超支25

万英镑的账单，其中包括昂贵的车辆与办公设备的采购、公务员大幅上涨的工资支出等一系列不属于政府工作计划的账目。

面对大卫的质问，副手约瑟夫·卡拉托西（Joseph Kalatosi）反而表现得"气定神闲"。他的怪异反应在前文中已有伏笔：他与警察局姆博库（Mboku）上尉先前已被大卫和警察局局长基思·克伦普（Keith Crump）察觉与俄罗斯、赞比亚的外交使臣有私下联络。蒙萨拉特及早地在小说中埋下了伏笔，这两个角色正是迪纳毛拉的爪牙与破坏法拉摩尔秩序的罪魁祸首。

迪纳毛拉的野心甚至不满足于国内。小说将关注点投向了法拉摩尔代表团参加联合国会议的场景。进入联合国大厦带给迪纳毛拉虚荣心的极大满足，他被这一体系的权力与威严所折服。他不仅坚定地要让法拉摩尔成为联合国成员国，更妄想与亚非诸多国家结成同盟以建立投票的统一战线，从而将联合国的主导权掌握在自己手中。

对权力的幻想正逐渐侵蚀着迪纳毛拉的理智，他逐渐偏离了作为领导者的初衷。整个法拉摩尔代表团在纽约无所事事，班卡族长的儿子班杰明（Benjamin）因醉酒引发乌龙事件而进了警局，他倚仗自己拥有外交豁免权而对警官态度恶劣，从而发生冲突；迪纳毛拉甚至让助理保罗（Paul）为他找来了一位应召女郎寻欢作乐。他与原配妻子玛伊卡（Mayika）成婚多年却始终没有子嗣，这成为迪纳马拉的一个心结。他将那位名叫露西·赫珀（Lucy Help）的女郎带回了法拉摩尔。至此，迪纳毛拉开始无所忌惮地揽取权力，背叛了他的人民与这片土地。

奢侈、浪费、腐败逐渐成为法拉摩尔政府的常态。南部的维多利亚港被拨予巨资来修建豪华的场馆与居所，然而北部甚至不能拥有相对完善的交通与基础设施。不仅如此，他与露西不正当关系的公布将妻子玛伊卡置于尴尬境地，变相地嘲讽了玛伊卡背后所代表的盖门特族体。为了控制舆论风向，斯蒂尔维尔所写的呼吁全国停止腐败的文章被禁止发行，任何发表批评迪纳毛拉或该届政府言论的公民都将被处以叛国罪入刑。

迪纳毛拉所在的政党甚至以多数票取得了对议会的绝对掌控权，可以随意凌驾于法律之上。名存实亡的民主制之下，专制主义正卷土重来。迪纳毛拉的一系列行为引发了北方族体的不满。在议会上班卡族长与迪纳毛拉发生激烈的言辞冲突，后者嚣张狂妄的语气进一步激化了南北矛盾。大卫与迪纳马拉沟通无果，他意识到迪纳毛拉正在有意放任这些乱象发生。对迪纳毛拉来说，国家的发展与大卫多年的贡献，都远比不上他对权力的渴望。

所以才会出现僵持，所以才会冷漠地否认正义……他已经不再有愤怒的情绪了，只觉得对这一切感到彻底的厌倦：厌倦了被愚弄，厌倦了这回旋的潮水最终退去并带走了他曾坚信的一切，在他漫长的工作生涯里曾希冀的一切。（220）

大卫在失落之下驱车前往北部。他目之所及是破旧而荒凉的道路、缓慢行进的牛车、汗流浃背的村农、灰黄的山体与灌木，以及每每经过都会脱帽示意的路人。尽管没有南部优越的发展环境，但大卫却在这片荒土找到了内心的安定。

他喜欢他所看到的一切。这是真正的法拉摩尔，占据了他的心的地方，一个远离他所唾弃之人的世界；这里也是真正的非洲，炎热、沉重而古老。这只是这片神秘大陆的一小部分。作为几年前游历了整个大陆的人，他曾许诺过，大卫·布莱肯永远不会离开。他坐在荆棘树下观赏这令人愉悦的景色。对大卫来说，一切都可以用一本他最喜欢的非洲书名来总结：这是老酋长的国家。（222—223）

一代代人民为了法拉摩尔漫长缓慢的发展而付出着，这个国家也不会属于某个人，它属于所有人。然而，大卫的宁静很快被妻子打来的电话打破了。好友基思·克伦普被迪纳毛拉以莫须有的罪名革职并遣送出国。警察局的权力落入迪纳毛拉的喉舌姆博库上尉之手。迪纳毛拉疯狂地拔除异端、压制言论，以丰厚报酬鼓励民众举报对他不利的批评。一时间全国人人自危、谈虎色变，除了赞歌以外不允许出现别的观点。为了巩固自己的统治，迪纳毛拉拘禁并虐待国家前任领导——盖门特酋长穆伦巴，在其去世后以叛国罪对其进行污蔑与丑化。理性而正直的斯蒂尔维尔苦于法拉摩尔的舆论控制，不得不想尽办法在英国的报纸上刊登文章为穆伦巴正名。法拉摩尔国内局势愈发紧张，白人与黑人，南方与北方，空气里弥漫着浓重的火药味。北方族体的起义标志着小说的高潮。这场必然而壮烈的悲剧终于揭开迪纳毛拉丑恶的面目。在神父的带领下，北方的人民举旗南下声讨迪纳毛拉。然而，南北悬殊的军事实力使这场革命注定走向单方面的屠杀。北方的平民被姆博库"和平会谈"的幌子哄骗，他们被聚集到召开独立日会议的板球场里。在维多利亚港人们的冷眼旁观下，姆博库与他的军队开始了一场残忍的大屠杀。

## 三、"自卑情结"与独裁者形象

小说的最后，蒙萨拉特再度把视角回归到大卫与迪纳毛拉这亦敌亦友的两人身上。大卫的愤怒来源于迪纳毛拉的强硬手腕与暴力手段使这个国家又重新退回到古老的专制时代，也使大卫、基思等官员们多年的现代化建设付诸东流。迪纳毛拉的不甘在于，他认为英国驻地官员只会让法拉摩尔再度成为英国的附属。流亡者忘记不了这段屈辱的历史，大卫与他之间的隔阂从他被流放开始就一直存在。"哪个白人能了解非洲呢？"（366）故事以迪纳马拉愤怒地解雇大卫走向尾声。在守卫森严的宫殿里，迪纳马拉依旧在执迷不悟地寻找攫取更多权力的办法。

蒙萨拉特通过描写法拉摩尔这个虚构国家政治道路的毁灭性演变，为读者书写了一部艰难曲折的非洲国家发展史。作者对迪纳毛拉这一角色的刻画是冷静细致却具有尖锐讽刺性的。他对权力的渴望一部分来源于五年流放结束后欲望的反扑，另一部分则来自对痛苦的殖民历史的铭记。他对于过去无法释怀，以至于他对大卫心怀芥蒂。如果说独立初期两人尚且可以为了共同的目标暂时结成同盟，后期愈发明显的分歧则使迪纳毛拉对大卫的偏见变本加厉。

"你仍然把自己看作是一个戴着白色头盔的殖民地领袖。你仍然想让这个国家成为英国的一个小分支。你还是想告诉我该怎么办。你仍然试图阻止我的每一个新想法。"他模仿着说："这太贵了，国家还没准备好，是负担不起的。"他继续发泄着他的愤怒："你甚至试图阻止我们加入联合国！"（367）

即使国家获得了独立，殖民地对宗主国依旧怀有恐惧。迪纳毛拉主观地将大卫视作英国殖民者的代言人，将他客观稳健的意见扭曲成高傲的蔑视，却完全忽视了作为新生国家的法拉摩尔确实存在的各种不足。他讨厌下属继续喊他"酋长"，不承认大卫说国家是"我们的"而坚称是"我的"。记忆里不可磨灭的痛苦时刻刺痛着神经。前殖民地人民急于确认国家的独立，自我的独立，却又不可避免地徘徊在强势话语的阴影下。法农在研究被殖民者临床心理时提出"自卑情结"，关注"压迫关系如何同时毒化压迫者和被压迫者"。他认为"黑人必须去除由白人所灌输的自卑感。去自卑是一种自我存在意识的解放。"①小说中迪纳毛拉的自卑情结也正是殖民主义的产物。但他选择攫取权力以武装自己，对国家的白人官员进行无差别攻击，对南北发展差异视而不见。这一自私的行为使他的物质欲望与独裁野心暴露无遗，导致他最终被权力的潘多拉魔盒吞没。

法拉摩尔的悲剧表现出蒙萨拉特对后殖民时代博茨瓦纳及其他非洲国家政治发展状况的担忧。蒙萨拉特任职非洲多年，从外交事务中获得了充足的素材。国家独立带来政体的新生，但是非洲缺少民主制传统，过快与过大的转变容易给国家带来不稳定的因素。"独立的国家在经济结构和政治结构上基本都沿袭了殖民统治的遗产，只不过掌权人从白人变成了黑人。这套体制立刻催生了腐败和贫富分化，许多国家甚至出现了独裁统治。"②蒙萨拉特坚定地站在普通人、受害者的一边，这也是他在小说中借对迪纳毛拉形象的刻画对其进行严正谴责的原因。同时，作者为法拉摩尔勇于反抗的北方族体人民唱响了赞歌。这群质朴单纯的人们守护着他们的家园，尽管受到发展水平的限制，但仍旧勇于向迪纳毛拉的专制主义与享乐主义发起挑战。但不可避免的，蒙萨拉特身为白人作家的立场使他对博茨瓦纳的观察带有荒凉、落后、原始的刻板印象，"同时他还满不在乎地反复强调来自英国的官员们在遭受无数的苦难和'奴役'，以恢

---

① 徐贲：《后殖民文化研究中的经典法农》，《中国比较文学》，2006年第3期，第23页。
② 蒋晖：《从"民族问题"到"后民族问题"——对西方非洲文学研究两个"时代"的分析与批评》，《文艺理论与批评》，2019年第6期，第124页。

复世界其他地区混乱的原始生活的秩序：殖民管理者能够坚持令他们感到不快且困难的工作，因为他们相信自己服务于更高的目的"[1]。他的这一观点也为这部小说增添了殖民主义色彩。

# 结　语

殖民地与宗主国之间的矛盾伴随历史发展始终，蒙萨拉特有时确会因为"小说主题过于棘手和强势而受到评论界与出版界的批评，尽管对于这些难对付的主题的处理方式稍显得含糊与不够明确，但蒙萨拉特走在了他所处时代的前面"[2]。这部严肃而震撼人心的政治小说正是蒙萨拉特对非洲国家政治发展、人民生活状况的关怀与思索，是作者敏锐洞察力与人文关怀的体现。

---

① Mary S. Lederer, *Novels of Botswana in English, 1930-2006*, New York: African Heritage Press, 2014, pp. 96-97.

②Paul Xuereb, "Nicholas Monsarrat(1910-1979)", *The Gozo Observer*, 2001, 44(5), p. 2.

# 第三节
## 博茨瓦纳部落文化使者：娜奥米·米奇森

## 生平与创作

娜奥米·米奇森是一位英国作家，于1963年成为博茨瓦纳巴科哈特拉（Bakgatla）部落的咨询顾问。小说《太阳明天升起：博茨瓦纳的故事》是娜奥米为博茨瓦纳英语文学做出的重要贡献之一，真实而完整地展现了成长于独立时期的年轻一代的精神面貌。

娜奥米于1897年出生于爱丁堡一个富裕家庭，是家中第二个孩子。父亲是一位卓越的生理学家，叔叔是自由民主政党的领导人，姑姑是"第一位成为治安法官的苏格兰女性"[①]，比娜奥米年长五岁的哥哥后来成为一名著名的生物学家。在家庭环境的熏陶之下，娜奥米亦不负众望，成为一名优秀的作家。

1904年至1909年，娜奥米跟随哥哥前往牛津大学预备学校（Oxford Preparatory School）读书。由于这一学校以男生为主，娜奥米作为这里为数不多的女性，难以找到同伴，也难以适应学校生活。1909年，娜奥米的母亲让其回到家中跟随私人教师学习，这也意味着娜奥米正式的小学生活就此结束。1909年至1914年，在跟随家庭教师学习期间，她除了阅读大量的文学作品之外，还涉猎法语、德语、音乐和舞蹈。与此同时，她还在父亲的引导下做植物实验，立志将来要成为一名植物学家。

---

① Jill Benton, *Naomi Mitchison: A Biography*, London: Pandora Press, 1992, p. 1.

1915 年，娜奥米顺利通过了圣安妮学院（St. Anne's College）的考试，成为一名大学生，但她依然选择在家中接受教育。1916 年，娜奥米和吉尔伯特·米奇森律师（Gilbert Mitchison，1894—1970）结婚。她的丈夫与哥哥是多年的好友。结婚后的三年，娜奥米依然和父母住在一起，继续完成自己的学业。因二人兴趣不同，且处于一战时期，他们的婚后生活并不愉快。娜奥米在其回忆录中也对这一情况有所提及。

1923 年至 1939 年，她和丈夫都居住在伦敦，并打算在此共度余生。娜奥米没有成为一名植物学家，而是怀着对文学浓厚的兴趣逐渐走上了创作之路。娜奥米早年专注于植物实验的丰富经历为其成为一名懂得耐心观察、拥有细腻感知力的作家打下了坚实的基础。娜奥米在这一时期创作的作品包括《被征服者》（*The Conquered*，1923）、《幻想世界》（*Cloud Cuckoo Land*，1925）、《玉米国王和春之女王》（*The Corn King and the Spring Queen*，1931）和《我们曾被警告》（*We Have Been Warned*，1935）。

除了作家这一身份，娜奥米同时也是一位积极为女性发声的社会活动家。20世纪 20 年代末，娜奥米开始在英国杂志《岁月》（*Time and Tide*）上发表文章，宣称女性有权利按照自己的意愿选择是否节育。1928 年至 1933 年，娜奥米成为这一杂志的专栏作家，持续发表短篇故事、诗歌、散文和书评。

1934 年，娜奥米和另一位作家开始共同创作一本反映 1930 年代初期伦敦人民思想观念变化的作品。1938 年，她开始创作小说《烈士的鲜血》（*Blood of the Martyrs*，1939）。1939 年，伴随着第二次世界大战的爆发，娜奥米的生活亦陷入动乱之中，不得不将家庭迁到英国边缘地区的村庄，并在此生活了将近 20 年。与此同时，她也密切关注着国内的政治局势。1943 年，娜奥米参加了苏格兰会议（Scottish Convention），并担任本次会议的副主席。

1947 年，娜奥米成为苏格兰高地专家咨询组（Highland Panel）的成员，为与捕鱼业相关的海洋生态问题建言献策。此后，她还创作了《轻装旅行》（*Travel Light*，1952）、《乌鸦发现之地》（*The Land the Ravens Found*，1955）、《小盒子》（*Little Boxes*，1956）等。娜奥米还是一位和平主义者，关注人类世界的安全与稳定，以及核武器对人类造成的巨大威胁。1961年，她组织了一场大众游行，目的是反对政府的北极星导弹（Polaris missile）计划。1962年，《女性太空人回忆录》（*Memoirs of a Spacewoman*）出版。由于创作了大量优质且主题深刻的作品，她被列为苏格兰文学复兴中的关键人物之一。

20世纪60年代前后，贝专纳人林垂（Linchwe），即后来巴科哈特拉部落的酋长，在英国读书期间结识了娜奥米，对她的写作才能和管理组织能力深感钦佩。1962年，林垂回到贝专纳后，便写信邀请娜奥米成为巴科哈特拉部落的顾问。于是1963年，66岁的娜奥米来到了巴科哈特拉部落的中心村落莫丘迪（Mochudi）。这里气候十分干旱，植被稀少。居住条件与英国相去甚远。人们往往需要步行到数公里之外的水井去打水，来满足日常生活所需。即便如此，娜奥米还是克服了生活中的种种困难。担任部落顾问期间，娜奥米还将林垂收为养子，这让二人的关系更加紧密。

娜奥米的主要职责是为酋长解决部落各项事务提供可行的建议和方案，包括水资源的利用、政治问题和民众间的经济纠纷等。她十分重视自己的顾问身份，认为自己的建议可能会影响整个部落的发展历程。20世纪60年代，娜奥米大约每年到部落两次，前后共近20次。娜奥米自英国前往博茨瓦纳的旅途总会经历重重阻挠，其中就包含部分路线被无端切断。1965年前后，娜奥米被南非政府列入"禁止移民"的名单中，她在1960年至1990年之间所创作的与博茨瓦纳有关的作品也被南非政府封禁。即便如此，娜奥米依然坚决多次重返这片土地，可见其对博茨瓦纳人民的深厚感情。

1966年，博茨瓦纳脱离了英国政府的殖民统治，成为一个独立的国家。娜奥米和巴科哈特拉部落的人民共同见证了这一历史上的关键时刻。此后，凭借自身丰富的社会活动经历和组织管理经验，娜奥米积极帮助所在部落更好地融入博茨瓦纳主流社会，起到了至关重要的作用。娜奥米尽力为巴科哈特拉部落的人民"奉献自身的精力、时间、专业知识、发电机、印刷机，以及所有她能收集到的东西"[1]。这也让她在部落中有着较强的影响力和亲和力，深受人民的尊敬和爱戴。娜奥米

---

[1] Jill Benton, *Naomi Mitchison: A Biography*, London: Pandora Press, 1992, p.153.

将自己融入了这个集体，认为自己是部落中的一分子，还把莫丘迪看作是自己除了英国伦敦之外的另一个家，将其称为"精神家园"。

在博茨瓦纳担任巴科哈特拉部落顾问期间，娜奥米创作了多部小说，如《我们何时成为男人》（*When We Become Men*，1965）、《重返仙女山》（*Return to the Fairy Hill*，1966）和《太阳明天升起：一个博茨瓦纳的故事》（*Sunrise Tomorrow: A Story of Botswana*，1973）。《重返仙女山》主要讲述的是娜奥米在博茨瓦纳的真实经历。在这一作品中，娜奥米再次表明她属于其所在的部落。此外，她还发表了一些重要文章，包括《致一位非洲酋长的公开信》（"Open Letter to an African Chief"，1964）、《博茨瓦纳的部落价值观》（"Tribal Values in Botswana"，1967）、《进口专家》（"Import-Expert"，1975）和《博茨瓦纳的矛盾之处》（"Botswana Contradictions"，1978）等。

1970年，娜奥米的丈夫去世，这让她悲痛万分，此时的她依然心系巴科哈特拉部落。1971年，她重返博茨瓦纳，和部落酋长一同探讨部落内兵团整顿的事务。此后，娜奥米持续创作并出版了多部以非洲为主题的作品，例如《非洲人民》（*The Africans*，1971）、《克利欧佩特拉的人们》（*Cleopatra's People*，1972）、《非洲的生活：布拉姆·费舍尔的故事》（*A Life for Africa: The Story of Bram Fischer*，1973）和《非洲图景》（*Images of Africa*，1980）。

1988年，九十多岁高龄的娜奥米再次来到博茨瓦纳这片土地，看望巴科哈特拉部落的广大民众。她所创作的与博茨瓦纳有关的作品成了博茨瓦纳呈现给世界的闪亮名片。娜奥米是一位极为多产的作家，一生创作了九十多部作品，涵盖各类体裁，包括小说、回忆录、诗歌、剧作等。写作就是其生命存在的方式，直到去世的前一年，百岁老人娜奥米仍然笔耕不辍。1999年1月11日，这位做出杰出贡献的巴科哈特拉部落文化使者永远地离开了这个世界。

# 作品评析

　　《太阳明天升起：一个博茨瓦纳的故事》是娜奥米创作于 20 世纪 60 年代中期前后的小说。与娜奥米其他几部和博茨瓦纳有关的作品相比较，这部作品更为完整而生动地展现了博茨瓦纳由殖民地社会走向独立社会的整体风貌。小说主要讲述的是心怀国家、立志高远的年青一代的成长历程，展现了娜奥米对于博茨瓦纳未来的发展走向所持的乐观态度。

　　这部作品以博茨瓦纳独立前后的历史为背景，以卡拉（Kala）和迪特东（Dithoteng）村落人们的生活为场景，以赛洛依（Seloi）和莫克各西（Mokgosi）为中心人物，展现了博茨瓦纳人在这场重要的社会变革中的思想转变和命运走向，并以英国白人作家视角对博茨瓦纳独立后的重建过程进行了观察，引发了人们对这一特殊历史时期的关注和思考。

## 一、代际观念之别与个体意识觉醒

　　小说中讲述了两代人思想观念的碰撞以及他们各自在思想上发生的转变。作品一开始便将卡拉落后贫困的景象展现在读者眼前。居民们住的房屋的屋顶多数都是茅草，日常生活用水都需要人力用水桶去搬运。由于气候的原因，博茨瓦纳常年干旱，居民全部都是靠天过活。"一切都取决于雨水。"①尽管人们无比渴望每年的雨水都能够多一些，但现实情况是每四年才会有一次充沛的降水。除了水源之外，交通也是人们面临的一大难题。村中只有酋长拥有一台小汽车，他每次发动汽车都会引来一群人观赏，殊不知，这辆汽车已经是破旧不堪，随时会有抛

① Naomi Mitchison, *Sunrise Tomorrow: A Story of Botswana*, New York: Farrar, Straus and Giroux, 1973, p. 8. 本节关于《太阳明天升起：一个博茨瓦纳的故事》的引文均出自此版本，以下引用随文标注页码，不再一一详注。

锚的风险。由于车辆极少，居民前往别处一般都会站在路边等待车辆，搭乘陌生人的顺风车，或者就是选择步行前往目的地。

正是基于这样惨淡的现实，卡拉村落的人们才发觉只有实现乡村现代化才能真正便利人们的生活。因此家用蓄水池、水泥屋顶、存储雨水的大坝陆续出现，人们的生活条件因此得到了改善。但缺少必要的交通工具这一难题仍没有妥善解决，于是，实现国家现代化的使命和任务就落在了年轻一代的肩膀上。

赛洛依就是其中的一位主人公。其父亲是一位车辆修理工，今生最大的愿望是成为卡拉的酋长，从未考虑过村落以外的人和物。但赛洛依的思想却和他不同，赛洛依梦想着成为博茨瓦纳的一名护士，为国家走向现代化做出自己的贡献。当小学毕业的赛洛依表示想要前往离家50英里的克雷格斯（Craigs）接受中学教育时，她的母亲持反对意见，希望她留在家中帮忙做家务。

与此同时，赛洛依的伯父也在为其考虑谈婚论嫁之事。赛洛依的母亲和伯父所持的观点相同，即女孩子不需要接受更多的教育，嫁给一位拥有牲畜的男子对于女性来说就已足够。但赛洛依拒绝嫁人，下定决心继续求学，立志成为一名护士，为更多的人服务。因为，"国家需要护士，这是众所周知的事情。护士能够帮助更多的人"（13）。赛洛依的母亲目光短浅，看不到教育对于女儿的重要性，只考量女儿的出嫁能为自己的家庭换来多少头牲畜。

赛洛依的求学之心十分强烈，因而和母亲吵得不可开交。安德鲁（Andrew）医生的出现成功化解了所有人对赛洛依的误解，他说道："我了解这个小女孩会做许多善事。她会帮助生病的人，就像我本人救助病人一样，这是为了取悦神灵莫蒂默。所有人都不应该生她的气。"（14）非洲的传统医生一般叫作定加卡（Dingaka）①，由于具备看清人心思的能力而成为祖先的代表人。非洲的民众往往对传统医生怀有敬畏之心。安德鲁医生的这番话语让赛洛依拥有自主选择的权利。她顺利地入学，并于第三年考取了护士初级资格证，如愿成了一家医院的护士。

---

① 定加卡更多的是进行精神激励的传统医生。这一词汇来源于dinaka，指的是装满药物的小动物头上的"角"。传统医生往往会将其挂在脖子上。

在当时，教育偏见不只局限于卡拉这一个村落，而是一种较为普遍的现象。在距离卡拉一百多英里的迪特东，人们也不重视教育，认为教育没有实际的用处。他们看重的只是自身所拥有的财富——牲畜。在他们看来，牛不仅象征着财富，更象征着身份和地位。在茨瓦纳人的日常生活里，牛是极为重要的，"除了出售牛肉得到现金，牛还能用于耕地、取奶饮用、食肉和作为婚丧宗教仪式的礼祭品"①。

莫克各西是迪特东学校里唯一的学生。这里的学校的基础设施和师资队伍很差。学校里唯一的老师是一位小学毕业的女孩，不久前刚通过毕业考试。即便现实条件不尽如人意，莫克各西依然对学习有着热爱之心。当莫克各西表示想要继续读中学时，父母亲就向他提出疑问，在小学了解到的知识足够应对日常生活了，为何还要继续读中学呢？对于其父母来说，读书并不重要，而供应孩子读书所需要的费用才是他们最关心的事情。了解到父母亲的真实想法后，他发奋读书，获得了能够继续学业的奖学金。

在学校中所学的内容都是通过自身努力能够认识和理解，并且是有一定的规律可循的，这就是莫克各西热衷于读书的原因。这与村落中的神秘主义思想不同。村落中不时流传的诅咒和咒语常常会让人们感到不安。由于不清楚究竟做错了什么事情，人们往往只能向他们所信任的非洲传统医生求助。一切都充满了神秘色彩，所有人都深陷于疑惑的漩涡之中。莫克各西厌恶这种一无所知、束手无策的感觉，因此更加愿意待在学校学习新的知识。

莫克各西和赛洛依本质上是一样的，二人都有强烈的求知欲和高远的志向。当莫克各西的父亲问他读更多的书是否有益于人生，他回答道："是的，毕竟，迪特东并不会一直是诸事顺遂。将来总有一天会有一条路展现在我们眼前，接着到来的将会是整个世界。"（21）为了表示对父亲的感谢，他时常和父亲一同去打猎，做一些辅助性的工作。莫克各西是一位细致而又认真的人，在打猎时不只是专注于杀戮，还懂得用心观察不同动物的生活习性。

---

① 徐薇：《博茨瓦纳族群生活与社会变迁》，杭州：浙江人民出版社，2014 年，第 104 页。

此外，莫克各西从父亲那里了解到马萨瓦人（Marsawa）是布须曼人的一个分支。他们是天生的猎人，能够识别上千种动物，有着与迪特东村落的人们不同的饮食结构。莫克各西回想起布须曼人通常会在干旱年代向村落的人乞讨水源，他们吃东西时就如同动物一般，无论男女，都身穿简陋的兽皮衣服。鉴于此，莫克各西从心底蔑视布须曼人。不久后，他便如愿进入了中学，遇到了和自身志同道合的赛洛依。

赛洛依在求知求学这一方面要比自己父母一辈更有远见，但是在对"现代"的理解上，赛洛依固执己见。她心中的现代的标准与白人一致，并以白人为榜样。她还为自己起了一个听起来更加现代的外国名字——丽贝卡（Rebecca）。赛洛依还要求莫克各西必须穿短裤，这样她才会答应同莫克各西一起观看足球比赛。因为短裤通常是欧洲人所穿的，象征着文明和体面，这样才能凸显现代化。体面的工作、欧化的名字和白人的着装在赛洛依看来就意味着"现代"，可见赛洛依对于现代的理解还仅仅停留在表面。

当赛洛依执迷于事事都追求现代，甚至忘记了自己并非欧洲人而是博茨瓦纳人时，旁人的观点逐渐使她醒悟。其堂妹阿乐桑（Aleseng）去医院找赛洛依时，发现只有欧洲女护士戴着帽子，原因是欧洲女孩的头发长，需要戴上帽子以便照顾病人。阿乐桑反问赛洛依，那为什么不给博茨瓦纳女孩设计一款帽子呢？非洲人也应有属于自己的帽子。

此外，当赛洛依要求莫克各西必须身穿短裤才能和她一起看足球比赛时，一旁的哥哥如唐（Rutang）认为，"这太离谱了。我们并不是依靠短裤来建设博茨瓦纳的"（66）。拥有短裤并不是文明的象征，拥有技能才是。此时的赛洛依才开始质疑此前单纯追求现代的想法，并认为，"因为成为非洲人和成为现代人同样重要，二者并非相反的事情，而是相辅相成的"（77）。博茨瓦纳人需要的并非是白人使用过的"二手物品"，而是拥有属于自己的并且是全新的东西。

真正的现代是需要人们从博茨瓦纳当下的现实出发，切实解决人民的需求，以此来促进国家的发展。于是，赛洛依考虑到偏远地区的人们一周只有两次机会看病的现实，为了让博茨瓦纳更多的人及时得到医生的救治，她决定在无水无电、生活条件极差的偏远地区开一家小诊所。赛洛依身上的这种吃苦耐劳、为民奉献的精神令卡拉村落的人们钦佩不已。这也意味着赛洛依意识到了"现代"的真正内涵。

　　赛洛依的思想转变表明，她真正意识到了博茨瓦纳缺少的和需要的是什么。与此同时，小说的另一位主人公莫克各西也在经历着同样的改变。起初从父亲口中得知布须曼人的生活习性后，他从内心看不起布须曼人，但在学校与布须曼人接触后，他为自己曾经蔑视布须曼人而感到惭愧。他和一位叫作涂巴耶（Tubaye）的布须曼男孩成了朋友。涂巴耶不仅能够辨别各种不同的动物，还对各类动物的生活习性熟稔于心。

　　他并不是莫克各西所认为的"野蛮人"，相反，涂巴耶不仅接受了良好的教育，还对自己将来要做的事情有着清醒的认知——成为一名护林员，梦想着将来能够拥有自己的自然保护区。当了解到莫克各西不清楚自己要做什么时，涂巴耶说道，"人必须有自知之明"（13）。这让莫克各西意识到自己此前的想法是多么的无知。能够反思自己，改变以往秉持的偏见对于莫克各西来说是一种进步。

## 二、神秘莫测的非洲传统信仰

　　非洲的传统宗教已经渗透到民众生活之中，深刻影响着人们的思维方式和处事之道。小说中，娜奥米用了大量笔墨来书写非洲人的传统信仰，将善良友好、真诚虔诚的非洲人民展现在读者的眼前。在博茨瓦纳成为英国的殖民地之前，欧洲的传教士在 19 世纪初率先到达了这片土地。他们将《圣经》翻译成茨瓦纳语、建立英文报社，发行英文刊物、创办教会学校和宣扬基督教的教义等，试图让本地的人民放弃自身原有的信仰，转而信仰基督教。

　　但博茨瓦纳人民非但没有放弃传统信仰，反而将基督教的部分教义纳入传统信仰之中。这既展现出他们对传统信仰的坚守，也表现出他们对外来教派的包容。没有信仰的民族是没有未来的，而他们的信仰，却早已根植于灵魂之中。在信仰基督教的殖民者面前，博茨瓦纳人民仍然时刻清楚自身的身份，这是博茨瓦纳人民的可贵之处。正因为有信仰，人才会有敬畏之心。

　　在茨瓦纳人信仰的神灵当中，莫蒂默（Modimo）是最主要的一位，其名字神圣到不能被人们大声讲出来，否则会被视为对神的不尊重。另外，这个词还与表示祖先魂灵的巴蒂默（Badimo）有一定的关系。非洲人民十分敬重自己的祖先，在做事之前都会斟酌自身的行为和言语是否会违背祖先的意愿，触怒祖先。据说，有些传统医生会在梦中受到神灵或是祖先魂灵的召唤，具备识别祖先或神灵心思的能力。实际上，每个村落都有一位传统医生，他们不但能够保护家庭，为村民治病，还能保卫部落的安全和稳定，因此深受部落民众的尊重和爱戴，在部落中有着很高的地位和影响力。

传统医师又叫作传统医生、草药师，是上帝赐给非洲社会的最伟大的礼物。但是，由于部分欧美传教士、作家、发言人和殖民官员等对非洲人民信仰传统医生的否定，这些原住医师专家们被错误地贴上了'巫医'的称号。①

巫师可以帮人治病，由于具备使用咒语杀人的能力，也会置人于死地，通常会造成周围部落之间"不和谐"。而传统医生则使用精神治疗法或草药专门为人医治疾病，或是通过预言的方式帮助人们度过劫难，其所作所为是利于民众的，因而和周围人们相处得十分融洽。

小说中，传统医生在推动情节发展方面起到了不可忽视的作用。例如，赛洛依坚持不嫁人而是选择继续接受教育，因而遭到了全家人的反对。这个矛盾正是在传统医生安德鲁的调停之下才得以解决。赛洛依在医院就职后，对非洲传统医生的医术表现出明显的不信任。另一位护士劝说道，"丽贝卡，不要轻视定加卡，他们能做很多事情"（69），"此时赛洛依记起她曾在传统医生的帮助下才获得了众人的理解"（69）。

莫克各西的两个弟弟因贪吃蜂蜜，试图用火烧的方式赶走蜂巢上的蜜蜂，却不小心在四周都是牧草和庄稼之地引起了火灾。幸运的是，大人及时赶到，迅速将火扑灭，否则火势一旦蔓延，后果将不堪设想。在传统的观念中，这种极具破坏力的行为势必会触怒祖先的魂灵。于是不久后，莫克各西的父亲回到家中发现门后有十分"可怕的东西"，便立即向传统医生求助。传统医生问他是否做了违背祖先意愿的事，是否在打猎时踩到了什么触犯神灵的事物，并建议他一整天都要远离女性、孩子和一切危险的事物。果然不久后，门后"可怕的东西"就消失了。

---

① John S. Mbiti, *African Religions and Philosophy*, New York: Doubleday, 1970, pp. 217-218.

卡拉村落有一名纨绔子弟，绰号为"双虎"（Tiger-Tiger），他偷走了原本用于修建村落房屋资金中的 10 兰特（Rand）①。失主发现钱不翼而飞后，便去找安德鲁帮忙找出偷盗者。最后，安德鲁通过嗅觉找到了盗贼。此外，两位白人驾驶飞机时，不慎跌落在卡拉村落中。当赛洛依告知他们需要接受医生的治疗时，他们问赛洛依是否为非洲的"巫医"，并表示不愿接受"巫医"的治疗，而更相信西医。即便如此，卡拉村落的传统医生依然保持善良友好的态度，尽力救治，悉心照顾这两位"不速之客"，直至他们痊愈。在博茨瓦纳，几乎每个人的一生都与传统医生有关。以上多个事例都展现了传统医生在日常生活中的重要作用。非洲传统医生身上有着神秘的色彩，被认为是常人无法看透的，这也是非洲传统信仰的神秘之处。

## 三、勇担重任的青年一代

事实上，随着博茨瓦纳社会不断向前发展，传统的思想和信仰会不断受到挑战。青年是一个国家发展的未来和希望。他们的思想观念对于国家的命运走向有着至关重要的作用。娜奥米在小说中揭示了青年一代在传统思想、信仰方面和父母一辈人的摩擦和碰撞。放假回到家中的莫克各西发现患病的妹妹被单独关在房间，于是便询问父母事情的缘由。父母表示这是家中有人冒犯了祖先的后果，并警告他不能让医生为妹妹看病，只能默默承受祖先的惩罚，否则会激怒祖先，招致更大的灾难。

父母思想顽固，任凭莫克各西如何劝说都无用。于是，莫克各西选择在夜半时分家人入睡后，偷偷带妹妹去赛洛依所在的诊所看病。赛洛依顺利将妹妹的病治好了。天亮之前，他们平安返回家中，父母亲并不知情，认为是祖先宽恕了他们一家。这种没有事实根据的判断和猜测让莫克各西感到厌倦和反感。他不愿和父亲理论，但是他十分清楚，人并不是只能被动地等待神明的惩罚，相反，人是有能力辨别是非并改变现状的。

---

① 兰特是南非的货币单位。

顺其自然、听天由命并不是莫克各西推崇的。"迄今为止，一旦涉及到巫术，就和理性毫无关系了。人们就完全被邪恶的事物所控制。"（85）人们的理性在巫术面前完全失去了作用，只是任凭事态自然发展下去。他认为，人们应当停止思考那些和"魂灵"相关的事情，应尽力去扩大自身的认知，不断扩充自己的眼界，对于传统的文化，应当取其精华，弃其糟粕。非洲人十分重视祖先，但有时候难免会出现盲目信仰的情况。这种情况下，接受过现代教育的年青一代在思想上与父母相异也是不可避免的。

与村落中的传统居民相比，接受过现代教育的青年人对于新事物的接受能力和应对能力更强。两位白人驾驶的飞机不慎从空中跌落，吓坏了村落中的人们。当看到一位白人手中有枪时，人们四散奔逃。只有赛洛依鼓足了勇气带着自己的医药箱前去救治两位男子，并以真诚的行动赢得了他们的信任。赛洛依此举不仅改变了人们对女性的刻板印象，也更新了人们对于受教育者的认知。

在创作艺术上，小说主要从孩童的视角讲述故事，语言简单明快、通俗易懂。娜奥米用茨瓦纳语为小说中重要的人名和地名命名，以此更好地突出博茨瓦纳的独特性。作品由15个故事组成，表面看似分离不够紧凑，实际上故事与故事之间的内在情节结构却是紧密相连的。小说中，双虎是娜奥米笔下的一位有为青年，成年后，他不再满足于别人以绰号称呼他，而是要求别人喊他的名字，这是博茨瓦纳人自我意识觉醒的体现。此外，在作品命名上，娜奥米也别具匠心。小说的名字——"太阳明天升起"有着美好的寓意，预示着在不远的将来博茨瓦纳将是充满阳光和希望之地。

娜奥米笔下的人物是博茨瓦纳历史的积极创造者，是国家发展进程中的感受者、思考者、追求者和行动者。他们的追求不只是局限在个人的狭小圈子中，同时也与博茨瓦纳的社会发展相连。作者通过刻画数位朝气蓬勃的青年形象，例如志向高远、勇敢无畏的赛洛依，肯定人自身价值和能力的莫克各西，为国奉献的如唐，热爱新事物、不安现状的阿乐桑，具有自我意识的双虎和对未来有着清醒认知的涂巴耶等，展现了年青一代的智慧、勇气和远见。

作品结尾处，赛洛依对莫克各西说道："博茨瓦纳是一个如此小的国家，几乎像一个孩子，即使是少数人的努力也可以让事情变得更好。也许……也许我们可以做到。"（120）作者运用热情满怀又有些许迷茫的话语来暗示国家在刚独立时遇到的真实境遇，并将青年一代的命运与国家的命运紧密相连。但可以肯定的是，在这些时刻心怀国家，立志要为国家的发展贡献自身的心血和精力的年青一代引领之下，博茨瓦纳必定能够迎来繁荣和昌盛的明天。这是整部小说表达的主题，体现了娜奥米作为一名优秀作家和巴科哈特拉部落顾问对于博茨瓦纳的美好祝愿。

第三章

文学现代性的发展

（1966 年至 2000 年）

贝西·黑德（Bessie Head）

诺曼·拉什
（Norman Rush）

巴罗隆·塞卜尼
（Barolong Seboni）

# 引　言

1966 年 9 月 30 日，贝专纳正式独立，更名为"博茨瓦纳共和国"。建国初期，由于博茨瓦纳本土人才奇缺，政府引进了许多外国知识分子。之后，博茨瓦纳在学习他国经验的同时，大力发展本国经济，走出了一条属于自己的富裕之路。与此同时，博茨瓦纳英语文学也在大力发展，在文学主题、文学表达等方面进行现代性探索。

在这个阶段，博茨瓦纳英语文学共有三位代表作家：第一位是流散者贝西·黑德（Bessie Head，1937—1986），她于 1964 年从南非流亡至博茨瓦纳，在这里开始了写作生涯；第二位是美国作家诺曼·拉什（Norman Rush，1933— ），他在博茨瓦纳任和平队主任期间获得了灵感，以此为材料创作了许多小说；第三位则是诗人巴罗隆·塞卜尼（Barolong Seboni，1957— ），他是博茨瓦纳作家协会的创始人，为本国文学做出了巨大贡献。

独立时，博茨瓦纳是全世界最贫穷的国家之一。英国留下的遗产几乎是空白：博茨瓦纳的农业、畜牧业均十分粗放，工业方面只有一座屠宰厂，而交通运输方面只有一条产权属于南罗得西亚（今津巴布韦）的过境铁路和 6 公里长的沥青公路。财政开支有一半需要英国补贴，一直到 1972—1973 年，博茨瓦纳政府才实现财政开支自给。① 当时博茨瓦纳又遭逢了严重的旱灾，导致 40 万头牛死亡，全国五分之一人口需要靠国际救济粮生活。② 与此同时，博茨瓦纳的外部环境也不容乐观。只有东北一角与独立国家赞比亚相连，东面的南罗得西亚处于白人统治下，南面的强邻南非由种族主义政权管辖，西北面的西南非洲（今纳米比亚）则被南非霸占。其中对博茨瓦纳影响最大的是南非，它的贸易、海关、金融等都依赖南非并受其控制。1966 年，博茨瓦纳有将近 60 万人。在南非工作的男性劳工就有几万人；70 年代初期，这一比例达到三分之一。③ 可以说，此时的博茨瓦纳三面临敌，内外交困，需要尽快实现各项事业的发展。

建国初期正是百废待兴之时，博茨瓦纳需要大量人才，但本国教育十分落后：由于英国殖民者对博茨瓦纳教育的忽视，独立时国内有大量文盲。④ 当时博茨瓦纳只有 16 名学生有资格接受高等教育。⑤ 整个国家只有 40 个茨瓦纳人有大学学士学位，约 100 人有高中文凭。在高等教育方面，博茨瓦纳也根本无条件独立办学。所以，政府与莱索托（巴苏陀兰）和斯威士兰两国合作，建立了博茨瓦纳、莱索托和斯威士兰大学（University of Botswana, Lesotho and Swaziland），这是博茨瓦纳唯一的高等教育机构。在莱索托退出后，博茨瓦纳和斯威士兰又在 1976 年联合成立了博茨瓦纳和斯威士兰大学（University of Botswana and Swaziland）。

为了各项事业的发展，博茨瓦纳不得不向外寻求人才。以教育领域为例，1950 年，在 487 名小学教师中，只有 195 名是合格的，其中相当一部分是外籍教师，主要来自南非。⑥ 而在这一时期，博茨瓦纳拥有一种特殊的外来高素质人才，这就是流散者——尤其是来自南非的流散者。1948 年主张"白人至上"的南非国民党（National Party）上台后，就开始推行种族隔离制。严苛的种族主义法律对

---

① 徐人龙（编著）：《列国志：博茨瓦纳》，北京：社会科学文献出版社，2010 年，第 137 页。

② 同上，第 136 页。

③ "Botswana Demographic profile". *IndexMundi*, September 18, 2021, www.indexmundi.com/botswana/demographic_profile.html.

④ T. Maruatona, "State Hegemony and the Planning and Implementation of Literacy Education in Botswana", *International Journal of Educational Development*, 2004, 24(1), pp. 53-54.

⑤ Bernard Moswela, "Teacher Professional Development for the New School Improvement: Botswana", *International Journal of Lifelong Education*, 2006, 25(6), p. 624.

⑥ 同上。

民众生活造成了巨大影响，据统计，20世纪60年代初，约有4万到6万南非人被流放。① 美国学者马丁·塔克（Martin Tucker）也在其著作《二十世纪的文学流亡：分析和传记辞典》（*Literary Exile in the Twentieth Century: An Analysis and Biographical Dictionary*，1991）里写道："作家离开自己的国家，是因为他们渴望更自由的生存状态，无论是在政治、宗教信仰还是社会和性观念方面。"②

由于其特殊的地理位置，博茨瓦纳成了南部非洲各国的解放运动组织与国际联系的中转站，也是主要的难民接收国和中转点。而来自南非的流散者，也为博茨瓦纳的建设贡献了自己的力量。如1962年来到贝专纳的反种族隔离活动家、教育家帕特里克·范·伦斯堡（Patrick Van Rensburg，1931—2017），他在1973年正式成为博茨瓦纳公民。范·伦斯堡致力于教育事业，他创办了斯瓦宁山学校（Swaneng Hill School）等多所中学，还兴办了全国性的英语报纸《博茨瓦纳报道者》（*Mmegi*，创办于1984年）③。1979年，南非诗人蒙格尼·瑟罗特（Mongane Wally Serote，1944— ）和艺术家萨米·姆涅勒（Thami Mnyele，1948—1985）相继来到博茨瓦纳，他们加入了知名的莫杜艺术团（Medu Art Ensemble）④，用创作表达对种族主义的抗议。其中最有名，且与博茨瓦纳这片土地感情最深的作家则是贝西·黑德。

贝西·黑德生在南非，也在南非长大，但她流亡后才真正开始创作生涯。博茨瓦纳包容了这位流散者，也给了她无限灵感。她以自己的流散经历为灵感，创作了小说《雨云聚集之时》（*When Rain Clouds Gather*，1968）和《权力问题》（*A Question of Power*，1973）。同时，贝西·黑德也非常关注博茨瓦纳的社会问题。比如，她在小说《玛汝》（*Maru*，1971）中探讨了博茨瓦纳内部的种族主义，

---

① Joshua Agbo, *Bessie Head and the Trauma of Exile: Identity and Alienation in Southern African Fiction*, New York: Routledge, 2021, p. 36.

② Martin Tucker (ed.), *Literary Exile in the Twentieth Century: An Analysis and Biographical Dictionary*, New York: Greenwood Press, 1991, p. 18.

③《博茨瓦纳报道者》是博茨瓦纳英文国家报纸的在线版本，从2006年开始成为唯一的独立发行日报。

④ 莫杜艺术团（Medu Art Ensemble）：1977年由流亡的南非黑人艺术家成立的一个团体，目的是参与解放斗争并抵制南非种族隔离政策。它于1978年搬到博茨瓦纳的哈博罗内，在非洲人国民大会的支持下，正式注册为博茨瓦纳政府的文化组织。

表达了对受歧视的桑人（San people）<sup>①</sup>的同情。另外，她还从博茨瓦纳乡村妇女的生活里取材，创作了短篇小说集《珍宝收藏者和其他博茨瓦纳乡村故事》（*The Collector of Treasures and Other Botswana Village Tales*，1977）。这些作品成就了贝西·黑德的文学地位，使她成了博茨瓦纳最具国际影响力的作家之一。

在这一时期，非洲民族解放运动如火如荼，世界在关注非洲，也在关注非洲文学。1958 年，亚非作家协会（Afro-Asian Writers' Association）成立，东方把目光投向了非洲文学。西方立刻赶上，第一次非洲作家会议（African Writers Conference）也于 1962 年 6 月在乌干达坎帕拉（Kampala）召开。与此同时，许多外国出版商开始大量引进非洲文学。例如，中国的《世界文学》杂志译介了大量非洲文学作品，单行本更是出版了近 50 种。1962 年，伦敦出版商海涅曼（Heinemann）开创了著名的"非洲作家系列"（African Writers Series）。直到 2003 年终止发行时，此系列共出版有 359 种非洲文学作品，包含小说、诗歌、戏剧等多种体裁，大大提升非洲英语文学的传播度。贝西·黑德的作品就被收录进了海涅曼非洲作家系列。不仅如此，贝西·黑德的作品基本都由英美出版商发行，这大大提高了她的知名度，使她成为一个面向国际的作家，也向世界宣传了博茨瓦纳的英语文学。

1986 年，贝西·黑德去世。同年，一本以博茨瓦纳为背景的短篇小说集出版，它展现了一个不同的写作视角，再度引起了人们对这个国家的关注，这就是诺曼·拉什的《白人》（*Whites*，1986）。拉什以 20 世纪 80 年代的博茨瓦纳为背景，创作了许多小说。拉什是美国作家，曾作为和平队成员在博茨瓦纳生活了 5 年。事实上，对博茨瓦纳人而言，美国和平队员是一种特殊的外来人才。1966 年至 1996 年间，美国共向博茨瓦纳派遣和平队成员 2500 人。他们在该国卫生、

---

① 桑人：也称布须曼人（Bushmen），南部非洲最早的居民，分布在博茨瓦纳、纳米比亚、南非等国家，其中博茨瓦纳人数最多。桑人的文化为狩猎采集文化，游牧民族科伊科伊人（Khoekhoe）于是贬称他们为桑人，即"觅食者"，但今天这个词已经被广泛应用。"布须曼人"则来自 17 世纪荷兰语中的"Bosjesmans"，现今多被视为贬义词。而茨瓦纳人旧称桑人为巴萨瓦（Basarwa，单数名词为 Mosarwa），意为"不养牛的人"，在今天使用该词是一种冒犯。

经济和环保等部门服务，为建设博茨瓦纳做出了贡献。①

在种种努力下，博茨瓦纳的经济逐渐发展壮大起来。1969 年，博茨瓦纳和戴比尔斯（De Beers）公司合营兴办了奥拉帕钻石矿（Orapa Diamond Mine），该矿于 1971 年投产。之后，博茨瓦纳又兴办了多家钻石矿，于 1984 年跃升为世界四大钻石生产国之一。由于矿产业的发展，博茨瓦纳经济在 80 年代中期进入高速发展阶段，1985 至 1989 年间平均年增长率达 10.6%。而津巴布韦和纳米比亚在 1980 年和 1990 年相继独立，南非的种族主义政权也在 1994 年下台，这也减轻了博茨瓦纳面对的外部压力。在关注经济政治的同时，博茨瓦纳政府也在大力发展教育事业，致力于培养本土人才。1980 年取消国内小学学费，1987 年取消了初中学费并正式实施九年基础义务教育。1982 年，博茨瓦纳大学（University of Botswana）成立，高等教育从此不再受制于人。

与此同时，博茨瓦纳的民族英语文学也进一步壮大。1980 年，一群文学爱好者成立了博茨瓦纳作家协会，以促进文学相关信息传播，其创始人之一就是巴罗隆·塞卜尼。塞卜尼曾创作并出版了《太阳的图像》（*Images of the Sun*，1986）、《呐喊与恳求》（*Screams and Pleas*，1992）、《恋歌》（*Lovesongs*，1994）、《卡拉加迪的风之歌》（*Wind Songs of the Kgalagadi*，1995）等多部诗集。他将茨瓦纳族的风俗文化和口头表达都融入了自己的诗歌创作之中，对于英语诗歌的本土化进行了大胆的探索与尝试。他致力于保护本土语言，并身体力行地从事茨瓦纳语和英语的对译工作，是一位扎根本土、走向国际的博茨瓦纳作家。

贝西·黑德、诺曼·拉什和巴罗隆·塞卜尼是博茨瓦纳独立之初最具代表性和国际知名度的作家，他们将自己对于博茨瓦纳、对于非洲的认知和体悟融入英语文学创作之中，大大开掘了文学表达的主题范围和表现方式，为后来博茨瓦纳文学的壮大和发展做出了重要贡献。

---

① 徐人龙（编著）：《列国志：博茨瓦纳》，北京：社会科学文献出版社，2010 年，第 281 页。

# 第一节
## 非洲流散文学的集大成者：贝西·黑德

## 生平与创作

贝西·黑德出生在南非，但现今被公认为最有影响力的博茨瓦纳作家。她原名贝西·阿米莉亚·埃梅里（Bessie Amelia Emery），于 1937 年 7 月 6 日出生在彼得马里茨堡（Pietermaritzburg）的纳皮尔堡精神病院（Fort Napier Mental Hospital）。贝西·黑德是一名"非法"①混血儿，父亲是身份不详的黑人男子，母亲则是一位居住在该医院的白人女子。

贝西·黑德的母亲名叫贝西·阿米莉亚·埃梅里（Bessie Amelia Emery，1894—1943），昵称为"托比"（Toby，下文以此称呼），她坚持把自己的名字给了女儿。托比出身于富有的南非伯奇（Birch）家族，曾因发疯入院三年。1937年，托比在德班度假时，被发现已怀孕数月。家人把她送进了纳皮尔堡精神病院，贝西·黑德就在那里出生。②

鉴于托比的精神状况，伯奇家族决定为贝西·黑德寻找收养人。他们先找到了一户白人家庭，但贝西·黑德很快被发现是一名混血儿，于是被退回。随后，

---

① 南非政府颁布的《背德法》（*Immorality Act*，1927）规定白人与黑人发生关系违反法律。1950 年颁布的第二版《背德法》扩大范围，白人与黑人发生关系违法，与有色人种或亚洲人的交往也被禁止。这意味着作为混血儿，贝西·黑德的诞生和存在都是非法的。

② Kenneth Stanley Birch, "The Birch Family: An Introduction to the White Antecedents of the Late Bessie Amelia Head", *English in Africa*, 1995, 22(1), p. 5.

这个"有色"（colored）①婴儿被交给彼得马里茨堡一个贫穷的有色人种家庭，由笃信天主教的奈莉·希思科特（Nellie Heathcote）和乔治·希思科特（George Heathcote）抚养。贝西·黑德的外祖母艾丽斯·玛丽·伯奇（Alice Mary Birch，1871—1964）定期给希思科特夫妇汇去支票，但托比在精神病院去世后，她就彻底抛弃了这个外孙女。贝西·黑德也从未怀疑过自己的身份，把奈莉当成亲生母亲，在彼得马里茨堡度过了正常的童年。

1948年，主张"白人至上"的南非白人政权开始在全国推行种族隔离制度。1950年，政府颁布《人口登记法》（*Population Registration Act*，1950），把南非人分为黑人、白人和有色人种三大类。同年1月，贝西·黑德被政府从养母家里带走，送到了德班的圣莫尼卡之家（St. Monica's Home），这是一所专为"有色女孩"开设的英国圣公会寄宿学校。1951年12月，这所学校拒绝了贝西·黑德回家探望奈莉的请求，还把她带到了地方法院。在那里，她被告知，自己的生母另有其人，是一名患有精神疾病的白人妇女。这颠覆了贝西·黑德的身份认知，对年仅14岁的她造成了巨大打击。直到两年后，她才被允许回家看望养母。

1956年，贝西·黑德接受完师范教育后离校，在德班的一所有色人种小学当老师。但贝西·黑德并不喜欢教书，这份工作让她毫无成就感。1958年6月，她辞去了教学工作，决定到开普敦当一名记者。同年8月，贝西·黑德被聘为《金城邮报》（*Golden City Post*）唯一的女记者，这家报纸是南非知名杂志《鼓》（*Drum*，1951年成立）的姊妹刊物。第二年，贝西·黑德搬到约翰内斯堡工作，在那里接触到了许多黑人民族主义政治著作，其中泛非主义者乔治·帕德莫尔（George Padmore，1903—1959）的思想深深影响了她。

1960年，贝西·黑德加入了阿扎尼亚泛非主义者大会（Pan-Africanist Congress of Azania）。同年3月，沙佩维尔惨案（Sharpeville Massacre）发生，随后阿扎尼亚泛非主义者大会被认定为非法组织，多名成员被捕，这其中就包括贝西·黑德。虽然指控最终被驳回，但政治理想的破灭和组织成员的相互背叛让

---

① "colored"指的是混血儿或非白人（non-white）的后裔。需要注意的是，"colored"带有种族歧视色彩，此处使用是为了贴合历史语境，别无他意。

贝西·黑德陷入了抑郁状态，精神状态极不稳定。4月，她自杀未遂，被送入精神病院。出院后，贝西·黑德一直情绪低落，暂停了正常的工作和社交活动。

1961年，贝西·黑德重新出现在开普敦的黑人知识分子圈里，继续与政见相同的人来往。因为痛苦，她开始抽烟喝酒——这些坏习惯后来对她的身体造成了巨大伤害。这一年7月，贝西·黑德遇到了哈罗德·黑德（Harold Head，1936— ）。哈罗德是一名来自比勒陀利亚（Pretoria）的"有色"记者，也是南非自由党（Liberal Party of South Africa）成员，很多观念与贝西相同。在相识6周后，他们就结婚了，自此贝西·阿米莉亚·埃梅里成了贝西·阿米莉亚·埃梅里·黑德（Bessie Amelia Emery Head），简称贝西·黑德。

1962年，贝西·黑德唯一的孩子霍华德·雷克斯·黑德（Howard Rex Head，1962—2010）出生。同年，贝西·黑德完成了《枢机》（*The Cardinal*，1962），这是其唯一一部以南非为背景的作品，在她去世多年后才出版。黑德夫妇的经济状况一直不佳，感情也逐渐破裂。1963年底，贝西·黑德带着儿子离开了哈罗德，从此夫妻双方一直分居。①

1964年初，贝西·黑德萌生了离开南非的想法。她申请到了邻国贝专纳的一份教职。但由于此前参与过泛非主义政治活动，贝西·黑德无法获得护照，在朋友帮助下，她申请到了单程出境许可证。使用证件意味着她永不能回乡，但贝西·黑德并不介意。1964年3月，她带着霍华德前往贝专纳。②

抵达贝专纳后，贝西·黑德在塞罗韦安顿下来，还认识了当地有名的南非流亡者帕特里克·范·伦斯堡。她先后在学校和农场短暂工作过，由此培养了对农业和园艺的兴趣，但经济状况一直没有得到改善。1966年，多次失业的贝西·黑德贫困潦倒，正式成为一名政治难民，带着儿子搬到了位于弗朗西斯敦的大型难民营。

---

① 贝西·黑德搬到贝专纳不久后，哈罗德·黑德也离开了南非，他在流亡中途还到塞罗韦看望过贝西。多年来，哈罗德一直住在加拿大，在那里撰写并发表了许多关于流亡南非艺术家和作家的文章。贝西的第一部长篇小说《雨云聚集之时》就借鉴了哈罗德在夜间翻越国境，偷渡至博茨瓦纳的经历。

② "Brief Biography". *Bessie Head home*, June 21, 2022, www.thuto.org/bhead/html/biography/brief_biography.htm.

在这样艰难的处境下，贝西·黑德依然梦想成为作家，她从 1965 年底就开始认真创作。1966 年，她的短篇小说《一个来自美国的女人》（"A Woman from America"）被刊登在英国杂志《新政治家》（*New Statesman*）。美国知名出版公司西蒙与舒斯特（Simon and Schuster）看到了这篇文章，并因此对贝西·黑德产生了兴趣。当年年末，西蒙与舒斯特向她预定了一部长篇小说。考虑到作家的经济状况，出版社给了预付款，贝西·黑德立刻用这笔钱买了一台打字机。不到一年时间，她就完成了初稿，这就是《雨云聚集之时》。

这本书讲述了一个南非流亡者在博茨瓦纳获得平静和新生的故事，灵感来自贝西·黑德的个人经历。小说主人公是一名黑人知识分子马哈亚·马塞科（Makhaya Maseko），他无法忍受南非的种族隔离，于是逃亡至博茨瓦纳："生活在自由国家是一种怎样的感觉？我想只有在感受过后，我生活中的一些邪恶念头或许会得到自我纠正。"① 在博茨瓦纳的一个偏远乡村，他受雇为英国农业专家吉尔伯特工作，努力改变当地传统耕作方式。但因为贪婪酋长马腾赫（Matenge）的阴谋，马哈亚和吉尔伯特的行动屡遭挫折。博茨瓦纳突然遭遇旱灾，养牛业大受打击，村民开始接受种植计划。马腾赫赶走两人的计划也失败了，他唯恐饱受压迫的村民会报复自己，于是因恐惧而自杀。而马哈亚与一名博茨瓦纳女子喜结连理，收获了爱和平静。

《雨云聚集之时》先后在英美出版，立刻取得了成功。但贝西·黑德的生活并没有因此改善，霍华德因其"有色人种"的身份在弗朗西斯敦的学校里受到霸凌。于是，贝西·黑德于 1969 年带儿子返回塞罗韦居住，希望霍华德能在熟悉的环境中学习。可是贝西·黑德却受到了当地邻居的排挤，这导致她情绪崩溃，并因此被送进医院。出院后，贝西·黑德于当年九月完成了第二部小说《玛汝》。

在这本书中，作家讨论了博茨瓦纳内部存在的种族主义，展现了桑人受到的不公正待遇。故事主人公玛格丽特（Margaret）是由传教士抚养长大的桑人女孩，她受过良好教育，被派到一个茨瓦纳村庄当小学老师。在那里，未来酋长玛汝和他的朋友莫莱卡（Morika）都爱上了这个女孩。玛格丽特则要战胜村民的歧视，

① Bessie Head, *When Rain Clouds Gather*, New York: Simon and Schuster, 1969, p.10.

在寻觅爱情的同时找到真正的尊严。在书中，作家以玛格丽特的口吻控诉道："在所有关于被压迫人民的事情中，最恶劣的言论和行为发生在布须曼人身上……巴萨瓦相当于'黑鬼'（nigger），这是个蔑视性词语，间接指代一个低下、肮脏的民族。"①这表明，贝西·黑德同情受压迫的弱者，更反对非洲内部的种族歧视。

贝西·黑德不久后就从打击中恢复。1969 年 11 月，她用第一本书的版权费在塞罗韦修建的房子完工，并将其命名为"雨云"。从此，她和儿子有了自己的家。与此同时，贝西·黑德还加入了范·伦斯堡负责的一个自助小组，负责园艺项目。贝西·黑德工作得非常愉快，还交到了很多朋友，这是她人生中非常惬意的一段时光。然而好景不长，贝西·黑德在九个月后被迫停工，她的精神状况又开始恶化。1971 年 2 月《玛汝》出版时，她已经濒临崩溃。后来她打了一个女人，给朋友写了一封歇斯底里的信。不仅如此，贝西·黑德还在村邮局的墙上张贴了一份文件，指控总统塞莱茨·卡马与他的女儿乱伦，并且暗杀副总统。当然，这些都是她在神志不清时产生的臆想。博茨瓦纳当局对此态度温和，总统没有追究贝西·黑德的责任，法庭也没有判处她有罪。政府让贝西·黑德在医院接受了精神评估，之后把她送到了精神病院。她接受治疗后逐渐好转，六月底就恢复理智，回到了家。

康复后，贝西·黑德立刻开始写第三部作品，也就是《权力问题》。这是一本半自传体的长篇小说，融合了其成长、流亡和疯癫经历。《权力问题》并没有像前两本书那样立即在销售上取得成功，而是让她获得了文学声誉，成了一个能在国际文坛上发声的知名作家。

1976 年 4 月，贝西·黑德受到了来自博茨瓦纳最高学府——博茨瓦纳和斯威士兰大学的邀请，该校在哈博罗内组织了博茨瓦纳第一届作家研讨会，她在这次会议上发表了第一篇学术论文。这是她第一次公开演讲，也是她成功的开始。之后，身为著名作家的贝西·黑德应邀参加了海外各种活动。1976 年 12 月，贝西·黑德首次接受海外媒体采访；1977 年 9 月至 12 月，贝西·黑德代表博茨瓦纳，前往美国参加爱荷华大学（University of Iowa）的国际写作项目，这一项目在当时非常有声望，只有少数作家能够得到邀请；1979 年，她成了柏林国际写作日嘉宾，

---

① Bessie Head, *Maru*, London: Heinemann, 1995, pp. 11-12.

且是非洲及加勒比地区 25 位代表作家中唯一的女作家……在接连不断的国际活动中，贝西·黑德成了博茨瓦纳的非官方大使，1979 年，她未经申请就取得了该国国籍。

在这段时间，贝西·黑德发表了许多作品，其中包括短篇小说集《珍宝收藏者和其他博茨瓦纳乡村故事》、非虚构作品《塞罗韦：雨风之村》（*Serowe: Village of the Rain Wind*, 1981）和长篇历史小说《着魔的十字路口：非洲传奇》（*A Bewitched Crossroad: An African Saga*, 1984）。

《珍宝收藏者和其他博茨瓦纳乡村故事》取材于博茨瓦纳妇女的经历，为女性主义发出了呼声。如贝西·黑德在《珍宝收藏者和其他博茨瓦纳乡村故事》中写道："祖先们犯了许多错误，其中最令人痛苦的是，部落中的男性被列为更高等的存在，而女性天生就被视作低等人类。时至今日，妇女依然承受着降临在低等人身上的所有灾难。"① 而《塞罗韦：雨风之村》则以卡马三世（Khama III，1837—1923）、总统的叔叔切凯迪·卡马（Tshekedi Khama，1905—1959）和教育家帕特里克·范·伦斯堡三个人物为主要线索，讲述了塞罗韦当地的历史。《着魔的十字路口：非洲传奇》则是一本历史小说，讲述了三位酋长在 19 世纪 90 年代前往英国游说，揭露开普殖民地总督吞并领土的阴谋，拯救贝专纳的故事。尽管这本书在贝西·黑德作品中知名度最低，但却是她对非洲历史的反思和对传统的回顾，因此也具有重要意义。

1985 年，贝西·黑德和丈夫哈罗德在分居 22 年后终于开始离婚诉讼；1986 年 2 月，双方正式离婚。同年年初，贝西·黑德和儿子发生激烈冲突，霍华德·黑德就此搬出家门，离开了母亲。3 月，贝西·黑德因情绪低落开始大量饮酒。1986 年 4 月 17 日，她因肝炎在塞罗韦与世长辞，年仅 49 岁。

去世第二天，贝西·黑德生前的数千份文件（包括信件、手稿、银行账单等）就被转移到塞罗韦的卡马三世博物馆，这些资料经过仔细分类编目，供学者阅览。她生前遗留的文字也被编辑出版，如《一个孤独的女人：自传书写》（*A Woman Alone: Autobiographical Writings*，1990）、《归属的姿态：贝西·黑德书信集，

---

① Bessie Head, *The Collector of Treasures and Other Botswana Village Tales*, London: Heinemann Educational Books, 1977, p. 92.

1965—1979》（*A Gesture of Belonging: Letters from Bessie Head, 1965–1979,* 1990）和《枢机》。世界各地都举办了纪念活动，在 20 世纪 90 年代，就连伯奇家族也承认了贝西·黑德和托比的血缘关系。

2003 年，为了表彰贝西·黑德对文学的杰出贡献以及为自由、和平而不懈斗争的精神，她被追授南非天堂鸟金勋章（Order of Ikhamanga）。2007 年是贝西·黑德诞生 70 周年，其出生地——南非彼得马里茨堡的姆桑杜齐市立图书馆（Msunduzi Municipal Library）将其主馆命名为贝西·黑德图书馆，以纪念这位伟大的作家。同年，博茨瓦纳成立了贝西·黑德遗产信托基金和贝西·黑德文学奖，旨在保护她留在该国的遗产，鼓励博茨瓦纳各种类型的英语文学创作。

贝西·黑德的创作以自传体为特色，这是因为其经历足够丰富——身为生活在南部非洲的"有色"女作家，她遭受了殖民主义、种族主义和性别歧视等多种磨难。贝西·黑德曾自述："我写作，是因为我从生活中获得权威……我很清楚南部非洲黑人的苦难。"[1]可以说，其作品属于流散文学，但更属于"被压迫者的文学"[2]。虽然其作品向来因缺乏政治性而受诟病，但贝西·黑德是个真正关心全人类的作家，她一直追求平等和自由：

我的世界反对政客的世界。他们为人民制定计划并发号施令。在我的世界里，人们为自己制定计划，并向我表达要求。这是一个充满爱、温柔、幸福和欢笑的世界。从中我培养了对人民的爱和敬畏之心……我正在建造一条通往星辰的阶梯。我有权把全人类都带到那里去。这就是我写作的原因。[3]

---

[1] Bessie Head, "Why Do I Write", *Bessie Head home*, June 21, 2022, www.thuto.org/bhead/html/editorials/why_do_i_write.htm

[2] Joshua Agbo, *Bessie Head and the Trauma of Exile: Identity and Alienation in Southern African Fiction*, New York: Routledge, 2021, p. 3.

[3] Bessie Head, "Why Do I Write", *Bessie Head home*, June 21, 2022, www.thuto.org/bhead/html/editorials/why_do_i_write.htm

# 作品评析

　　《权力问题》是贝西·黑德的第三部小说，也是她最为成熟的作品，完成于1972年4月。这部小说是一本关于"疯狂"的书，其创作与贝西·黑德的精神问题有关："整个崩溃和毁灭的过程在那里被勾勒出来……这部小说是在压力下写的。"[①]为了更好地描绘"疯狂"，该书使用了第三人称有限视角，站在"疯子"主人公的角度进行叙述。

　　《权力问题》讲述了混血女子伊丽莎白（Elizabeth）的故事。通过这个故事，贝西·黑德探索了疯狂的起因、表现及治疗。伊丽莎白在南非长大，在结束一段痛苦的婚姻后，她带着儿子肖特（Shorty）流亡到了博茨瓦纳的莫塔本（Motabeng）。莫塔本意为"沙之村"，伊丽莎白叫它"雨风村"，也就是现实中的塞罗韦。起初，伊丽莎白得到了一份小学老师的工作，她因为精神崩溃而失业。之后，伊丽莎白加入了另一位南非流亡者组织的本地产业项目，负责园艺组，在与土地相处的过程中逐渐感受到了平静。然而，幻觉中的两个非洲男子——色乐（Sello）和耽（Dan）一直纠缠伊丽莎白，导致她再度崩溃，被送进精神病院治疗。最终，伊丽莎白取得了灵魂之战的胜利，她找回了自我，恢复了清醒。

---

① Elinettie Kwanjana Chabwera, *Writing Black Womanhood: Feminist Writing by Four Contemporary African and Black Diaspora Women Writers*, London: Lambert Academic Publishing, 2010, pp. 18-19.

# 一、"我承受不住内心的压力"

著名的法国学者米歇尔·福柯（Michel Foucault，1926—1984）认为，疯子通过"谵妄的对话"（dialogue of delirium）向敌对的社会传达"真理"。[1]然而在非洲的传统观念中，疯狂往往会被认为是由于贪婪、嫉妒、内心的恶意或者邪恶者的魂灵附身而导致的一种精神疾病。但这些都不是伊丽莎白精神崩溃的原因，她的疯狂是受到社会压迫的后果："我的内心完全乱了套……我承受了很多外界的磨难，但我承受不住内心的压力。"[2]

贝西·黑德曾在采访中声称："伊丽莎白和我是一体的。"[3]她认为自己就是"非法"的混血儿伊丽莎白，在南非饱经磨难，流亡到博茨瓦纳后又要艰难适应。不仅如此，书中其他角色也是贝西·黑德在生活中认识的人：莫塔本村（Motabeng）中学的创办者尤金（Eugene）是一个南非流亡者，也就是现实中的帕特里克·范·伦斯堡。伊丽莎白的朋友汤姆（Tom）是美国和平队志愿者汤姆·霍尔津格（Tom Holzinger），她的园艺组同事肯诺西（Kenosi）则是一位名叫波塞勒·西亚纳（Bosele Sianana）的博茨瓦纳妇女。[4]同样地，伊丽莎白和贝西·黑德一样，受到了来自现实的压迫，这就是她发疯的原因。

伊丽莎白受到了什么伤害？答案很明显，种族主义，即某个"自认为优越"的群体认定其他群体在生物或文化上低人一等，从而歧视、伤害其他群体。美国学者伊布拉姆·X.肯迪（Ibram X. Kendi，1982—）对此简要概括："以任何方式认为一个种族比另一个种族低等或优越的想法都是种族主义。"[5]它不仅存在于白人对黑人的态度中，还存在于黑人内部。

---

[1] Michel Foucault, *Madness and Civilization*, London: Tavistock, 1965, p. 261.

[2] 贝西·黑德：《权力问题》，李艳译，杭州：浙江工商大学出版社，2019年，第75页。本节关于《权力问题》的引文均出自此版本，以下引用随文标注页码，不再一一详注。

[3] Joshua Agbo, *Bessie Head and the Trauma of Exile: Identity and Alienation in Southern African Fiction*, New York: Routledge, 2021, p. 142.

[4] "Family Photos2", *Bessie Head home*, June 21, 2022, www.thuto.org/bhead/html/biography/familyphotos2.htm.

[5] 伊布拉姆·X.肯迪：《天生的标签：美国种族主义思想的历史》，朱叶娜、高鑫译，北京：社会科学文献出版社，2020年，第6页。

在这本书中，种族主义的压迫从南非开始。伊丽莎白有着一半非洲血统，一半英国血统，既是混血儿又是私生女，这让她沦为南非社会的底层。而种族隔离制度"让她更加喜怒无常，也增强了她忍受折磨的能力"（7）。

伊丽莎白在贫民窟里度过了童年，她的养母是一名在那里卖啤酒的混血寡妇。13岁时，政府把伊丽莎白从家中带走，之后又把她送到了教会学校。在那里，校长告诉伊丽莎白："我们有关于你的完整记录，你必须提高警惕，你母亲是精神病患者。你如果不小心，就会和她一样疯掉。你母亲是个白人，由于她跟当地的一个黑人马夫有了孩子，所以他们不得不把她锁起来。"（7）在养母的叙述中，伊丽莎白的生母出身于一个拥有赛马的富贵之家，因为生了"有色"私生女而被丢进了医院。母亲希望留出一笔钱让伊丽莎白接受教育，但她在女儿6岁时突然自杀，在疯人院去世。长大后，得知真相的伊丽莎白产生了疑惑，母亲的故事"纯粹是个意外事故还是有人策划的？"（7）显然，《权力问题》是在暗示，伊丽莎白的亲生母亲可能并不疯，而是因为其跨种族爱情被关进精神病院的。

孩子不仅会延续母亲的生命，也往往会继承她的命运。伊丽莎白就是如此，不祥的声音早早出现在她耳边："现在你知道了吧。你觉得我会独自忍受疯癫的耻辱吗？和我一起承担吧。"（9）但在疯狂最终到来前，伊丽莎白一直在忍受种族主义的压迫，她过着所有南非黑人过的那种生活。种族隔离的社会中只能存在"两类长相迥异的人种之间激烈而凶残的斗争"："那里的白人花尽心思憎恨你，而你也不知道他们憎恨黑人的原因。他们不过天生如此——憎恨别人，而黑人，无论男女，生来就招人恨。"（11）她被政府划分为有色人种，也永远无法成为"人民"。在这个国度，一切"非白人"都会像约瑟夫·鲁德亚德·吉卜林（Joseph Rudyard Kipling，1865—1936）定义的那样，成为"白人的负担"①。他们"半是恶魔半是孩子"②，需要白人的管教和约束。在这种情况下，伊丽莎白无法成为

---

① 1897年，为庆祝英国维多利亚女王登基60周年，吉卜林创作了《白人的负担》，但最终没有采用。1899年，他改写了这首诗，重新命名为《白人的负担：美国和菲律宾群岛》（*The White Man's Burden: The United States and the Philippine Islands*），以鼓励美国吞并、殖民菲律宾群岛。此诗认为统治是白人的义务和责任，流露出帝国主义和种族主义倾向。

② "The White Man's Burden", *Wikipedia*, August 5, 2022, https://en.wikipedia.org/wiki/The_White_Man%27s_Burden

一个有人格的人，也无法从生活中找到快乐。为了摆脱这种屈辱，她逃离了南非，来到了自由的邻国。

但在莫塔本村，伊丽莎白依然显得格格不入："就博茨瓦纳而言，她百分之百是个外来者，他们的东西她永远不可能有份。"（19）她交不到朋友，只能与自己的孩子做伴。伊丽莎白之所以受到排斥，是因为她是有色人种，在南非不够"白"，而在博茨瓦纳又不够"黑"。事实证明，种族歧视无处不在，伊丽莎白在国内和国外都是二等公民。就像现实生活中的贝西·黑德，她的儿子曾经因肤色被博茨瓦纳同学辱骂，并因此遭遇了校园霸凌。1968年左右，贝西·黑德在信中提道："所谓的混血儿，真的深受非洲人憎恨……我不能改变自己……我看起来像个布须曼人，属于一个在这里受鄙视的部落。"①她对桑人产生了同情，于是创作了《玛汝》。而在第三本书《权力问题》中，贝西·黑德写下了这样的句子："压垮她的灾祸听起来就像她逃离的南非。推理之人和恶毒之人都一样，不过这次的面孔是黑色的，……"（60）

小说中的"巫术"就是种族主义迫害的一种隐喻。刚到莫塔本时，伊丽莎白吃惊地发现，村民都相信巫术。受过教育的她坚信，博茨瓦纳的巫术只是"成人游戏"。后来，伊丽莎白遭到当地人的排挤的同时，也受到尤金的帮助和劝解，此时两人关于巫术的谈话透露了她内心的孤独："这里的人不在乎外国人能不能和他们相处……他们有句老话，博茨瓦纳的巫术只对博茨瓦纳人起作用，对外来者没效果。"（59）事实表明，巫术本来就是"人们用来对付彼此的恐怖战术"，它成功地在伊丽莎白内心埋下了阴影。这让她的幻觉中出现了色乐和耽，他们都是精通术法的神奇人物，就是他们导致了伊丽莎白的疯狂。

色乐和耽是两个非洲"大人物"，他们的态度解释了村民的态度。尤其是耽，他肤色黝黑，很有权势，是"全国少有的养牛的百万富翁之一"，对穷人不屑一顾。耽害怕接触混血人种会弄脏自己纯黑的皮肤，就用录音折磨伊丽莎白："丑女人，污秽的东西，非洲人会吃掉你。"（45）耽的同谋是一个女子，即体型健壮、皮肤黝黑、脾气暴躁的美杜莎，她热爱权力，宣称非洲人是自己的子民。在美杜莎

---

① Arlene A. Elder, "Bessie Head: New Considerations, Continuing Questions", *Callaloo*, 1993, 16(1), p. 281.

眼中，混血的伊丽莎白会玷污非洲，于是用雷电惩罚她。这两个人反复指责她是一个地位低下的有色人种，然后在伊丽莎白反驳时，又宣称伊丽莎白是一个看不起有色人种的种族主义者，根本不喜欢非洲人。伊丽莎白在这种指责下崩溃了，她辱骂商店店员为"该死的博茨瓦纳混蛋"，之后又突然晕倒，这致使她被送进医院治疗。

出院后，伊丽莎白因为这件事丢掉了教师职位，在尤金的帮助下，她到互助项目里从事园艺工作。但在这里，她又遭遇了另一类隐性的种族主义歧视：一位白人女士卡米拉（Camilla），她认为黑人没有知识，于是她对所有事物指手画脚，以帮助的名义鄙视非洲人。另一个白人志愿者贝尔格特（Belgort）则指出，伊丽莎白应当让卡米拉认识到，她自己就是个种族主义者。伊丽莎白震惊了，她从来没有认识到，可以用实际行动表达反对意见，而不是一直默默忍受。但她还是拒绝了，于是贝尔格特主动去找卡米拉谈话，对方也有了改变。

但贝尔格特的鼓励还是有用的，伊丽莎白忍无可忍时终于采取了行动：耽让她相信，色乐猥亵过自己的亲生女儿。于是她又一次精神崩溃，把签有自己姓名的通知单贴在了莫塔本村的邮局墙上，上面用潦草的字迹写着："色乐是个肮脏的变态，睡了自己的女儿。"（210）之后警察找上门，把伊丽莎白送进了医院，接着她又转到了博茨瓦纳唯一的精神病院。

事情很明显，种族主义向伊丽莎白施加了太多压力，致使她难以承受而陷入疯狂。外人也发现了这点，就连色乐都对她表示了同情。"尤金非常担心，他给色乐打了电话，色乐说：'显然，她一直生活在某种可怕的压力下，对不对？'色乐没有把这事太当真。"（228）而疯狂是一场持续三年的噩梦，它让伊丽莎白饱受苦痛。


## 二、痛苦的"噩梦"

伊丽莎白曾这样形容自己的遭遇："三年来，我一直生活在没有同情心的噩梦世界。"（237—238）根据美国学者伊丽莎白·爱沃斯道特（Elizabeth N.

Evasdaughter，1932—2019）的研究，伊丽莎白得了妄想型精神分裂症（paranoid schizophrenia）。①这是最常见的一种精神分裂症，症状以妄想和幻觉为主。患者可能会出现感知觉障碍，其中最突出的就是幻觉，包括幻听、幻视等；患者更可能会出现妄想，如被害妄想、关系妄想；另外，患者的情感和意志也会受到影响，他们往往离群独居、行为被动、焦虑易怒。

在《权力问题》中，贝西·黑德主要选择了三个角度描写伊丽莎白的"噩梦"，从而体现了她的"疯狂"。一是模糊现实和幻想的界限。

来到博茨瓦纳不久后，伊丽莎白就出现了幻觉，书中对她影响最大的就是两个幻想中的人——色乐和耽。《权力问题》分为上下篇，分别以色乐和耽为题目，描述了伊丽莎白两次精神崩溃又恢复平静的经历。例如，上篇《色乐》就是这样开头的："他恰好是非洲人……他叫色乐。莫塔本村有个女人，其思想变化与他如出一辙……女人叫伊丽莎白。男人耽不像色乐和伊丽莎白，他没有和死亡对话。"（1—3）

色乐是最重要的幻想人物，他引发了一系列幻象，致使伊丽莎白陷入了一场失去理智的"噩梦"。他是在伊丽莎白到达莫塔本村三个月后出现的，他穿着白色的僧袍在夜间现身在了伊丽莎白的床边，从此开始观察她的生活。但是，色乐也有不同的现实身份：有时，他是国际志愿者服务组织的一名年轻成员，来自英国；有时，他跟一个大个子博茨瓦纳女人结了婚；有时，他既是庄稼汉，又是牲畜饲养员，驾着一辆绿色卡车在莫塔本村里到处转悠。医院的护士认为色乐是个顾家的好男人，国际志愿者夸奖他；甚至，伊丽莎白在邮局贴出的通知单被认为是对色乐的诽谤，引来了警察。这让色乐成为一个能够"越界"的奇特人物，他发出的声音也能让其他人听到，比如汤姆跟伊丽莎白聊天时就听到了"是的，没错"。耽是唯一能与色乐相较量的幻想人物，他同样出现在夜晚。他像流星一样从天际降临在空地上，又走进了伊丽莎白的房子。耽神通广大，能使用各种术法。在某个周末，他让伊丽莎白看到了色乐在灌木丛中攻击放羊男孩的幻象。结果周一傍晚，伊丽莎白就在收音机中听到了"灌木丛发现一具小男孩尸体"的新闻。死去

---

① See Elizabeth N. Evasdaughter, "Bessie Head's 'A Question of Power' Read as a Mariner's Guide to Paranoia", *Research in African Literatures*, 1989, 20(1), p. 72.

的小男孩曾独自一人牧羊，这让伊丽莎白开始认为自己的梦魇是真的。

这些似真似假的人物反映了伊丽莎白糟糕的精神状态，也为她崩溃时的狂态做了铺垫。在伊丽莎白陷入崩溃时，她指认色乐和耽都是不怀好意的神明。这种奇特的幻觉和作家本人的成长背景有关。贝西·黑德在一个笃信天主教的家庭中长大，又在英国圣公会学校接受了教育，之后又接触到了佛教。于是在《权力问题》这本书中，发疯的伊丽莎白出现了关于宗教的种种狂想。她的幻觉混杂了多种神话，非常独特。

据伊丽莎白所述，色乐是手握权柄但陷入了迷茫的"神"，圣父、佛陀、奥西里斯都是他的身份。可以说，色乐善恶难辨，立场不明，性格不清——时而软弱时而超脱。作为色乐的对手，耽权欲旺盛，斗志昂扬。他是撒旦，也是犹大；他十分清楚自己想要什么，也知道为了达成目标应如何行动，更知道他们的下属美杜莎，既是希腊神话中的蛇发女妖，也是佛教传说中的摩诃摩耶，幻象编织者。伊丽莎白只是个普通人，但她拥有强大的精神力量，其身体里又寄住着色乐的妻子。于是她既成了约伯，又成了伊西斯。色乐要锻炼伊丽莎白，将她培养为自己的圣母玛利亚；而耽要打压伊丽莎白，获取她内心深藏的力量。

约伯曾这样表明自己的信心："然而他知道我所行的路，他试炼我之后，我必如精金。"[①]当伊丽莎白的灵魂成为耽和色乐的战场时，她也感受到了巨大的痛苦："灵魂确实是开放地带，易遭恶魔入侵。它们搬了进来，喋喋不休，弄得一片狼藉。一个人刚清理完自己的屋子，千万个甚至更多的恶魔搬了进来……他们大摇大摆地走进来，砸碎一切东西，笑咧了嘴……"（233）伊丽莎白因此看到了种种与宗教有关的幻象。比如，第一次崩溃时，色乐曾指给她看一个污水坑。第二次崩溃后，她又看到了那个坑，只不过这次坑的边沿发光、干干净净、空空荡荡，且深不见底：

长时间瞪着坑的深处，让她一阵头昏眼花，几乎站立不住。她跟跟跄跄地往坑里跌去，刚滑过坑口边，她就用双手紧紧攀住边沿，而双腿悬空垂在深坑里，不

---

① 引文出自《圣经·中英对照》（中文：和合本，英文：新国际版），上海：中国基督教三自爱国运动委员会，2007年，第856页。

住地晃动……脚突然在粗糙的岩壁上探到一处凸起，她才得以爬出来。她瘫坐在坑边，身体微微发颤。一阵响亮刺耳的滑行声传入她的耳朵，似乎是一列没有尽头的尸体队伍，仰面躺着，一具接一具地往前跌进坑里，直到把坑填满。在他们飞速滑过她身边的时候，伊丽莎白匆匆瞥过他们的脸。这些人在地狱里和她有过一面之缘，他们都曾跳上那冒着邪气的乐队花车。他们不停地跌进去、跌进去，直到填满坑口边沿。卡里古拉、棍子腿、天国里不可一世的君主，也躺在死尸堆里。（112）

显然，这个深坑是地狱的隐喻。贝西·黑德曾在第二部作品《玛汝》中写到，桑人女孩玛格丽特有坚强的意志，"几乎任何东西都可以被扔进她的头脑和生活，她将有能力在天堂和地狱中生存"①。这近乎预言，伊丽莎白的灵魂也受到了"地狱"的打压。在邪恶的引诱下，她有堕落的危险。但伊丽莎白能在痛苦中挣扎求生，所以没有沦落到底。事实上，痛苦是由"疯狂"造成的，它就是《权力问题》主要描写的内容。贝西·黑德在小说中指出，痛苦促使伊丽莎白采取行动反抗，但反抗在外人眼中又成为其病情加重的体现。

伊丽莎白受到的痛苦分为两种，一是直接的痛苦，主要由恶灵美杜莎施加。美杜莎用雷电打击伊丽莎白，剧烈的疼痛让她丧失了心智。书中这样描述："一道可怕的雷电击中她的心。她能感受到一波接一波的能量传遍四肢百骸，在脚底消弭于无形……排山倒海的疼痛让她喘不过气来。"（36）二是骚扰和侮辱，主要由耽施加。耽先是在伊丽莎白耳边反复播放种族主义录音，然后又开始侮辱伊丽莎白。耽起初把自己伪装成一个充满魅力的追求者，不久后就开始把自己的女友领到伊丽莎白面前——他有 71 个女友。最后，耽又把其他人的正常行为说成堕落下流之举，"直到一切全被邪恶玷污"。伊丽莎白就是这样被误导，从而认为色乐猥亵了女儿。

因为痛苦，伊丽莎白产生了被害妄想，她认为色乐和耽要杀死自己："为什么他们一定要掐住我，置我于死地？我快要疯了。"（209—210）不仅如此，耽

---

① Bessie Head, *Maru*, London: Heinemann, 1995, p. 16.

还要害死她的孩子肖特，有时她甚至想杀死肖特再自杀。在这样的情况下，伊丽莎白整天只有恐惧，根本没有心情理会外界。她从不向人问好，还经常避开村民，成了一个无礼、奇怪的女人。

但伊丽莎白是个有抗争精神的人。早在南非时，她就意识到了种族主义者的谎言："他们说黑人天生迟钝、愚蠢、低人一等，但他们一定要剥夺黑人接受教育的权利，让黑人无法发展个性、开发智力和提高技能。"（60）为了反抗压迫，她离开了南非，决心在一个新的国家发展自己的创造力。但在这里，伊丽莎白又受到了耽和色乐的伤害，于是开始反抗这两个人。首先是言语反抗。年幼的肖特指出，母亲经常在屋子里自言自语，大喊"走开"。虽然这听起来像是疯狂的呓语，但这正是伊丽莎白驱赶幻象的尝试。其次是行动反抗。伊丽莎白打了邻居琼斯太太，这是因为她把琼斯太太当成了梦魇里的巫婆，这个巫婆让自己的女儿们去当伺候耽的娼妓。接下来，伊丽莎白又信了耽的谣言，在邮局墙上贴了通告单，揭发色乐猥亵亲女的丑恶面目。

讽刺的是，伊丽莎白是在用行动反抗自己心中的恶魔。而在外界的正常人看来，这是其病情恶化的表现——使用暴力、胡言乱语、臆想过度。所以，为了帮助精神病患者，这些人就把她送进了精神病院。经过药物治疗，伊丽莎白有了斗争的力气。她继续思考，终于战胜了耽和色乐，恢复了清醒，治愈了疯狂。


## 三、谦逊的"非洲之爱"

早在《权力问题》开头，贝西·黑德就指出，非洲社会中确实有恶滋生，但这块土地也能让人学会谦逊，从而"彻底摆脱毒害自己灵魂的思想"（1）。这预示了伊丽莎白的得救。在漫长的噩梦中，她从未向压迫者屈服："有人死命压着我的灵魂，打上死亡的封印。我竭力反抗……我想活出自己的方式，不受任何人驱使。"（233）最终，伊丽莎白培养了谦逊的"非洲之心"，在普通人的爱中恢复了宁静。

什么拯救了伊丽莎白？那就是对"爱"的追求。《圣经》中有这样的话："最要紧的是彼此切实相爱，因为爱能遮掩许多的罪。"①但在《权力问题》中，伊丽莎白寻找的"爱"不是对神的爱，而是普通人之间的感情："爱是两个人彼此哺育对方，而不是一个人如食尸鬼般寄居在另一个人的灵魂之上。"（3）它要求人们保持谦卑，摒弃权力，互帮互助。

在她看来，一个民族对未来能做出的最完满的陈述就是"成就平凡"，任何宏图壮志都会引发一场"狗咬狗"的混战，导致莫大的痛苦。因为"权力的作用不是创造，而是死亡"（11）。追求权力的人只能看到自己，眼中不会有其他人，他们的身上没有人性，也没有同情和温柔。耽就是这样的人，他一直想通过对伊丽莎白的打压，获取色乐手中的权力，成为上帝。而色乐已经厌倦了权力，他意识到，权力会欺骗掌权者。这些掌权者会迫害同胞，以他们的生命为代价来交换一种至高无上感。所以，神才是人类苦难的来源。这也意味着，对权力的追求本身就是一种恶，而有着这种欲望的耽和美杜莎也会用邪恶折磨伊丽莎白。更可怕的是，他们会把折磨包装成爱——爱是世上最完美的东西。

但是，"神"高高在上的施舍之情绝不是爱，人和人之间的感情才是最重要的。在故事结尾，天国的王后从伊丽莎白的身体中走出，她失去了所有力量，成了彻彻底底的凡人。伊丽莎白也学会了谦卑，她把自己看作与色乐平等相交的朋友，说出了这样的话："上帝只有一个，他的名字是人。"（251）这种对人的尊重早就体现在了贝西·黑德的第一部作品中，即长篇小说《雨云聚集之时》。书中的主人公马哈亚领悟了一个道理：只有人能够带来生活的真正回报，也只有人能够给予（彼此）爱和幸福。②伊丽莎白的观点比马哈亚更进一步，但他们做出了同样的选择，都致力于农业工作，要用自己的双手在博茨瓦纳的土地上创造幸福。

另外，对伊丽莎白来说，回归平常心、真正去爱人，也意味着要和"非洲"和解。她认为，只为少数几个人而存在的天堂没有任何意义，比如"黑人力量的天堂"，它只是"一种想把其他所有人都掐死的冲动"。（157）这既是对非洲内部种族

---

① 《新约·彼得前书》4:8，见双语版《圣经》（和合本·NIV），上海：中国基督教三自爱国运动委员会、中国基督教协会出版，2007年，第414页。

② Bessie Head, *When Rain Clouds Gather*, New York: Simon and Schuster, 1969, p. 163.

主义的批判，也是对部落主义（tribalism）的批判，两者都会导致腐败和分裂。在非洲的社会语境下，部落主义与民族主义有着相反的意味，前者是指忠于自身的部落、政党等小团体。小说《雨云聚集之时》里，一位老人就劝马哈亚放弃偷渡，因为国境那边的博茨瓦纳是世界上"最糟糕的部落国家"，部落主义就是当地人的乐趣。①《权力问题》也提到，博茨瓦纳是一个"人们只关心部落事务"的国家。美杜莎的话也体现出部落主义，她对伊丽莎白说："非洲是一摊浑水。我是浑水中的游泳健将。而你，只会淹死在这儿。你跟人们没有联系，你不会任何非洲语言。"（44）

伊丽莎白直接指出，美杜莎就象征着非洲的现状：封闭保守，唯我独尊。权力崇拜存在于社会各个阶层，而有权人要打压一切与自己对立的思想。于是，她选择关心人类整体，而不是一国一乡。这和色乐最初的想法相同，他否认自己非洲人的身份，而是更愿意把自己视作一个人，不愿意"把自己的身份局限在某个特定的环境"（1）。但最终，伊丽莎白明白了，不爱自己的非洲同胞就无法真正爱人类："（在非洲）甫一开始，伊丽莎白就落入手足情谊的温暖怀抱，因为一个民族想要每个人都是普通人，这就是表达人与人相亲相爱的另一种方式。入睡前，她把一只手温柔地放在自己的土地上——一种归属姿势。"（252）

这种对非洲的认同还通过另一个角度表现出来，即对文化的认同。作为混血儿，在南非长大的伊丽莎白接受的是英语教育，她不懂非洲人的语言，所以美杜莎骂她不是非洲人。但教育背景注定了伊丽莎白拥有广阔的视角、先进的思想，所以她不相信传统巫术，能接受现代技术。正如贝西·黑德曾经表述的那样：

"我的阅读背景和影响是国际性的……我害怕面对一个被称为'适当的'、可识别的非洲人的黑暗地牢，并且它应该是非洲小说里的标准角色。在独立的非洲，存在着一种闭门造车的民族主义的冲动，一种拒绝殖民主义经验的冲动。但这是不可能的。非洲人的个性已经被殖民经验改变了。我对西方文明并不讨厌。"②

---

① Bessie Head, *When Rain Clouds Gather*, New York: Simon and Schuster, 1969, p. 10.

② Bessie Head, "Why Do I Write", *Bessie Head home*, June 21, 2022, www.thuto.org/bhead/html/editorials/why_do_i_write.htm.

　　《权力问题》中的一处细节就体现了作家这种观点。美国志愿者汤姆到伊丽莎白家做客，发现她的儿子肖特把单词"蒸发"（evaporation）错拼成了"晶发"（ivaporation）。但孩子坚持老师就是这样教的，两人争论不休。第二天，汤姆去了学校查明真相。

　　他说他去莫塔本村中学的小学部转了转。小男孩的老师是个年轻的博茨瓦纳女孩，刚从师范学校毕业。他偷偷从小男孩的教室看进去。毋庸置疑，"蒸发"确实拼错了，其他单词也全都拼错了。

　　"她是个漂亮得不得了的女孩，"他说，"但是她不会拼写，尽管某些地方也有拼对的。如果是语音学，拼写完全正确，她使用的正是语音学。"

　　伊丽莎白笑了。"没关系，汤姆，"她说，"英语传到哪里，都会有所调整，这是博茨瓦纳英语。茨瓦纳语完全是一种拼音语言。"（146—147）

　　英式英语可以在发展中"进化"出博茨瓦纳英语，那么以贝西·黑德为代表的非洲作家也能用英语书写博茨瓦纳故事，塑造出独特的、有灵魂的黑人角色。这样才会有一系列英语作品的诞生，才能让更多人听到非洲自己的声音。《权力问题》就是这样一本非洲英语小说。

　　《权力问题》也是一本独特的小说，为了更好地描绘"疯狂"，它使用了第三人称有限视角进行叙述。由于主人公伊丽莎白不稳定的精神状态，她成了一个典型的不可靠叙述者。这本身就是对读者的考验，而作家还更进一步，允诺了"合作"。她有意邀请读者在作者留下的空白处发挥自己的创造力进行填写并注释。

　　《权力问题》是贝西·黑德在文学层面上最为成功的作品。这本书出版的第二年，美国作家查尔斯·拉森（Charles Larson，1938—）就声称，它几乎以一己之力促成了非洲小说的"内转向"。[1]后来，它也成了贝西·黑德最受欢迎的作品。1981年，《权力问题》被美国最重要的黑人杂志《黑人学者》（*Black Scholar*）

---

[1] Charles R. Larson, "Anglophone Writing from Africa", *Books Abroad*, 1974, 48(3), p. 521.

评为十五本"十年来最具影响力的书"第八名。2002年，津巴布韦国际书展宣布，《权力问题》被列入了"20世纪非洲百佳图书"名单。这本英语小说被翻译为法语、西班牙语、汉语等多种语言，还出现了多种版本，至今仍有大量读者。

# 第二节
# 异国土地上白人命运的关注者：诺曼·拉什

## 生平与创作

诺曼·拉什是一位美国作家，其小说大多以1980年代的博茨瓦纳为背景。他的作品主要描写"生活在博茨瓦纳的西方白人"，表达了对西方中心主义的讽刺。

1933年10月，拉什出生于旧金山，之后在加利福尼亚州的另一座城市奥克兰（Oakland）长大。朝鲜战争期间，他出于良知拒服兵役，结果被判处两年监禁，9个月后就被假释。1956年，拉什从斯沃斯莫尔学院（Swarthmore College）毕业，这是美国最顶尖的文理学院之一。之后，拉什和埃尔莎（Elsa）结婚。60年代，这对夫妇搬到了纽约，拉什在那里当了15年书商，接着又转职成老师。

拉什从小就想当一名作家，长大后他也没有放弃写作理想。多年来，他零零散散发表过一些作品，但从未取得成功。博茨瓦纳改变了这一切：1970年初的一个聚会上，拉什夫妇遇到了监督和平队的机构负责人。对方当时在招募负责非洲志愿活动的主任，要求应聘者是一对已婚夫妇，且拥有至少20年的稳定婚姻。拉什立刻意识到这是个机会，他后来表示，"我知道，我会在非洲找到自己想写的东西。我知道，主导我写作思维的话题将会在（特定）环境中得到展现……在那儿，美国人和美国性将以不同的方式表现出来"①。

---

① Wyatt Mason, "*In the New York Times*: Norman Rush's Brilliantly Broken Promise", *Peace Corps Worldwide*, September 03, 2013, nytimes.com/2013/09/01/magazine/norman-rushs-brilliantly-broken-promise.html.

拉什夫妇递交了申请，经过几轮面试后应聘成功。1978年，拉什和埃尔莎正式成为博茨瓦纳和平队的共同主任。他们在博茨瓦纳勤勤恳恳地工作了5年——期间只休了两周假，负责20名工作人员和180多位志愿者的事务安排。所以，拉什在这段时间几乎没有写作。但博茨瓦纳的生活经历为其创作积累了许多素材，1983年离开非洲时，他带走了三箱笔记。

回到纽约后，拉什开始以博茨瓦纳为背景进行文学创作。3年后，他出版了第一部短篇小说集《白人》，关注"白人"在博茨瓦纳的生活。故事中的博茨瓦纳已独立近20年，这些白人不再是拥有权力的殖民者，而是依附于政府组织的侨民，但他们在"异国"也有很多苦闷。例如，在其中一个短篇《布伦斯》（"Bruns"）里，主人公布伦斯是一位来自荷兰的年轻志愿者，在博茨瓦纳的一个边远小镇克腾（Keteng）工作。那里的人会公开使用体罚手段，所以布伦斯想说服酋长，让对方制止这种行为。但酋长误以为布伦斯和自己的妻子有染，当众羞辱了他。结果布伦斯难以忍受，愤而自尽。

1987年，《白人》入围普利策小说奖（Pulitzer Prize for Fiction）评选决赛，但最终惜败于彼得·泰勒（Peter Taylor，1917—1994）的家庭生活小说《召唤孟菲斯》（*A Summons to Memphis*，1986）。5年后，拉什的第二本书《交配》（*Mating*，1991）出版，这也是他第二部以博茨瓦纳为背景的作品。它一举为拉什赢得了当年的美国国家图书奖（National Book Award）和次年的爱尔兰时报/爱尔兰航空国际小说奖（Irish Times/Aer Lingus International Fiction Prize）。在《交配》中，一位美国女博士生在博茨瓦纳寻找传说中的"乌托邦"，即由另一位美国男学者建立的社区。该社区有着独特的制度，因为其大部分成员都是非洲女性。故事主人公找到了社区，并与学者相爱。但好景不长，"乌托邦"最终覆灭，曾经相爱的两人也分道扬镳。

进入21世纪后，拉什依旧能从博茨瓦纳找到灵感。2003年，他的第三部作品《凡人》（*Mortals*，2003）出版。这本长篇小说以1990年代的博茨瓦纳为背景，描写了美国侨民雷·芬奇（Ray Finch）在博茨瓦纳的冒险生活。雷是美国中央情报局的特工，正在作为卧底执行任务，而他的婚姻正面临危机：雷的妻子伊莉丝（Iris）爱上了一位非裔美国医生戴维斯·莫雷尔（Davis Morel）。与此同时，这三位美国侨民卷入了一场暴乱，该事件与和他们交好的非洲民族主义领袖塞缪尔·克雷康（Samuel Kerekang）有关。在《凡人》出版10年后，拉什终于出版了一部以美国为背景的作品——《微妙的身体》（*Subtle Bodies*，2013），这表示他的写作重点发生了转移。

但需要注意的是，诺曼·拉什并不关注博茨瓦纳人的生活，他的写作焦点永远是西方白人在陌生环境的命运。这一点引发了很多批评。玛丽·莱德勒（Mary S. Lederer，1942—）在其著作《博茨瓦纳英语小说（1930—2006）》中写到，拉什把"非洲"单纯表现为"白人了解甚至发现他们自己的地方"[①]。接着，她进一步指出，"在他们自己的家里，非洲人被无视了。在拉什的作品中……如果要理解自我，就必须再次征服这个地方。生活在那里的其他人实际上并不重要，可以继续忽略不计"[②]。美国知名评论家约翰·伦纳德（John Leonard，1939—2008）曾表示，拉什小说中的南部非洲"就像一块沙屏，西方在上面投射出自己的痴呆症"[③]。

## 作品评析

《交配》是诺曼·拉什最著名的作品。这部长篇小说多达480页，叙述中夹杂了大量的茨瓦纳单词。

这本书采用了第一人称视角，叙述者"我"是一名32岁的美国白人女性，在斯坦福大学攻读人类学博士。受过高等教育的"我"头脑敏捷，掌握着大量知识，不仅精通茨瓦纳语和法语，还能很自如地使用拉丁语，可以随口引用哲学家、诗人、小说家以及文学评论家的名言。故事发生前，"我"在克腾待了18个月，一直为毕业论文做田野调查。但项目不顺，于是"我"来到首都哈博罗内散心，试图缓解压力。哈博罗内生活着许多白人，这些人告诉"我"，美国知名人

---

① Mary S. Lederer, *Novels of Botswana in English, 1930-2006,* New York: African Heritage Press, 2014, p. 75.

② 同上，pp. 75-76.

③ 同上，p. 76.

类学家纳尔逊·德农（Nelson Denoon）在卡拉哈里沙漠中建造了一个由女性组成的"乌托邦"社区，将其命名为沙乌（Tsau）。"我"十分崇拜德农，决定独自前往荒野，寻找沙乌。经历过一番艰难跋涉后，"我"终于到达了沙乌，成了该社区成员，还和德农谈了一场恋爱。但好景不长，沙乌因权力斗争而分崩离析，于是"我"带着德农离开了。德农受到打击后一蹶不振，选择在哈博罗内隐居；而"我"回到了美国，开始了新事业。

## 一、非洲的白人们

　　拉什从一开始就把故事主人公放在了一个"中间"的位置。第一，"我"是白人和博茨瓦纳人之间的中介。"我"精通茨瓦纳语，了解许多非洲知识，所以能成为一名为外籍人士服务的专业导游。"我"这样描述自己的职责："我将成为一名讲解员，将博茨瓦纳作为一个机构介绍，该机构拥有不为人知的藏品。很明显，我是解决真正需求的最佳人选。博茨瓦纳的白人需要感受异国情调。毕竟，他们是在非洲。"[①]第二，作为沙乌唯一的白人女性，"我"是社区的中间阶层。"我"处于普通居民（非洲女性）和白人男性统治者（纳尔逊·德农）之间，和双方都有交集，对他们也有较深的了解。第三，"我"从《白人》走进了《交配》，是作者笔下一个难得的、贯穿两本书的虚构人物。"我"之前在克腾附近的山上做田野调查，因此成了短篇《布伦斯》的第一人称叙述者；在目睹了布伦斯的悲剧后，失望的"我"来到了哈博罗内，又踏上了寻找沙乌的道路，这才有了长篇小说《交配》。最为重要的是，"我"是接受过严格学术训练的人类学博士生，熟练掌握了参与式观察法，因此很适合当一名故事讲述者。而"我"完美地完成了这一任务，小说就以"我"对非洲的感想开头：

---

[①] Norman Rush, *Mating*, New York: Vintage Books, 1992, p. 10. 本节关于《交配》的引文均出自此版本，以下引用随文标注页码，不再一一详注。

我想，在非洲，你想要更多。

人们变得狂热。它出现在每一个在那里长时间生活的人身上，在不同人身上以不同形式表现出来。这种变化可能很突然。包括我自己在内。

很明显，我指的是生活在非洲的白人，而不是非洲黑人……在非洲，你会看到，那些你认识的、非常正常的中产阶级白人，一夜之间变成了烟鬼、酗酒者或美食家。（5）

有学者评论，这个开头将非洲描绘成"一个白人失去文明的抑制和约束，并沉溺于各种过度行为的地方"[①]。的确如此，这几段话已经表明了《交配》全书的主基调：对西方外籍白人的讽刺。拉什指出，居住在博茨瓦纳的西方白人拥有良好的物质条件，奢华的生活也让这些人沉迷。但享受过后就是空虚，哈博罗内因此成了失意白人的聚居地："对失望者而言，哈博罗内是完美的。因为你流转于另外一群同样失意的白人之间。"（6）

故事开始时，"我"的调查项目失败，因此加入了哈博罗内的失意者队伍。而失败的原因非常有趣：她想写一篇营养人类学论文，研究巴科瓦人（Bakorwa）[②]的饮食与生育率之间的联系。她假定，生活在野外的狩猎采集者会随着不同季节得到不同食物，这自然会影响到他们的生育率。但她到了野外后，才发现巴科瓦人吃的是流水线快餐零食，喝的是美国牌子的畅销啤酒。出现这种情况，是因为生活在当地的其他美国人给了巴科瓦人太多东西，所以他们完全不用费力收集食物。她在无奈中苦苦追寻真正的采集者，但一无所获。这个可笑的失败理由证明了人类学家的天真和理想主义。其实，这也暗示了西方研究者的傲慢。想象中的"野蛮人"根本不存在，即便是部落居民也会因环境变化做出改变。以现实中的巴萨瓦人为例，他们自古以来就以狩猎采集为生，这一点和博茨瓦纳的其他民族有很大区别。早在20世纪中期，巴萨瓦社会就已经展现出广泛的

---

① S.Ekema Agbaw and Karson L. Kiesinger, "The Reincarnationof Kurtz in Norman Rush's *Mating*", *Conradiana*, 2000, 32(1), p. 49.

② 巴科瓦是一个虚构的部落。在《布伦斯》中，巴科瓦人得到了"暴力、易怒"（violent and petulant）的评价，他们有当众体罚他人的习惯。

适应性，他们因地制宜，融入了不同民族的生活。比如，有些生活在河边的巴萨瓦人会捕鱼、养牛、种田；而在西部的杭济区，一些巴萨瓦人把自己的传统居留地改造成了农场。①而身为人类学博士生，"我"完全没有想到这种可能，甚至"我"的导师也没有发现，这是非常不应该的。

## 二、"西方"的失败

实际上，"我"并没有像承诺中那样了解博茨瓦纳。另一个事例再次证明了这一点：寻找沙乌的路上，"我"曾在一个名叫康城（Kang）的小城短暂停留。路过该城郊区时，"我"遇见一群正在去上小学的儿童。奇怪的是，这群孩子的背部都有不正常的隆起。"我"的第一反应是，"在卡拉哈里沙漠里的一个小地方有这么多驼背!多么精彩的实况报道！为什么从来没人报导过？"（133）然而事情的真相并非如此。当地人有种习惯，他们会把碗背在背上，还会用衣服固定住它，以便减轻负担。可以说，这种对驼背的联想表明，"我"对博茨瓦纳人是有偏见的。此前担任"讲解员"时，"我"就表示，"我知道一些趣闻。我可以证明，在文化的表象之下，隐藏的是那些任何人都可以通过询问所了解到的东西，与其他事物一样"（11）。正是因为深信博茨瓦纳文化与众不同，所以"我"才会向听众允诺"奇特性"。这也是"我"寻找沙乌的理由，但这注定了"我"的失败。

有趣的是，与哈博罗内的其他失意者不同，"我"的追求是精神性的，德农也是如此。"我"对德农的爱是"智性之爱"，渴望灵肉合一的"交配"，所以才会有沙乌之行。在德农眼中，沙乌标志着他在世俗和精神双重意义上的成功。这个"乌托邦"是其理想的体现，所以他只能在沙乌中与"我"相爱。然而，成功是短暂的，德农最后也遭遇了失败，不得不回到哈博罗内隐居。

---

① Roy Richard Grinker, Stephen C. Lubkemann and Christopher B. Steiner (eds.), *Perspectives on Africa: A Reader in Culture, History and Representation*, Chichester: Wiley-Blackwell, 2010, p. 220.

德农失败是因为由他主导的"乌托邦"是不健全的，更像西方理想的体现。他自筹了大笔资金，在卡拉哈里中部的沙漠里建造了沙乌。这是一个看起来非常美好的社区，建筑布局规划合理，拥有各种先进的科技产物。居民穿着整齐划一的服装，在委员会的指导下共同商议各种事务。但是，在这种安静祥和的外表下，沙乌有着巨大的隐患。第一，男女比例极度失衡，权利地位也不平等。社区总人口约为450人，其中绝大部分为妇女，儿童有40个，成年男性约50名，且全都是女性的亲属。这些妇女是来自博茨瓦纳各地的贫穷女性，但她们在沙乌拥有了土地、房屋等各种财富，而这些财产只能由女性继承。男性则处于附属地位，不仅没有投票权，也不能享受福利，还要从事各种苦力劳动。第二，社区的经济系统并不完备。所有人都加入了一个名叫"泽科波洛洛"（Sekopololo）的信用体系，该体系会把他们的劳动折换成代价券（scrip），用以兑换其他东西。这些居民有很强的防范心，很少有陌生人能进入社区。但沙乌没能实现完全的自给自足，当地生产的物品在外界销量也不佳，所以德农必须不断地为"乌托邦"寻找援助基金。"我"很快发现了沙乌的本质：

> 沙乌并非自助式的定居点，不是每个圆形茅屋（rondavel，南部非洲传统村庄建筑）都有像池塘一样平整的水泥地面。这不是一个完美而廉价的想法。这是开明的剩余资本进入，将整个子阶层的人们提升到了一个新的高度，然后说"出发吧"的故事。我反复思考，这一切都很好，但是——沙乌是一个慈善机构。（196）

变化来得相当快。沙乌出现了持不同政见的阴谋团体，其领导人是一个名叫赫克托·拉布皮（Hector Raboupi）的男子，他是女邮递员失散多年的亲戚。在这个团体的鼓动下，居民提出了一系列要求，如购买枪支和修建教堂。这违背了领袖德农的意愿，因为他是个反对暴力且不信教的人。而就像他担心的那样，武力和宗教为社区内部带来了不安定因素。与此同时，社区也出现了外部危机。沙乌和巴萨瓦人做了一些交易，结果他们开始在社区里行乞——这个地方之前根本没有乞丐。更可怕的事情是，有一些男性开始向妇女卖淫。但性主体的改变并不意味着女性地位的完全提升，性暴力也开始出现。比如，拉布皮强奸了一个13岁小女孩，并导致对方怀孕。正当人们决定让拉布皮按习俗赔款时，拉布皮突然失踪，结果反而使德农被指控杀人。黑人们发动了一场"政变"，推翻了白人的统治：德农被监禁在社区商店里，而"我"则被监管起来。最终，妇女委员会完全掌握了沙乌的管理权，"我"带着德农回到了哈博罗内那个"伤心地"。

## 三、当女性掌握权力

导致沙乌改变的"阴谋"有其现实原型。南非自70年代中期就开始向邻国发动武装袭击，80年代侵略再度升级。单单在故事发生的1981年，南非就袭击了莫桑比克、安哥拉、赞比亚等国，且3月中旬曾屡次射击博茨瓦纳边界的国防巡逻队。因此，自建国以来，博茨瓦纳一直对南非有很强的戒备心。《交配》早就提到了当时政局的紧张："在哈博罗内，尤其是在使馆区，每个人都在谈论布尔人……布尔人不断进入博茨瓦纳，他们想杀人的时候就杀人。他们仍然在这样做。所以我们总是在猜测下一次袭击会是什么时候。"（109）小说在结尾处揭露了事实，拉布皮是一个在马弗京工作的警察，他是主动消失的。南非人想让沙乌成为自己的演习基地，于是用阴谋赶走了西方专家德农。

但德农失去权力还有更深层的理由：他败于另一种"交配"。博茨瓦纳社会一直是男权社会，而德农却让沙乌成了一个母系"乌托邦"。性别比失衡导致了恶果，社区里出现了卖淫的"夜行者"（Night Men），即一些为了礼物和女性过夜的男人。而"夜行者"都是拉布皮的手下，他们在人们心里埋下了反叛的种子。反对者对两件事感到不满，一是外籍男性德农在沙乌拥有至高无上的权力，二是非洲男性遭遇的歧视性对待。在一场聚会上，冲突爆发了。一位黑人女子身先士卒，她指出，博茨瓦纳的历史证明，白人男子撒谎成性。其他人随后开始表达对德农的不满，他总是在社区内部推行异想天开的、不适合非洲人的政策。接着拉布皮开始带人搅乱聚会，讨论因此无法继续。正是在这次会议上，反对派提出了对德农的终极指控——他"强迫博茨瓦纳人像大象一样生活"（377）。这个比喻非常有趣，象群是母系社会，所有青春期的雄象会遭到驱逐。雌象最后只会允许少数几头雄象回到象群，其他被逐者如果徘徊不去，就会被利用成为哨兵。因此，这句话的真实含义是，德农设定的沙乌模式并不正常，在其掌控下，非洲人像动物一样生活。

反对派的指控自有其道理，因为德农实际上是在把自己的价值观强行施加给非洲社会。他把沙乌看作自己的所有物，"处在之前所有失败的顶端"（333）。为了这个人造乌托邦，德农运用了自己在所有项目中总结的经验，如控制规模、用方言工作、无限削减外来员工的职位、平衡集体和个人激励、建立以女性为基础的政治经济学等。换言之，一切都是为了稳定。德农成立母系"乌托邦"，不是因为他是个女权主义者，也不是因为他要追求平等，而是因为他要维护自己的统治权。第二次见面时，"我"就在无意中点明了真相。当时德农问了一个如何帮助非洲穷人的问题，"我"是这样回答的：

没有成年人愿意被帮助。这是个定义问题。或许应该把成年人限定为成年男性：这与女性不同。就拿法国人、英国人和我们（美国人）来说。你以为他们至少会在一代人左右的时间里假装喜欢我们，因为我们拯救了他们，让他们逃离了第三帝国的统治。你可以帮助女人，但帮助男人时要心怀警惕。国家是属于男性的。（105）

拉乌的妇女委员会也看出了这一点。她们不想用暴力推翻德农的统治，而是希望他交出权力并自行离开。为此，德农想和"我"结婚，之后作为"我"的家属在沙乌生活。这样他就不再是例外了，可以继续掌控社区的实际权力。虽然这一计划因拉布皮的失踪和随之而来的"政变"中断，但德农依然没有放弃自己的乌托邦。他先是拒绝反抗，然后又想为沙乌建立一个姐妹殖民地（sister colony），哪怕因此受伤也在所不惜。然而，"我"不想永远地生活在沙乌。"我"无法接受一个不正常的乌托邦，想离开这里，让社区在非洲人的管理下自行发展。"政变"发生后，"我"告诉德农，是时候离开了。"你的工作已经完成，沙乌是个正常的地方：这里存在乞丐、卖淫和犯罪。巴萨瓦人是乞丐，夜行者是妓女……拉布皮的逃离实际上可能是一种犯罪。"（406）最讽刺的是，邪恶终结了乌托邦，也让沙乌变成了一个正常的社区。但德农十分固执，他不想抛下自己最成功的项目，就算被关押、在寻找姐妹殖民地的道路上受伤也不放弃。因此，"我"不得不寻求美国大使馆的帮助，然后带着他回到了哈博罗内。

在哈博罗内，德农很快恢复了身体健康，但他的心理健康却没有恢复，他十分消沉，十分想回到沙乌。这让"我"无法忍受。"我"一直能感觉到沙乌的不合理之处，之前只是因为爱情欺骗自己。另外，"我"也在成长中对智性提出了更高的要求："我想融入一切，理解一切，因为时间是残酷的，没有什么是一成不变的。"（250）德农却一直停步不前，抱着过时的乌托邦幻想不愿意放手，这自然让我感到厌烦。而政变让"我"彻底看穿了他的自私和虚伪，也失去了对他的爱。倒数第二章开头，"我"就表示："我总是在挣扎，不想让自己变得卑鄙，不想让自己被更盲目的爱所吞噬。奴隶般的爱是如此强烈，没有任何空间可供利用。"（357）这预示了《交配》黯淡的结局，"我"回到美国，而德农依旧没有放弃沙乌。

总而言之，德农把沙乌变成了一个人工舞台，为自己的理论和实验服务。他既是导演又是演员，在这个舞台上上演了一出道德剧。就其本质而言，《交配》不是在讽刺乌托邦，也不是在讽刺知识分子的爱情，而是在讽刺西方中心主义的自大和傲慢。但拉什没有走出西方中心主义的套路，他在作品中忽视了博茨瓦纳的角色。在他之后，外裔作家更加关心博茨瓦纳，如凯特琳·戴维斯（Caitlin Davies，1964— ）、亚历山大·麦考尔·史密斯（Alexander McCall Smith，1948— ）和劳里·库布兹勒（Lauri Kubuitsile，1964— ）。这些作家长期生活在博茨瓦纳，对这个国家的土地和人民有着很强的眷恋之情。

## 第三节
## 博茨瓦纳谚语的保护者：巴罗隆·塞卜尼

## 生平与创作

巴罗隆·塞卜尼是博茨瓦纳著名诗人、学者。他是泛非作家协会（Pan African Writers' Association）、博茨瓦纳作家协会（Botswana Writers' Association）、博茨瓦纳大学作家协会（Writers Association of the University of Botswana）的创始成员之一，并参与创立期刊《真实》（Mokwadi①）与佩特罗文学艺术信托基金会（Petlo Literary Arts Trust）。塞卜尼创作有四部诗集，并在津巴布韦、南非、印度、英国、意大利和美国等多个国家进行过诗歌朗诵表演，他为《朝向》（Marang②）、《赞美诗》（Mahube③）和《文化光芒》（Rays of Culture）等多家报纸杂志供稿并参与编辑，在广播、电视工作方面也拥有丰富经验。为推动博茨瓦纳文学的对外出版，他将上千条博茨瓦纳谚语翻译成英语以供翻译家使用，并取得巨大成功，在博茨瓦纳文学史发展历程中留下了重要的印记。

1957年4月27日，塞卜尼出生在博茨瓦纳南区行政中心卡内（Kanye）。他早年在英国接受小学和中学教育，之后在博茨瓦纳、莱索托和斯威士兰大学获得了学士学位。1984年至1987年间，他在美国威斯康星大学麦迪逊分校（University of Wisconsin-Madison）攻读英语文学硕士学位。1987年开始在博茨瓦纳大学（University of Botswana）作为讲师进行授课。1993年，塞卜尼成为苏格兰诗歌

---

① Mokwadi 为南非祖鲁语，英译为 really，此处译为真实。
② Marang 为印尼爪哇语，英译为 towards，此处译为朝向。
③ Mahube 为斯瓦希里语，意为赞美诗。

图书馆（Scottish Poetry Library）的常驻诗人。1995年，他成为博茨瓦纳大学高级讲师。2003年，他成为美国爱荷华大学国际写作项目的客座作家。

塞卜尼在18岁写下了自己的第一首诗歌，这首诗歌的问世确立了他从事文学创作的决心。在阅读弗吉尼亚·伍尔夫（Virginia Woolf，1882—1941）的《一间只属于自己的房间》（*A Room of One's Own*，1929）时，塞卜尼意识到自己不仅需要"自己的房间"进行生活与思考，非洲人民也需要有"自己的房间"来发出来自非洲大陆的声音。"不被允许/大声地说话/我坐在边缘/越过了满是绝望的边界/尝试去写就下一首/我不被允许开始的诗歌"①。这首处女诗的矛头直指种族歧视与压迫。塞卜尼随家人在英国度过了童年，年幼的他早已意识到种族与肤色带来的隔阂与偏见。他在散文《我为什么写？我写什么》（"Why I Write What I Write"）中将居住在英国的岁月视作他生命中最关键、最敏感的时期，"在伦敦，我开始更清楚地理解种族主义和偏见"②。直到1980年，塞卜尼一直在进行"抗议诗歌"的创作。他在与流亡的南非教师、学生、社会活动家的交往中受到当时席卷南非的革命精神的鼓舞，因而这一时期的作品充满浓厚的政治色彩。

塞卜尼出版了多部诗集。第一部诗集《太阳的图像》中的60多首诗歌都以太阳作为主要意象。之后他又接连出版了《呐喊与恳求》《恋歌》等诗集，并且取得了国际声誉。在1993年创作的诗歌《卡拉加迪的风之歌》（后被收录至1995年出版的同名诗集）中，塞卜尼充分显示了他对语言与文化的驾驭能力。为了在诗歌中实现口语化，并在叙事中融入茨瓦纳族的文化传统和习俗，他参考了祖鲁史诗诗人"神话、象征和点缀"的创作手法。由于这些丰富的茨瓦纳语传统和文化、象征的力量，《卡拉加迪的风之歌》获得了诸多评论家的赞赏。他创作诗歌的策略是让自己成为一个真正的本土人，即运用本地特有的文化背景来增添诗歌的丰富性与可读性。在诗歌《约翰内斯堡》（"Johannesburg"，1979）中，除了继续对博茨瓦纳地缘政治边界进行思考外，塞卜尼使用了那些在小学反复背诵的古老童谣来增强诗歌的讽刺意味，极大地增强了诗歌的本土艺术性。塞卜尼察

---

① Barolong Seboni, "The International Writing Program: Why I Write What I Write", *The International Writing Program*, June 19, 2022, iwp.uiowa.edu/sites/iwp/files/SeboniWhyIWrite.pdf

② 同上。

觉到非洲文学发展进程中作家们关于语言的争论：效忠于自己的母语抑或是和平地使用英语。然而塞卜尼没有选择任意一边阵营，他认为对一个作家来说任意一种语言都可以用来进行写作；同时他还关注着"沉默的、自然的、空间的和景观的语言"①。在创作中塞卜尼尽可能地去描述事物，在文字和结构相互叠加建构中，让语言充分发挥作用；他想象不同种类的语言间存在如同代码转换一般的方式，使思想和观点能够被共通地理解。所以，语言的多样选择只是提供了不同形式的能指，它们没有必然的冲突，而是殊途同归展现同一的所指。文学正是这样一种体现语言所指，形成各方共鸣的行为。

塞卜尼密切关注着茨瓦纳语与博茨瓦纳本土文学的生存境况。在庆祝博茨瓦纳独立50周年的采访中，塞卜尼被问及对博茨瓦纳文学的看法，他说道："当我们谈到博茨瓦纳文学时，虽然我把精力集中在用英语书写的文学，但我们必须始终肯定并承认文学的原始基础是茨瓦纳语。"②他以博茨瓦纳解放运动时期诞生的作品为例，诗人和作家在他们的作品中表现出对国家命运的关注，对难民和政治流亡者生存的关怀，它们用茨瓦纳语写成，言辞激烈，具有革命性。这些作品唤起人们对祖国的热爱，为博茨瓦纳文学创作提供持续的动力。在博茨瓦纳独立后，尽管本土作家一直在进行着创作，但除了博茨瓦纳图书中心开辟了专门陈列和展示本土作品的展台之外，其他的销售场所与阅读渠道几近缺失。塞卜尼注意到国内图书出版销售行业的羸弱现状。为了最大程度扩大博茨瓦纳文学的影响力，他创立佩特罗文学艺术信托基金会，意在改善创造性艺术的生存环境，支持与鼓励本土文学作品的出版与销售。同时塞卜尼也提出博茨瓦纳阅读文化丧失的问题：除了在校学习，人们很少在生活中阅读；尽管人们都在博茨瓦纳长大，他们却更愿意读一本用英语写作的书。人们的阅读习惯正在消减，茨瓦纳语的使用频率正在降低，这些都不利于博茨瓦纳文化传统的保留与本土小说的创作。为此塞卜尼倡导将博茨瓦纳小说翻译成英语在国外予以出版，并将英语小说翻译成茨

---

① Barolong Seboni, "The International Writing Program: Why I Write What I Write", *The International Writing Program*, June 19, 2022, iwp.uiowa.edu/sites/iwp/files/SeboniWhyIWrite.pdf

② Africaindialogue, "The History and Future of Literature in Botswana: A Dialogue with Barolong Seboni", *Africaindialogue*, September 30, 2016, africaindialogue.com/2016/09/30/the-history-and-future-of-literature-in-botswana-a-dialogue-with-barolong-seboni/

瓦纳语在国内进行销售，一方面能够扩大本土文学在国际上的影响力，另一方面能让茨瓦纳语重新焕发生机。

塞卜尼认为口头文学传统与用茨瓦纳语写成的传统文学是记录博茨瓦纳文明进程、人民智慧的重要证据。考虑到本土文学对外出版时遇到的翻译难题，塞卜尼将1400多条博茨瓦纳谚语与俗语翻译成英语。在他2011年出版的《茨瓦纳谜语：英语译文》（*Setswana Riddles: Translated into English*）的序言中，塞卜尼阐明了茨瓦纳口头文学（俏皮话）的可翻译性，也指明这一行为的目的是"为那些想要理解和欣赏博茨瓦纳语口头传统和智慧的人提供一个仓库或宝库"[1]。与之前人们寻求在源语言和目标语言中寻求等价替代的方式不同，塞卜尼的翻译更真实。他尝试"最大限度地保留博茨瓦纳语的结构与语义，以便还原谚语的独特含义，并使用大量的注释来解释这些表达背后的文化背景和含义"[2]。对他来说翻译"是一种保存工作，不仅使谜语从口头转化为书面，并且使其作为第二语言被保存，这一语言甚至支配着世界文学的浪潮"[3]。因此，既熟悉博茨瓦纳源文化又能够很好地驾驭目的语的塞卜尼，在博茨瓦纳文学与文化翻译工程上做出了巨大贡献。

同时，塞卜尼为《卫报》（*The Guardian*）、《公报》（*The Gazette*）和《太阳报》（*The Sun*）等报纸专栏所撰写的稿件被汇编成文集《允许思考》（*Thinking Allowed*）。塞卜尼在文章中用幽默、讽刺的写作风格评论非洲特别是博茨瓦纳的社会和政治局势。该专栏也成了另一专栏《实事求是》（*Nitty Gritty*）的前身，后者基于一群聚在一起的虚构角色的视角与语气来讨论政治、社会、宗教、人际关系等。塞卜尼希望创立一本在知识、政治、学术和创作层面上都能自由表达的文学杂志，以鼓励思想的交流。他赞同文学创新和衍生，因为形式的变化能够使文学更灵活地表达思想。

---

[1] Keith Phetlhe, "Translation and Botswana Literature in Setswana Language: A Postcolonial Criticism and Practice", *Africana Studies Student Research Conference*, 2018(2), p.15.

[2] 同上，pp.14-15.

[3] 同上，p.15.

塞卜尼认为文学需要让读者了解人类的存在与生活的现实。他坚信文学对社会发展的重要作用：

文学是一种让整个世界真实地了解我们的方式，它是宣传的对立面，也是文明的最高形式。我们通过一个国家的文学来衡量它的进步程度，通过阅读文学作品，你可以了解社会的更深层次的灵魂。艺术是永恒存在的。人在文学作品中生活。①

茨瓦纳语比人们想象的更具灵性，当人们用茨瓦纳语表达自己的期许、赞赏等不同的情感时，本质上是在传达精神的力量。保留与翻译传统文学是至关重要的，它加深了博茨瓦纳人对身份的理解即"我们从哪里来"。人们需要认可、尊重自己的语言，方能寻求、感知语言的意义。博茨瓦纳正在迈向新的时代，那些由历史书写的故事与当下正在被时间塑造的故事共同造就了属于这个国家的文学与文化。塞卜尼抱有本土文学繁荣发展的美好愿景，并为之付出不懈努力，希望让更多国家阅读到属于博茨瓦纳的作品，让属于他们的历史重现在文学中，并永久传承下去。

"闭上嘴巴、开放思想、倾听内心"②，这是塞卜尼所概括的自己的写作方法。他努力倾听博茨瓦纳的声音，非洲的声音，世界的声音与宇宙的声音，倾听人的存在。

---

① Africaindialogue, "The History and Future of Literature in Botswana: A Dialogue with Barolong Seboni", *Africaindialogue*, September 30, 2016, africaindialogue.com/2016/09/30/the-history-and-future-of-literature-in-botswana-a-dialogue-with-barolong-seboni/

② Barolong Seboni, "The International Writing Program: Why I Write What I Write", *The International Writing Program*, June 19, 2022, iwp.uiowa.edu/sites/iwp/files/SeboniWhyIWrite.pdf.

# 作品评析

作为博茨瓦纳重要诗人与学者的塞卜尼创作了众多短小精悍而易懂的诗歌，在追求非洲诗学创新目标的同时，塞卜尼亦心系博茨瓦纳和非洲大地，深切地关怀着黑人同胞的生存境遇，犀利地批判着殖民主义的恶果，并呼吁、鼓励同胞积极地反抗，充分体现了他泛非主义的立场和深刻的人文关怀。

## 一、《诗》与交流中的诗性力量

### 诗

我们不需要
那些边缘锐利的词语
来为我们之间划出一道鸿沟
每当它们被言说的时候

那些称号
如同车轮的辐条一般尖锐
在被说出时将心脏刺穿

我的杯中不再留有空间
因为那些尖酸的挖苦之词
已然腐蚀了我的感受

这些冰冷的术语被抛出

便使心麻木

恶毒的言辞产生于

你如蛇般蜿蜒的舌头

侵染着感知……


让我们交谈吧，爱

那拥有着温和的语调

羞怯如羊羔般的

是如此柔软

用像羊毛似的朦胧的词语


穿在身上坚强地对抗

这个世界的冰冷与苦涩

如果让我们在我们的言语中进行搜索

那就更好了

因为在静止的灵魂中词语沉在深处

这将拼写出我们的思想

在我们微笑的沉默中①


　　《诗》（"Poem"）是塞卜尼创作的一首无韵律的自由诗，共有六个诗节。诗歌意在讨论人们交流的语气、意图和可能造成的后果，特别是带有伤害性和侮辱性的词语。诗歌前四节列举了消极或伤害性交流的本质和给听者带来的痛苦的后果，而第五节和第六节提供了一个解决方案，并营构了一幅用温柔的音调和话语来治愈和安慰的画面。全诗用词简明扼要，主旨明确突出，是诗人对人们日常

---

① "Poem By Barolong Seboni", *FET Phase English Resource*, December 07, 2017, https://rsacurriculum. wordpress.com/2017/12/07/poem-by-barolong-seboni/

交流中遇到的言辞冲突问题的探讨。在诗人看来，交流对话应当是温和而治愈的，然而常有消极的交流方式腐蚀着人们的心灵，影响正常的人际交往。

在第一诗节中，诗人首先明确了他的立场，即尖锐刻薄的言辞是有害且不必要的。"jaggered"为无形的词语赋予可想象的物质形态，它们参差不齐棱角分明，在说出来时如同利器刺向对方。尖锐言辞所造成的情感痛苦被比拟成锐器造成的身体痛苦，诗人通过这种生活化的对比将感受具象化。"trench"是壕沟，或者指壕沟战，由于这些尖锐言辞的不当使用，人与人之间的关系出现隔阂，甚至如同无声的战争般暗流涌动。第二诗节承接第一诗节的表达，塞卜尼再次借比喻手法，用"sharp like spokes"（锋利如辐条）来描述词语的尖刻，甚至"说出时刺穿心脏"，更突出这些言语对内心造成的伤害和痛苦。诗人在第三诗节转向关注叙述者。这些嘲讽挖苦之词是酸性（acidic）的，具有腐蚀性。如同硫酸会腐蚀金属、灼伤皮肤一样，即尖酸的挖苦之词也腐蚀着两个人之间的关系，灼伤着听者的情感与内心。如果叙述者自己无所顾忌地滥用词语，对他人的共情能力也会变得迟钝。因此，塞卜尼认为，为了保护交流者双方不受伤害，不使用粗鲁的言辞是非常必要的。他不想将自己置身于消极的存在，其笔下"没有多余空间来盛放这些词语的杯子"也喻指他的思想、他的灵魂，即一切本应该用来容纳温和、善良的词语的存在。在第四诗节中，诗人再度用比喻追加了对消极对话的印象：这些被抛出的尖刻的词语如冰雪般寒冷，足以让心脏失去温度濒临死亡。诗人用"温度"这一可感的标准来描述消极的对话结果给人带来的压迫感。说话者与毒蛇别无二致，这些词语带着致命的毒性，随着听者的感受流遍全身最后导致"心脏"也就是感受和思想的死亡。由此，从第一诗节到第四诗节，粗鄙之词的伤害程度一步步递进，读者可以轻易地感受到诗歌中的听者所经历的痛苦。塞卜尼在整首诗歌中并没有运用太多的标点符号，因而第四诗节结尾处的省略号就尤为突出。诗人无疑在这个省略号里包含了许多复杂的情感，意犹未尽、无声叹息或者另有别思，但可以确认的是，塞卜尼对于前文所描述的消极的交流方式持鲜明的反对态度，他用了四个诗节对其进行了批判，试图让读者切身感受到它可能会带来的巨大危害。于是在这个省略号之后，诗歌展现出不同于前文的、诗人内心中理想的交流方式。

在第五诗节中，塞卜尼诗风一转，用温柔的语气与读者进行对话。他理想中的交流对话应该充满着爱与柔软温和，一场美好的交流应该如同新生的羊羔般纯真无害。"羊"在《圣经》中是无辜、纯洁与宽恕的象征，与第四诗节中的有剧毒的、邪恶的"蛇"形成对比。塞卜尼建议每个人在交谈时怀着充足的爱意，此时的单词如同绵软的羊毛，能够被"穿在身上"为交流者提供庇护。言辞与交流应该成为抵御这个世界带来的苦涩与苦难的屏障，而不是使这些苦难雪上加霜，给听者带来痛苦。虽然绵羊没有尖锐的爪牙，却可以凭借羊毛经受住严寒的冬天。诗人真诚地希望人们可以用合适的交流方式与礼貌平等的词语来建立健康而紧密的人际关系。

以第五诗节里提出的正确的用词方式为基础，诗人在第六诗节对交流沟通进行了总结。词语可能如同静止的灵魂一般深沉，诗人反对粗鄙浅显的用语，而将词语与灵魂画上等号。灵魂静止的说法或许有一些夸张，但诗人确实认为词语只有在真正表达有深度的意义时，人们的交流才是有意义的。全诗的最后一句"在我们微笑的沉默中"，可以看出塞卜尼认为沉默并不是一件坏事，相反沉默也可以表达一些意义，这些意义甚至高过那些尖锐刻薄的消极词语所表达的含义。诗人期望在交流中人们能够放弃使用粗鄙的词语，并提出词语的崇高性与沉默的合理性。人可以寻找最适合的词语来正确表达自己的确切想法，同样也可以在微笑的沉默中感受思考的幸福。

全诗短小精悍，语言通俗明了。塞卜尼借诗歌阐述了词语（文字）的力量，描述了不同的词语可能会造成的不同交流后果。词语不应该成为交流者发泄消极情绪的载体，它本该成为人际关系的黏合剂，使人们感受对方的关怀与爱，并获得抵御苦难与不幸的精神力量。诗歌用第一人称写成，读者也可以观察到塞卜尼始终用的是"we"与"us"。塞卜尼将这首诗歌献给不特定的每一个人，也期待着读者能够接受自己的建议。发表言论是人们的自由，但是这一普遍拥有的权利不该被滥用或者被消极地使用。更何况语言的力量是长久的、内在的、广泛的，诗人不希望让不当的言语伤害到人际交往，从而发出了"斟酌用词、考虑语气"的号召，交换爱与友好从而建立良性的交往关系。塞卜尼将诗歌取名为"Poem"不无深意：正确的交流本身就是一种诗歌，轻柔温暖的词语能够抚慰听者的心绪，带来鼓舞甚至美的享受；怀抱着这种美好的期待，诗人在这首诗歌中用委婉、温和的语气劝导读者，身体力行实践着良性的交流，使文字也充满了积极的诗性力量。

## 二、诗歌中的非洲景观及其象征意义

读者可以在塞卜尼的诗歌中看到极具特色的非洲景观描写，诗人"使用来自动植物、谚语、土著节奏、修辞比喻和时空概念的具体形象来建立一种诗意的形式"①，这些元素凸显了诗歌的地域性与真实性。塞卜尼将这些无声的形象与土地上人的生活联系起来，在诗歌中寻找二者共生的关系。塞卜尼首部诗集《太阳的图像》是以太阳为中心意象写成的，它是非洲的象征，是人们的福祉或灾祸。

太阳是我所在的世界地区，即南部非洲主要（和霸道）的自然特征，我试图在每首诗中捕捉生活的某个方面，因为它被无处不在的太阳照亮了。……太阳在我们之上，在我们之外，但它也在我们周围，在我们之内。太阳也代表了在人类统治之上发光的自由精神，它支撑着所有被压迫的人穿过阴霾，走向更光明的一天。人们将不得不在太阳下控制人类的处境。②

太阳是一个普遍存在的实体，但它又可以被人的创造力和想象力重塑，从而被转化成人们观念中的形象：它无处不在，难以捉摸，如同神灵一般拥有超理性的力量。在神秘与虚幻色彩的包围下太阳成为富有宗教与哲学意义的象征。而在太阳被神明化、神秘化后，人们很容易把困扰人类的灾难归咎于它。在这片大陆上饥荒、贫困、种族主义的恶瘤与神圣的太阳一并存在，这就足够引发人们关于生存、生死、善恶等形而上问题的思考，塞卜尼由此展开了崭新的诗学尝试。他

---

① Tanure Ojaide, *Poetic Imagination in Black Africa: Essays on African Poetry*, Durban: NC Academic Press, 1996, p. 30.

② Barolong Seboni, "Under the Sun", *The International Writing Program*, June 12, 2022, iwp.uiowa.edu/sites/iwp/files/IWP2003_SEBONI_barolong.pdf.

的诗歌中的太阳总是有两副面孔。在《日出》（"Sunrise"）中，诗人用轻盈的笔触描写日出时分整片大地由沉重的夜晚轻盈地滑向静谧的清晨的场景，赞颂太阳为世界带来光明；而《干旱》（"Drought"）中的太阳却成为高温与干旱的始作俑者。人们在热浪的鞭打下虚弱无力，田地里只有晒焦的杂草而不见粮食。年迈的老妇人精疲力竭，用无神的双眼盯着天空祈祷雨水。天堂与炼狱的转换仿佛就在太阳的掌握之中，人类是如此渺小而脆弱。干旱与沙漠是塞卜尼常用的意象。例如在《土地的掠夺》（"The Ravage of the Land"）中，诗人将干旱的土地比作一场腐朽的死亡，秃鹫啄食着腐肉，地上遍布着蠕虫、白骨，营造死寂可怖的末日氛围；《青草不再唱歌》（"The Grass is No Longer Singing"）中描绘了荒凉的沙漠："树木永远是棕色的，有些被切碎并捆扎在地上。只有血腥的灌木在这里苦壮成长，茂盛的是白骨似的荆棘，而非动物群。干燥的风吹起燃烧的花瓣，植物被花取代不复存在"①。诗人用艺术化的语言向读者展示了自然图景，也暗含了对全球反常天气造成的自然环境恶化现状的哀叹。这片大陆上原本拥有丰富的动植物物种，而现在都逐渐消失，目之所及只有干枯的灌木与无尽的风沙。"全球温室效应和周期性厄尔尼诺现象加剧了对土地的侵蚀，威胁当地居民的生存条件。"②在如此压抑沉重的诗歌氛围下，伴随着出现了死亡、火、末日重生等神秘元素。塞卜尼在诗歌里完成生命循环的构建。太阳的升起象征着万物的新生，象征着希望的启示，因此太阳成为复活或创造的标志；但太阳同样也可以成为入侵者，它掠夺了人们赖以生存的水源与作物，给人间降下干旱，带来死亡。静态的永恒是不存在的，死亡与重生反复循环，人们在希望与绝望之间生存。塞卜尼诗歌中的景象不仅出于对自然环境恶化的忧心，更是试图"走入意识与精神中的沙漠并试图定位内心的自我"③。通过对表层事物的象征化表达，"诗人深入自己的潜意识来重新绘制这片大地的人民的心理图景。这是一种具有

---

① Lekan Oyegoke, "Boleswa Writing And Weathercock Aesthetics Of African Literature", *Journal of Literary Studies*, 2016, 32(4), p. 46.

② 同上，p. 45.

③ Peter Farrands, "Sound and vision: desert imagery in the work of Barolong Seboni", *Marang: Journal of Language and Literature*, 1999, 14(1), p. 2.

普遍意义的思想产物，与口头传统和当地文化史密切相关。"①塞卜尼应和了这片大陆历史深处隐藏着的"无意识"，在古老而深刻的自然景观中观照民族文化发展的轨迹，完成了对诗歌主旨的升华。

## 三、对殖民主义的谴责与对非洲身份的认同

除了忠实地观察与记录非洲大陆的变迁，塞卜尼意识到博茨瓦纳甚至整个非洲依旧没有摆脱殖民主义的影响，或者正在被另一种新的殖民主义目光注视着。他在散文《饥饿的商品化》（"Commodification of Starvation"）中谴责了贪得无厌的西方媒体，认为他们无孔不入，戏谑放肆地谈论着这片大陆正在遭受的苦难。"非洲的干旱是滋生肮脏标题的肥沃土壤，在小报上这些标题每天都在增加，哀叹'人类灾难'的戏剧性悲剧，因为'饥荒吃掉了非洲'。当美国人摆好桌子准备晚餐时，他们在非洲的饥荒中用餐"②，塞卜尼痛恨西方国家夸张而幸灾乐祸的目光。他们高高在上地谈论着这条新闻以彰显自己的广博见闻，却毫不在意有多少无辜生命在饥荒中死去。塞卜尼谴责了殖民主义、霸权主义的恶劣行径，同时也呼吁非洲人民不应该忘记自己的身份，不应该以自己的身份为耻。他将创作的诗歌话语作为"身份工具"或话语的社会概念来使用，通过言语、价值观和信仰的输出来确立共有的社会关系和等级结构。在诗歌《黑色》（"Blackness"）中，诗人深情地呐喊对黑人同胞的爱，"我"和众多同胞一样，在黑人母亲的子宫中诞生，在黑人们的歌声中成长，在黑人们的记忆中存在。黑色不应当是一种错误，反而是独属于非洲人的荣耀，无论自己的同胞流落至地球的哪个角落，血脉相连的爱与关怀从来不会改变。诗歌《非洲人的头发》（"African Hair"）中，塞卜尼别出心裁地运用了双关手法，无论是卷曲的干枯的头发还是黑色的柔顺的头发都已濒临灭绝，

---

① Peter Farrands, "Sound and vision: desert imagery in the work of Barolong Seboni", *Marang: Journal of Language and Literature*, 1999, 14(1), p. 12.

② Barolong Seboni, "*Under the Sun*", *The International Writing Program*, June 12, 2022, iwp.uiowa.edu/sites/iwp/files/IWP2003_SEBONI_barolong.pdf

应该受到保护，因为非洲历史就根植在他们的头发上，保护头发就等于保护非洲的传统。塞卜尼的诗歌标志着一套共同的价值观、一个共有的目标，它们引导人们确立自己的身份，形成团结的整体。

# 结　语

作为一名优秀的非洲现代诗人，塞卜尼以细腻的视角观察着博茨瓦纳与非洲，细致地打磨诗歌语言并融入自己深层的思考，创作出丰富且优秀的作品；作为一名学者，塞卜尼密切关注着非洲文学的走向，敏锐发现博茨瓦纳本土文学发展面临的问题，不辞辛苦地进行翻译工作，尝试将不同语言的矛盾降到最低。他对非对抗性交流方式的倡导体现了文化共融的美好愿望。作为一名博茨瓦纳作家，塞卜尼不仅以其精巧简练的诗歌获得关注，更凭借他心系祖国，致力推动本土文学发展的辛勤付出而赢得赞赏，因而在博茨瓦纳文学史上留下了不可或缺的一笔。

# 第四章

传统与现代的冲突

（21世纪以来的严肃文学）

尤妮蒂·道（Unity Dow）

卡罗琳·斯洛特
（Carolyn Slaughter)

凯特琳·戴维斯
（Caitlin Davies）

贾旺娃·德玛
（Tjawangwa Dema）

# 引　言

　　非洲各殖民地于20世纪五六十年代先后兴起民族解放运动，在激烈的斗争氛围中纷纷取得独立。然而，许多非洲新生国家却在不久后陷入了新的泥沼，它们"一个接一个地沦为内乱动荡、贪污腐败、管理混乱、战争冲突、独裁统治的牺牲品"①。与大多数国家不同，博茨瓦纳自独立以来始终保持着和平稳定的国内局势，走上了持续发展的道路，并于21世纪迎来了新的纪元。博茨瓦纳历届领导人对内倡导种族平等、多党民主政治，消除了内乱和内战的隐患；对外则秉持着不结盟、独立自主的外交策略，主动维护与周边及欧美国家的良好关系。这都为博茨瓦纳文学的发展营造了良好的环境。不仅如此，20世纪八九十年代以来，博茨瓦纳开始改造单一的产业结构，在维持畜牧业、采矿业等传统优势产业的基础上，大力发展商业、制造业、金融业和旅游业等，形成了经济多元向好的繁荣局面。然而，机遇之中也蕴含着危机与挑战。博茨瓦纳在走向现代化的过程中，不仅面临着复杂多变的国际局势，还需要应对艾滋病、城镇化、性犯罪以及由此引发的一系列现代社会问题。

---

① 马丁·梅雷迪思：《非洲国：五十年独立史》（上册），亚明译，北京：世界知识出版社，2011年，第1页。

这些时代议题也成了作家们关注和书写的对象。以尤妮蒂·道（Unity Dow，1959— ）、卡罗琳·斯洛特（Carolyn Slaughter，1946— ）、凯特琳·戴维斯和贾旺娃·德玛（Tjawangwa Dema，1981— ）为代表的精英派作家聚焦传统与现代的冲突，严肃探讨了博茨瓦纳在走向现代化过程中的困境与出路，共同谱写了新世纪的文学华章。

20世纪八九十年代以来，博茨瓦纳成了艾滋病的重灾区，整个国家被瘟疫的阴云和死亡的气息所笼罩。身为博茨瓦纳本土作家的尤妮蒂·道以艾滋病肆虐为故事背景创作了小说《比远方更远》（*Far and Beyon'*，2000），拉开了博茨瓦纳21世纪文学史的帷幕。尤妮蒂·道是一位关注国家命运，致力于提升妇女地位的法律工作者和人权活动家。她曾凭借自身的智识和才能切实推动了博茨瓦纳相关法律条文的修订，为保障妇女的地位和权利做出了巨大贡献。除此之外，她还致力于艾滋病的防治宣传，与艾滋病研究专家麦克斯·埃塞克斯（Max Essex，1939— ）共同写作非虚构作品《周末葬仪》（*Saturday Is for Funerals*，2010），从医学的角度对艾滋病进行了科学普及。作为一名杰出的作家，她将性暴力、艾滋病等现实议题融入文学之中，创作了《比远方更远》、《无辜者的尖叫》（*The Screaming of the Innocent*，2002）、《欺诈的真相》（*Juggling Truths*，2003）和《天堂可能坠落》（*The Heavens May Fall*，2006）等多部优秀的长篇小说，通过书写主人公的坎坷遭遇和命运沉浮，批判了博茨瓦纳迷信风俗的落后与愚昧，表达了对国家前途命运的担忧与关怀。尤妮蒂·道也因此成了可与贝西·黑德比肩的、颇具国际影响力的博茨瓦纳当代作家。

本章的第二节和第三节重点研究卡罗琳·斯洛特和凯特琳·戴维斯两位英国女作家。她们都在非洲大陆生活十数年，都于21世纪初出版了自传性文学作品，书写了现代化转型中的博茨瓦纳，追忆了与博茨瓦纳的不解情缘。

一直以来，"女性与自然的关系源远流长"①。在人类与自然的关系中，女性与自然相同，都常常是被统治和压迫的对象。卡罗琳·斯洛特的命运亦是如

---

① 金莉：《生态女权主义》，《外国文学》，2004年第5期，第58页。

此，她在博茨瓦纳度过了自己颠沛流离、孤苦悲惨的童年时光，与非洲一起遭到了强权的侵害。卡罗琳·斯洛特在年幼时被亲生父亲强暴，并因此遭到了母亲厌恶和疏离。在家庭中备受冷遇的她转向了外部世界，从博茨瓦纳的自然之景中得到了生命的滋养，在非洲民众的热心关怀下疗愈着心灵的创伤，甚至冲破种族藩篱收获了亲情与友情。在即将成年之际，她不得不跟随父母返回英国，但贝专纳、卡拉哈里沙漠、库邦戈（Cubango）河流却时时萦绕在她的梦乡，成了她内心难以割舍的文化记忆。卡罗琳·斯洛特曾根据亲身经历先后创作了《卡拉哈里之梦》（*Dreams of the Kalahari*，1981）和《刀锋之前：非洲童年生活回忆录》（*Before the Knife: Memories of an African Childhood*，2002）两部回忆录性质的作品，从异邦人和殖民者后代的视角回忆着这片神奇的土地，展现了殖民者与本土居民之间的矛盾与冲突，表达了对非洲和非洲人民的眷恋与思念。卡罗琳·斯洛特饱蘸对非洲的脉脉深情，用温暖亮丽的笔调对抗童年之伤，用乐观自信的追忆反思殖民之殇。这种情感基调使得她笔下的贝专纳带有了美化的色彩，甚至与真实的博茨瓦纳相去甚远，但却并不妨碍她的回忆录成为一道别样的文学风景。

同样在博茨瓦纳生活过十数年的还有凯特琳·戴维斯，但与卡罗琳·斯洛特不同，她在成年之后才跟随自己的爱人来到博茨瓦纳，并在婚后加入了博茨瓦纳国籍。她在有意识地融入博茨瓦纳的同时，用理性视角审视着这个业已独立的国家，用批判性思维看待社会中的种种问题。她扎根博茨瓦纳的现实土壤，创作了《詹姆斯敦蓝调》（*Jamestown Blues*，1996）、《黑人的回归：非洲无名战士的动人故事》（*The Return of El Negro: The Compelling Story of Africa's Unknown Soldier*，2003）和《芦苇地》（*Place of Reeds*，2005）等作品。本章第三节围绕其最具代表性的作品《芦苇地》展开分析与讨论。在这一部具有回忆录性质的作品中，凯特琳·戴维斯回顾了抵非之前对于非洲的刻板印象，记录了来到这个国家之后的所见所闻、所思所感，对于瘟疫、城镇化、贫富差异带来的社会现实问题进行了全面的描绘，更勇敢记录了自己遭到陌生黑人男子抢劫和强奸的恐怖经历。或许与从事新闻工作有关，戴维斯的作品有着纪实录似的叙述风格，更有着手术刀般的犀利与锋芒，为非洲以外的读者展现了一个多元复杂、真实可感的现代博茨瓦纳。

与许多后发现代化国家相似，博茨瓦纳在走向现代的过程中丢失了许多宝贵的文化风俗，在西方文化的裹挟下遗失了部分本土的价值观，这成了贾旺娃·德玛诗歌作品的主题之一。德玛是一位具有变革意识和革新精神的本土诗人，她吸纳了赞美诗的口头文学形式，革新了英语诗歌的表达。她主张将诗歌与表演相结合，用肢体语言进行现场朗诵，她重视诗歌表演的即时性与在场性，并由此发起和推动了博茨瓦纳口语诗歌运动。她的诗歌作品《下颌》（*Mandible*，2014）、《粗心裁缝》（*The Careless Seamstress*，2019）等斩获了诸多文学奖项，被翻译成多国语言在世界范围内广泛流传，个别诗歌已被中国学者发现并译为汉语。作为一名重视民族文化的现代诗人，德玛对于西方文化入侵所带来的现实问题有着超乎寻常的敏感性，她通过诗歌创作对物质主义、消费主义和享乐主义进行了反思，对数典忘祖、毫无节制的年轻一代进行了批判。也正是由于对民族传统的重视和展现，德玛成了具有代表性的非洲诗人。与本章的其他作家相比，她身上多了几分民族自豪感和属于未来的朝气。

本章主要探讨和研究了四位精英派女作家，其中三位的作品都被收录进了博茨瓦纳首部女性大型文集《博茨瓦纳女性书写》（*Botswana Women Write*，2019）。她们用手中之笔描绘了心中的博茨瓦纳，记录了这个国家在走向现代化过程中的困境与希望，也从一个侧面展现了女性地位的提升和女权意识的进一步觉醒。21世纪以来，在新旧文化的碰撞中、在传统与现代的冲突中，博茨瓦纳的女性逐渐登上历史舞台，她们对于自身的地位有了新的认识，对于长期以来所遭受的歧视、虐待、骚扰和暴力有了发声和反抗的勇气。女性作家亦成了一支具有天然凝聚力的队伍，她们书写着自身或女性同胞的悲惨命运，控诉着与殖民主义伙同的父权制的专制与残暴。她们所书写和表现的主题，呼应着世界范围内女权主义运动的潮流，与其他国家的女权作品汇流，成了兼具非洲性和世界性的文学景观。

# 第一节
## 当代博茨瓦纳影响力最大的作家：尤妮蒂·道

## 生平与创作

尤妮蒂·道是一位著名的律师和人权活动家，也是现今国际知名度最高的博茨瓦纳作家之一。

尤妮蒂·道原名尤妮蒂·迪斯韦（Unity Diswai），于1959年出生在贝专纳的莫丘迪，是家中的第二个孩子。这个女孩被命名为"Unity"（团结，统一），这既是因为她诞生于非洲民族主义兴起的年代，还因为当时南非的一种硬币上铭刻着的格言"Eendrag maak mag"（团结就是力量）[①]。尤妮蒂家境贫寒，父亲摩西·迪斯韦（Moses Diswai）是一位农民，而母亲艾伦·迪斯韦（Ellen Diswai）是一名裁缝。虽然如此，她还是受到了良好的教育，这得益于父母的支持、师长的鼓励和政府对教育事业的投入。1983年，尤妮蒂在博茨瓦纳和斯威士兰大学取得法学学士学位，期间曾于英国爱丁堡大学留学两年（当时博茨瓦纳还没有法律专业）。次年，她与美国和平队志愿者彼得·内森·道（Peter Nathan Dow）结婚，婚后更名为尤妮蒂·道。[②]

毕业后，尤妮蒂·道积极投身于法律事业，积极维护女性权益。1986年，她开设了博茨瓦纳第一家女性律师事务所。同年，她又成了该国第一个妇女组织埃

---

[①] M. J. Daymond and Margaret Lenta, "'It was like singing in the wilderness': An Interview with Unity Dow", *Kunapipi*, 2004, 26(2), p. 50.

[②] 据采访，双方已经离婚，但仍保持着良好关系。见 M. J. Daymond and Margaret Lenta, "'It was like singing in the wilderness': An Interview with Unity Dow", *Kunapipi*, 2004, 26(2), p. 55.

曼芭莎蒂（Emang Basadi）①的创始成员，埃曼芭莎蒂的首要目标是反对政府于1982年通过的《公民身份修正法案》。此法案规定，婚生子女不能随母亲获得博茨瓦纳国籍，而男性国民的所有子女都可以成为博茨瓦纳公民。为此，埃曼芭莎蒂活动家曾在一份公开信中讽刺：女人"不是嫁给某种公民身份，而是嫁给了男人本身"②。《公民身份修正法案》损害了许多博茨瓦纳妇女的利益，其中也包括了尤妮蒂，其丈夫在博茨瓦纳居住近14年后仍未获得公民身份，这影响到了他们的孩子。1990年，尤妮蒂·道上诉博茨瓦纳政府，质疑相关法律规定，这就是《博茨瓦纳总检察长诉尤妮蒂·道案》（*Attorney General of Botswana v. Unity Dow*）的由来。此事引起巨大关注，尤妮蒂也得到了埃曼芭莎蒂的大力支持。1995年，博茨瓦纳对《公民法》进行了修订，成为非洲国籍法破除性别歧视的首例，从而鼓励了所有非洲妇女。1997年，尤妮蒂·道被任命为博茨瓦纳第一位女性高等法官，直到2009年才退休，这意味着她又一次取得了历史性胜利。

此外，尤妮蒂·道还为人权事业做出了许多贡献。1988年，她成了南部非洲妇女与法律（Women And Law In Southern Africa）组织的创始成员之一，该组织致力于用法律手段保护女性。1990年，为了加强博茨瓦纳女性对自身权利的了解，梅特海提尔妇女信息中心（Metlhaetsile Women's Information Centre）在尤妮蒂帮助下成立。90年代，她创办了博茨瓦纳首个专门致力于艾滋病防治的非政府组织，即艾滋病行动信托基金（AIDS Action Trust）。2006年，作为《罗伊·塞萨纳等人诉博茨瓦纳总检察长一案》（*Roy Sesana and Others v. The Attorney General of the Republic of Botswana*）的主审法官，尤妮蒂·道判决，政府应允许桑人在他们的祖地上生活，不得驱逐。2014年，她又成了性少数权益组织（LEGABIBO）的法律顾问，并成功使其注册为合法组织。另外，她还曾被聘为国际法律援助联盟特别成员、联合国人权理事会独立专家，帮助处理了许多国外人权事务。尤妮蒂·道因此获得了无数荣誉：2010年，她被授予法国荣誉军团勋章（Medal of the Légion d'honneur de France），这是法国最高荣誉之一；2011

---

① 埃曼芭莎蒂（Emang Basadi）出自博茨瓦纳国歌，意为"女性，站起来"。

② M. J. Daymond and Dorothy Driver (eds.), *Women Writing Africa: The Southern Region (The Women Writing Africa Project, Volume 1)*, New York: The Feminist Press at CUNY, 2003, p. 387.

年，世界妇女峰会（Women in the World Summit）将她提名为150名震撼世界的妇女之一；她是唯一一位被列入世界公认女权主义者名单的博茨瓦纳女性，并被多家大学授予荣誉博士学位……为了更好地为国家服务，尤妮蒂·道于2012年开始从政。之后，她在教育部、外交部等政府部门的表现都非常优秀。

同时，尤妮蒂·道在文学创作方面也极具天赋，成了一位优秀的作家。她于2000年正式步入文学界，目前共发表了四部小说：《比远方更远》《无辜者的尖叫》《欺诈的真相》和《天堂可能坠落》。这些作品的主角均为来自博茨瓦纳贫穷乡村的女性，都是接受了高等教育的"幸运儿"。她们揭露并批判社会中的不良现象，并用自己的行动帮助村民。这体现出道的一个观点，"如果不讨论妇女和法律，就不能讨论人权"①。例如，《比远方更远》讲述了一个博茨瓦纳家庭面对艾滋病的故事，赛拉托（Selato）家的两个儿子均死于此病，母亲玛拉（Mara）只能向巫医寻求帮助，她的女儿莫萨（Mosa）和儿子斯坦（Stan）决定帮助母亲科学认识艾滋病。而莫萨也有自己的烦恼：此前她受到成年人引诱，怀孕后不得不从高中辍学，现在又回去继续学业。但那所学校存在大量的校园性侵事件，复学的莫萨也受到了骚扰，因此她决定联合其他女生，一起揭露真相。在尤妮蒂·道的第二部小说《无辜者的尖叫》中，12岁的博茨瓦纳女孩尼奥（Neo）失踪了，警方定义为动物袭击草草结案。然而5年后，一个到村里工作的年轻女人阿芒特（Amantle）发现了尼奥留下的血衣，并凭借种种证据认定，尼奥被谋杀并被做成了巫药。于是阿芒特决定为受害者伸张正义，从而踏上了一条危险重重的冒险之旅。相对而言，道的第三部小说《欺诈的真相》则有着更多的自传色彩，此书以乡村女孩莫内（Monei）为主角，用第一人称视角回顾了她于1960年代在贝专纳莫丘迪度过的童年。尤妮蒂·道通过此书表示，杀死巨蜥会导致暴风雨、与白化病患者交朋友会带来厄运、喝公牛的尿液能让人学会吹口哨等想法都属于迷信，女性需要通过教育和独立思考来实现自强自立。《天堂可能坠落》的内容则更加沉重，它展现了强奸、虐待等社会敏感话题，揭露了博茨瓦纳社会中存在的无知和愚蠢。女律师纳莱迪（Naledi）想帮助一个被强奸的15岁女

---

① Unity Dow, "How the global informs the local: The Botswana Citizenship Case", *Health Care for Women International*, 2001, 22(4), p. 323.

孩南希（Nancy），但在男性主导的司法系统中，她的力量非常微小。强奸犯被判无罪，但纳莱迪没有放弃，她决心继续上诉。

身为作家，尤妮蒂·道既描写了博茨瓦纳的独特风俗，又突出了现代观念对传统文化的冲击，还表达了对妇女、儿童等弱势群体的关注。而正如钦努阿·阿契贝（Chinua Achebe，1930—2013）所言："为艺术而艺术，不过是胡说八道……艺术是，并且一直是，为人类服务的。"①尤妮蒂还通过小说揭露社会弊病，让其作品有了更多现实意义。学者玛丽·莱德勒在其著作《博茨瓦纳英语小说（1930—2006）》中进一步指出，道的作品标志着博茨瓦纳文学新时代的开始，她以女性写作的方式对"事物的现状"提出了挑战。②

# 作品评析

出版于2000年的《比远方更远》，是尤妮蒂·道的第一部长篇小说。小说关注博茨瓦纳的艾滋病危机，但更强调传统与现代的冲突。它用第三人视角写成，文本分别以母亲玛拉、儿子斯坦和女儿莫萨为主角，且以葬礼、婚礼、校园典礼这三个重要仪式为节点，描写了两代人的观念差异。在小说最后，经过沟通交流，他们终于能用科学的态度对待病毒，并实现了关系的和解。

## 一、艾滋病：新世纪的疾病

艾滋病本身就是一种现代疾病。1981年，美国首次发现这种新疾病。次年，它被正式命名为"艾滋病"（AIDS），即获得性免疫缺陷综合征，感染艾滋病病毒的人一般会在8年至12年后发病死亡。博茨瓦纳是世界上受艾滋病影响最为严

---

① Chinua Achebe, *Morning Yet on Creation Day: Essays*, New York: Anchor Books, 1976, p. 25.

② Mary S. Lederer, *Novels of Botswana in English, 1930-2006*, New York, Lagos, London: African Heritage Press, 2014, p. 49.

重的国家之一，2020年其艾滋病总感染率为19.9%[①]。1984年，博茨瓦纳发现首例艾滋病病例，但这种病毒在80年代末才蔓延开来。90年代中期，博茨瓦纳艾滋病发病率迅速上升，超过30%的青年感染了这种病毒。[②]为此，政府采用了多种手段宣传艾滋病，以至于它成了"广播病"。而除了《比远方更远》这部小说外，道还和艾滋病权威研究专家麦克斯·埃塞克斯合作，于2010年出版了非虚构作品集《周末葬仪》，该书用故事加医学分析的方式教育民众正确理解并预防、治疗艾滋病。另外，生活在博茨瓦纳的加纳法学家科菲·阿克瓦-达兹（Kofi Acquah-Dadzie，1939— ）也写了一本关于艾滋病的小说《决定的时刻：打破性传播链条》（*The Moment to Decide: Breaking the Chain of Sexual Network*，2013）。[③]

《比远方更远》里的故事发生在1999年，也就是20世纪的最后一年。而对博茨瓦纳人来说，世纪之交意味着艾滋病毒的猖獗："21世纪是以无法想象的艾滋病死亡数开启的。"[④]书中写道："如此多的痛苦。如此少的希望。这么多人死亡。这么多孩子看着他们的亲人日渐衰弱并去世……没有那么多时间去爱生者，因为所有的情感都被用于照顾垂死者。"[⑤]而最让人伤怀的，莫过于白发人送黑发人，"类似的情景正在全国各地的病房、村庄和城镇的许多家庭中上演：年轻人像玉米棒子上的谷粒一样落在贪婪的人手中"（170）。

小说就以一场年轻人的葬礼开始，塞拉托家的二儿子普勒（Pule）因艾滋病早逝，他的母亲玛拉和其他亲人悲痛欲绝。而这一部分的主角就是玛拉，她是个贫穷的未婚母亲，也是这个乡村女户主家庭（Female Headed Households）的当家人。玛拉是一位传统女性，她的两段姻缘都得到了博茨瓦纳旧风俗的认同：玛

---

[①] "Prevalence of HIV, total (% of population ages 15-49) - Botswana", *World Bank Open Data*, July 15, 2022, data.worldbank.org/indicator/SH.DYN.AIDS.ZS?locations=BW.

[②] 尤妮蒂·道、麦克斯·埃塞克斯：《周末葬仪》，卢敏、朱伊革译，武汉：武汉大学出版社，2019年，第13页。

[③] "Lawyer publishes HIV/AIDS novel", *Sunday Standard*, October 6, 2013, http://www.sundaystandard.info/lawyer-publishes-hiv-aids-novel/

[④] 尤妮蒂·道、麦克斯·埃塞克斯：《周末葬仪》，卢敏、朱伊革译，武汉：武汉大学出版社，2019年，第12页。

[⑤] Unity Dow, *Far and Beyon'*, San Francisco: Aunt Lute Books, 2001, pp. 168-169. 本节关于《比远方更远》的引文均出自此版本，以下引用随文标注页码，不再一一详注。

拉和未婚夫西蒙（Simon）生了前两个儿子，即大儿子塔博（Thabo）和普勒，但西蒙在南非的一场矿难中丧生。之后，她又和同居者塞拉蒂（Serati）生了两个孩子，即唯一的女儿莫萨和小儿子斯坦。塞拉蒂在离开时按照习俗支付了四头牛，以此合法切断了他和孩子的关系。①然而普勒是一名现代青年，和母亲玛拉的生活方式有很大差异。他交往过一名在博茨瓦纳工作的南非女友，她还有个3岁的私生女——努努（Nunu）。另外，普勒是个相当时髦的年轻人，他收集了许多英语书籍，《杀死一只知更鸟》（*To Kill a Mocking Bird*，1960）是其最爱的书之一；他有耐克鞋，是曼联的球迷，且抽现代香烟（而非老式烟草）。作家在书中暗示，普勒的"现代"或许就是他染病的原因。

作为一名传统女性，玛拉非常坚强，她独自抚养四个孩子，并让他们都接受了教育。普勒去世后，玛拉又以祖先为理由，在家族会议上给努努争取到了合法地位："从习俗来看，她不是这个家庭的一员。但这个孩子来到我们这里，是因为祖先要把她带到塞拉托家……努努是这个家庭的孩子，因为祖先要求这样做。我不能违背祖先们的意愿。"（38）但是，玛拉没有受过太多教育，靠打零工和做佣人维持生计，"进步"对她来说意味着老鼠和蟑螂。讽刺的是，这些外来的害虫意味着多余的食物和较大的居住空间，从而成了富足的象征。"玛拉思索着发展和它带来的东西。首先，它带来了蟑螂……现在，她的雇主有了一个新的繁荣象征：老鼠！"（56）这就意味着，玛拉无法处理各种现代问题——尤其是艾滋病。因为艾滋病，她在一年内接连失去了塔博和普勒两个儿子，却根本无法理解他们为何而死。当医护人员向玛拉指出真实病因时，她认为这些人非常愚蠢，所以没有请求他们治疗自己的孩子，而是求助于巫医占卜。她相信，厄运来源于诅咒，有人因嫉妒对塞拉托一家使用巫术。为此，玛拉不惜与最好的朋友莱塞迪（Lesedi）绝交，因为后者的左手掌心曾飘出"一些白色粉末"，而有占卜者

---

① 在博茨瓦纳传统文化里，婚姻是一件大事，双方家庭要协商很长时间，而孩子们需要听从父母命令。这和中国文化相似，但不同的是，博茨瓦纳社会中的男方需要向女方支付 bogadi（通常是牛），而中国男女双方要互赠彩礼嫁妆。另外，博茨瓦纳并不看重贞操，当地男女关系相对自由，女性可以在正式结婚前生子。但结婚时男方需要支付 bogadi，这样婚姻将成为合法婚姻，妇女和她的孩子才能属于丈夫的家庭；否则孩子就属于母亲的家庭。如果双方没有结婚意愿，男方就必须为"损毁"了女方而支付"损失费"，这笔钱相当于孩子的抚养费。参见：詹姆斯·丹博、芬尤·C.赛博：《博茨瓦纳的风俗与文化》，丁岩妍译，北京：民主与建设出版社，2015年，第182—185页。

警告她小心"友人的左手"。但莱塞迪没有害人，相反，她和玛拉有着一样的痛苦：其女塞西莉亚（Cecilia）也因艾滋病去世。

玛拉的无知和迷信背后隐藏着恐惧，她根本无力面对可怕的艾滋病，这也代表着当时博茨瓦纳社会的普遍态度。"玛拉认为她听到有人说了'艾滋病'这个词，但她不能确定。无论如何，她无法想象有人有足够的勇气说出这个可怕的缩写，尤其是在葬礼上：'这种疾病'、'广播病'、'phamo kate'或'名字很短的病'是更可接受的同义词。"（12—13）在这点上，玛拉和儿女形成了鲜明的对比。莫萨19岁，斯坦18岁，都在读高中，成绩良好且很有希望上大学。他们能正确认知艾滋病，这样才能帮助到母亲。

## 二、传统与现代之间

斯坦是塞拉托家"最现代"的孩子，他得到了美国数学老师米切尔（Mitchell）先生资助，和老师一起居住。但在拥有"电视、足球、旅行"的同时，斯坦也缺少和亲人的沟通。兄长的葬礼让斯坦心生感触，他想要帮助自己的家人。之后，斯坦和姐姐彻夜长谈，消弭了彼此之间的隔膜。然而，莫萨在交流中指出，斯坦受西方文化影响太多，以至于迷失了本性："你是个很聪明的人，也是个怀疑论者，这很好。但你已经观望了两种文化这么长时间，以至于在它们之间左右为难。你用两双眼睛看。你现在有两颗心……你对米切尔的真理质疑不够：你吞下了他告诉你的一切。"（112）不仅如此，他缺乏改变的勇气，也缺少对家人的真正理解。斯坦同情姐姐和母亲，但同情不能解决所有问题：他可以帮玛拉赶走家暴她的第三任男友所罗门（Solomon），但不明白母亲的真正痛苦。莫萨甚至在小说结尾处点明，斯坦的力量远远不及自己："你知道你为什么会活下来吗？因为我坚持认为，当我走得比远方更远的时候，你会在那里为我加油。"（199）

在小说中间的婚礼章节，莫萨和斯坦又一次产生了冲突，这体现了双方的性格差异。这是一场历时三天的传统婚礼，新娘是他们的堂姐米米·塞拉托（Mimi

Selato）。姐弟俩发现，没人在这个场合提到"爱、尊重、友谊和陪伴"。相反，米米被告知，离婚是家庭之耻，她必须以丈夫为尊，并包容对方的出轨行为。早在贝西·黑德写于20世纪70年代的短篇小说《婚礼印象》（*Snapshots of a Wedding*，1977）中，博茨瓦纳的女性长辈就这样指导新娘："女儿，你必须要给丈夫倒水。记住，任何时候都如此。他是家庭的主人，你必须要服从。如果他时不时和其他女人说话，你不要介意。让他感觉自己可以自由来去……做个好妻子！做个好妻子！"①而新郎特谢普（Tshepo）则得到了不同的建议，男性长辈告诉他，应该少打妻子；如果真的要打，那也要避开公众场合。同时，长辈们还告诉新郎，打妻子时要用上皮带或其他东西，用手打人很容易过火。对此，莫萨总结道："婚礼从头到尾都在贬低女性。这是被认可的羞辱。女性被描述为仅供男人使用的器皿。"（155）堂姐的婚礼让莫萨和斯坦这两个年轻人都感到不适，但前者愤怒并想要改变，而后者则尴尬且无奈。

"我听到了；我听到了。"斯坦说，他的声音疲惫而无力。"你知道，我理解你的想法……你知道我感到无助，但我能做什么？你能做什么？我不能改变我们周围的社会。你也不能这样做。几个世纪以来，人们一直以这种方式行事。他们不会在一夜之间改变。而特谢普没有办法摆脱这些东西。任何想结婚的人都必须原样照办。我能说什么？我能做什么？"

"我不相信我们只是无能为力。我拒绝接受这一点。那就是我们必须任由一切继续下去，却不尽举手之劳。我们周围的人正在因艾滋病死去。而让妇女预料到丈夫会四处留情，这于事无补。得告诉她们，采取被动态度将后患无穷。想必大家都看得出来。"（156）

事实证明，莫萨才是那个能帮助家人的孩子。她和玛拉住在一起，分担家务和压力，所以能真正理解母亲的痛苦。但渡人者必先自渡，莫萨陷入了双重困境，

---

① Bessie Head, *The Collector of Treasures and Other Botswana Village Tales*, London: Heinemann Educational, 1977, pp. 79-80. 译文引自詹姆斯·丹博·芬尤·C. 赛博：《博茨瓦纳的风俗与文化》，丁岩妍译，北京：民主与建设出版社，2015年，第205页。

她必须自救：第一，莫萨曾被一个成年男子引诱，怀孕后又被抛弃，她因此辍学，现在希望返回高中继续学业。第二，莫萨对未来产生了迷茫，她必须找到真正的自我，这样才能奔向"远方"。而在此过程中，她需要处理一个最棘手的问题，即如何正确认知艾滋病。

## 三、女性的"远方"

在博茨瓦纳，意外怀孕一向是件麻烦事。传统文化视堕胎者为不洁之人，现代法律则认为堕胎是罪行。诺曼·拉什曾在小说《交配》中提到，博茨瓦纳政府绝对不会原谅两件事，即"偷牛和堕胎"①。只有在三种情况下，人工流产是合法的：胎儿是强奸或乱伦的产物；胎儿身体畸形或有严重先天性疾病的可能性很大；胎儿危及孕妇身心健康，以至于必须堕胎来挽救母亲的生命。但就算符合上述条件，女性也必须得到两名医生的批准，并在孕期前十六周接受人流手术。非法堕胎的妇女可能会被判入狱，刑期最高三年。而如果生下孩子，就算有家庭帮助，女性养育孩子也非常困难。同时，现代观念在某种程度上冲击了旧习俗，当男性拒绝承担相应义务时，女性只能诉诸法律，但这不一定能真正起到作用。比如，塞西莉亚希望能为自己两岁的孩子比比（Bibi）争取一笔抚养费，但法官驳回了其申请。对于没有自立能力的博茨瓦纳女学生来说，意外怀孕更是一件可怕的事情。该国政府规定，怀孕的女孩应休学一年，之后她们会被送往异地学校上学，还必须隐瞒孩子的存在。这项政策是为了保护学生，好让他们不受"误入歧途的女孩"影响。因此在实际生活中，意外怀孕的女生往往会遭受偏见，并就此辍学。这些无法继续学业的女生往往忙于家务琐事，还有很大可能陷入贫困。

莫萨读高中的最后一年，她的大哥塔博因艾滋病去世，二哥普勒也因同一种病生命垂危。母亲沉浸于丧子之痛，又得强打精神护理病人；而弟弟斯坦又不和家人住在一起。莫萨因此感到非常孤独，她渴望被爱，就和一名年轻的警员帕

---

① Norman Rush, *Mating*, New York: Vintage Books, 1992, p. 394.

科·卡马内（Pako Kamane）谈起了恋爱。但帕科并不爱莫萨，他只是在陪同上司参加学校会议时感到无聊，所以引诱了一个懵懂无知的学生。她怀孕后，帕科迅速抛弃了她。莫萨认清了男友的真面目，也不想让孩子给家庭增加负担，更不想和母亲一样，变成"贫穷、未婚、独自挣扎着养家糊口"的女人。因此，她离开亲友和熟人，到50公里外的村庄寻找朋友，并在朋友的帮助下堕了胎。

之后，莫萨还得处理另一个问题：她离开学校超过了20天，这在博茨瓦纳被视为自动辍学。而学业非常重要，就连以传统观念为重的玛拉也认为，"即使受教育的年轻人似乎产生了一些疯狂的想法，教育仍然是一件好事，它能为未来提供更好的选择"（59）。为了回到学校，莫萨复印了大哥和二哥的死亡证明，并用母亲玛拉的口吻写了一封信。她在信中给出了一个完美的辍学理由：两个儿子在去世前都患有肺结核①，而房子又太小，所以只能把女儿送到外地的亲戚家。此举的目的是保护莫萨，防止她感染结核菌，但这也导致她长期缺课（弟弟斯坦当时和米切尔老师住在一起）。看到这些文件后，高中校长同意重新录取莫萨。可以说，此前的秘密堕胎体现了莫萨的勇敢和果断，复学的方法则证明了其机智。

返回学校后，莫萨受到了科学老师梅雷克（Merake）的性骚扰，她拒绝了他提出的无理要求。结果梅雷克在课堂上羞辱莫萨，讽刺她堕胎，还失去了哥哥。但莫萨没有认输，而是当众离开了教室，用行动表达自己的抗议。之后，她去了一家为妇女和儿童提供咨询和法律建议的事务所，结果发现事务所的女律师是梅雷克的朋友。绝望的莫萨意识到，男教师猥亵女学生是当地很多成年人都知道的秘密，但没人会指认房间里的大象，就连校长也是他们的同伙。接着，有一名同样受到骚扰的女生向她求助。莫萨告诉她，绝对不能屈服："我知道沉默不是答案……如果你幸运，你将不会怀孕。或者你会更幸运，怀孕但不会得艾滋病。"（133）最后，莫萨联合其他女学生，邀请教育部长来参加高中的颁奖典礼。她们准备了各种反映校园性侵的节目，并在颁奖典礼那天当众表演。因为这一举动，包括家长在内的所有观众都知道了真相，而部长也承诺成立委员会进一步调查。就这样，凭着勇气和机智，莫萨又一次取得了胜利。

---

① 艾滋病病毒感染者进入发病期后，通常也会得肺结核，这是导致晚期艾滋病患者死亡的主要原因之一。

需要注意的是，尤妮蒂·道暗示，女学生和成年女性都遭受到男权社会的压迫。女律师不是不想帮助莫萨，而是无能为力，她也得在工作中应对男法官的性别歧视和骚扰。有些女性老师甚至认为，"学生被迫与老师发生关系"是自然而然的事。这意味着，莫萨的斗争未来仍将继续，勇气能让她走得"比远方更远"。小说中有一个非常典型的段落，揭露了男权思想的根深蒂固。校长和老师们在会议上讨论辍学问题，他们在谈话中提到，本年度有六女一男共七名学生离开校园，其中五个女生均因怀孕退学。两位男老师在会上发表了这样的意见：

"女孩总是会怀孕；这就是事情的真相。这就是自然而然的事。所以我说，我们已经听到了这些数字：让我们向上帝祈祷，不要再失去任何女孩，接着我们去讨论议程上的最后一个项目。"

"如果这些女孩放荡不羁，我们也无能为力。或许最好的办法是让那些真正的坏女孩怀孕并提前离开，以免她们让学校的其他人一同堕落。你知道他们怎么说害群之马的。"（143—144）

与此同时，传统和现代两种观念发生了冲突，这让莫萨产生了困惑。她自述："在学校里，我接受的是科学教育，要学会从这个角度看世界是如何运作的！回家后，我必须与巫医和祖先打交道，同时我们还要以某种方式保持理智！"（109）莫萨的名字就注定了其纠结："Mosa"是茨瓦纳语"Mosadi"的缩写，意为"女人"，也指"留在家里确保火不会熄灭的人"。但莫萨从小就被友善的里奇（Rich）叔叔鼓励，立志走得"比远方更远"，她当然不想留在家里。对远方的渴望造就了她，一个充满勇气的女孩。

为了解除困惑、找到真正的自我，莫萨需要正确认知艾滋病。大哥塔博去世时，她不敢面对真相，选择用传统迷信解释其死因。莫萨当时坚称，塔博是因为与某个堕胎的女人发生关系而去世，阻止了斯坦讨论艾滋病的企图。然而命运开了个残酷的玩笑，二哥普勒去世时，莫萨自己也因堕胎成了不洁者，还因辍学陷入了人生低谷。为了重返学校，她伪造了信件，这也是莫萨正视艾滋病的开始。之后，莫萨又在夜谈中向斯坦承认，她知道两个人都死于艾滋病。此举意味着，她能用现代科学思想理解病毒，也能积极纠正错误。玛拉在女儿的帮助下明白了，根本没有什么巫术诅咒，莱塞迪始终是自己最好的朋友。而有了塞西莉亚的提醒，莫萨也意识到，无保护的性行为可能导致病毒感染。为此，她自己战胜恐惧，独自去做了艾滋病病毒测试，也幸运得到了阴性结果。

但莫萨不像斯坦那么"现代"，她能理解传统的好处。《周末葬仪》就提到过，博茨瓦纳的传统成人礼仪式包含男性割礼，它有助于预防艾滋病。而莫萨也不排斥安抚祖先的仪式，她只是准备了新的剃刀刀片。[①]她告诉斯坦，母亲相信这个"相当无害的"仪式能保护家人，儿女不能摧毁她的信念，反正"剃刀划伤不比在医院打针更痛"。（108）之后，莫萨又因为校园性侵陷入郁闷，这时她又重拾传统舞蹈，因为跳舞有助于恢复自我，"她需要向后退，这样才能前进"（125）。最终，莫萨从传统文化里找到了灵感，她和其他女生用艺术揭露了真相。而莫萨也意识到，文化传统和个人历史并不会阻止她去往远方。为此，她与家人和解，真正接受了母亲为自己起的名字："谢谢你不叫我内莉、伊丽莎白或玛丽，拥有莫萨这个名字很开心。还有我爱你。"（158）这表明了尤妮蒂·道的态度，她批判传统文化中的糟粕，却绝不否定它的整体价值。作家并不渴望回到"过去"，而是渴望用科学态度改造传统事物，最终让其适合现代需要。

莫萨是真正的小说主人公，她在成长过程中遭遇了巨大的打击。《比远方更远》不仅仅描写了其处理"个人危机"的过程，更讲述了"女人"的故事。母亲玛拉是过去，侄女努努是未来，忙于"战斗"的莫萨既是现在也是希望。英国作家弗吉尼亚·伍尔夫曾说过："作为女人，我没有祖国。"[②]茨瓦纳谚语中有一句相似的话："女人没有部落。"[③]莫萨战胜了恐惧，也抵抗了男权社会的打压，她的勇气也将鼓舞世界各国的其他女性。

---

① 在该仪式上，占卜师会用剃刀在人身上划出多个伤口，使用新刀片可以防止血液感染。

② Virginia Woolf, *Selected Works of Virginia Woolf*, Ware: Wordsworth Editions Limited, 2005, p. 861.

③ Leroy Vail (ed.), *The Creation of Tribalism in Southern Africa*, Berkeley and Los Angeles: University of California Press, 1989, p. 15.

# 第二节
## 身份认同的追寻者：卡罗琳·斯洛特

## 生平与创作

卡罗琳·斯洛特是一名英国作家，曾在非洲生活了近12年，其中大部分时间都在博茨瓦纳的卡拉哈里沙漠度过。后来，她根据这段经历写了《刀锋之前：非洲童年生活回忆录》。可以说，这本书展现了博茨瓦纳由殖民地时期向现代社会转变的历史，还从殖民者后代的角度对殖民主义进行了反思与控诉。

斯洛特于1946年出生在印度新德里，其父亲杰拉尔德·哥伦比亚（Gerald Columbia）是英国人，在印度情报局工作，母亲玛丽安·瑞安（Marian Ryan）是印度人，家境优渥且富有教养。家中共有三个女儿，斯洛特是第二个孩子。1947年印度独立后，他们一家从印度返回了英国。当时英国刚刚经历了第二次世界大战，在各个方面都显现出衰败的景象。杰拉尔德不忍看到祖国的惨淡现状，于是申请到英国驻非洲殖民地工作。家人跟随杰拉尔德一起前往非洲，其中就包括年仅3岁的斯洛特。因为杰拉尔德的工作调动频繁，他们每六个月就要搬一次家。在斯威士兰居住过一段时间后，斯洛特一家先后在马翁（Maun）、弗朗西斯敦（Francistown）、加贝罗内斯①（Gaberones）和马弗京（Mafeking）等城市生活②。

---

① 博茨瓦纳首都哈博罗内，贝专纳时期旧称加贝罗内斯。
② 马翁、弗朗西斯敦均位于今天的博茨瓦纳境内。

斯威士兰是斯洛特一家1949年抵达非洲后的第一个居住地。不久后斯洛特的妹妹苏珊（Susan）便来到了人世。不幸的是，玛丽安患上了产后抑郁症，这让斯洛特和母亲之间原本亲密无间的关系变得淡漠。母亲将大部分的精力用来照顾新生儿，从而无暇照顾年幼的斯洛特。于是，她不得不考虑将斯洛特送往寄宿学校接受小学教育，以此来减轻自身的负担。斯洛特的家庭生活非常不幸，曾在6岁时惨遭父亲强暴。玛丽安在了解事实真相后，反将罪过推到女儿身上，并警告她永远不许再提此事。因此，斯洛特只能面对母亲的厌恶、冷漠和责备。

此后由于父亲杰拉德职位的频繁调动，斯洛特一家在卡拉哈里沙漠北部的小城马翁和弗朗西斯敦度过一段时间，最后来到了贝专纳的首都加贝罗内斯。在此地生活了几年时间后，1958年，斯洛特一家搬到了马弗京。1959年，她和姐姐安吉拉（Angela）一起乘坐火车到寄宿学校圣玛丽学校（St. Mary School）接受中学教育。此次离开家庭前往寄宿学校读书让斯洛特心生欢喜，这样就能远离她那冷漠无情的父母，开始自己全新的生活。抵达新学校后，尽管学校的基础设施十分完善，有图书馆、演播厅、体育馆和宽敞的教学楼，但全新的学习和生活让她大失所望，她听不懂老师讲的课程内容，而且总是孤零零一个人，交不到朋友。童年的创伤和现实的不如意让她感到孤独无助，幸运的是，后来斯洛特在那里结识了两位"好友"，一个是时常给予她鼓励和关心的弗吉尼亚（Virginia）；另一个是能够抚慰人心的文学作品。斯洛特在接触到了一些反映女性意识觉醒的作品后对文学产生了极大的兴趣，如艾米莉·勃朗特（Emily Bronte，1818—1848）的小说《呼啸山庄》（*Wuthering Heights*，1847）、南非作家奥丽芙·旭莱纳（Olive Schreiner，1855—1920）的小说《一个非洲庄园的故事》（*The Story of an African Farm*，1883）等。这为她此后的创作奠定了坚实的基础。不得不承认的是，好友的鼓励和文学作品的营养给予了斯洛特生活的希望和成长的力量。

20世纪五六十年代，非洲大陆国家纷纷掀起民族独立运动，迫于当时紧张的政治局势，英国殖民者不得不撤离非洲大陆返回祖国。1961年，在非洲待了12年后，斯洛特跟随父母离开非洲大陆返回了英国伦敦，开始了新的人生。在伦敦一家出版公司双日出版社（Doubleday）工作时，她遇到了美国男子凯普·百特（Kemp Battle），二人顺利结婚。在英国生活了25年后，1986年斯洛特随家庭移居到了美国。1990年后，斯洛特开始创作《刀锋之前：非洲童年生活回忆录》，将自己童年时期在非洲时的经历和感受写入其中，并于2002出版。2003年，斯洛特获得了托马斯·爱迪生州立学院（Thomas Edison State College）心理学学士学位和美国罗格斯大学（Rutgers University）社会工作硕士学位。

卡罗琳·斯洛特是一位多产的作家。其第一部小说是《黄鼠狼的故事》（*The Story of the Weasel*，1976）①，于次年获得了杰弗里·费伯纪念奖（Geoffrey Faber Memorial Prize）。之后，她又创作了《卡拉哈里之梦》、《无辜者》（*The Innocents*，1986）、《刀锋之前：非洲童年生活回忆录》和《一位英国黑人》（*A Black Englishman*，2004）等。其中有两本书与博茨瓦纳有关，即《卡拉哈里之梦》和《刀锋之前：非洲童年生活回忆录》。《卡拉哈里之梦》是一部不同寻常的成长小说，广受读者好评。在小说中，艾米莉·琼斯（Emily Jones）和父母一起来到贝专纳保护地，幻想着此地能够为他们提供什么，但现实却让他们大失所望。在这样的环境下，艾米莉只能从想象中的同伴、友善的非洲仆人那里得到温暖，从而获得了生活的信念和勇气。在《刀锋之前：非洲童年生活回忆录》中，斯洛特回忆了她在非洲不同的地方度过的童年生活（其中在博茨瓦纳的卡拉哈里沙漠生活得最久）。作品向读者展现了不断变化的沙漠景色，讲述了一个感人至深的故事：一个女孩在经受了非人的家庭暴力后，仍然成长为一个心思细腻的大自然观察者。

埃德蒙·库西克（Edmund Cusick，1962—2007）曾在《当代小说家》（*Contemporary Novelists*，1996）中评价卡罗琳·斯洛特："虽然她写作的主题是平装小说中的爱情、人际关系和家庭，但对心理现实的追求，使其放弃使用理想化和委婉语等写作技巧，深刻描绘出了存于个体心灵深处的痛苦和脆弱。"②为了达成这样的效果，斯洛特孜孜以求、笔耕不辍。在一次访谈中，她曾被问及对想成为作家的人有什么建议，她给出的建议是"每天坚持写作，并且要自律"③。

---

① 这部作品在美国出版时更名为《关系》（*Relations*，1976）。

② 参见：Neil Schlager  Josh Lauer(eds.), *Contemporary Novelists(7th edition),* Detroit: St. James Press, 2000, p. 918.

③ Luan Gaines and Carolyn Slaughter, "An Interview with Carolyn Slaughter", March 25, 2022. https://www.curledup.com/intcslau.htm

# 作品评析

《刀锋之前：非洲童年生活回忆录》是卡罗琳·斯洛特的一部回忆录，讲述了她童年时期在非洲的真实经历和感受。"卡罗琳借助贝专纳这片土地为背景讲述了一位年轻女孩如何找到生存之道，而这是殖民主义所无法做到的。"①作品主要讲述了斯洛特跟随父母从前英国殖民地印度辗转到英国，再从英国到达非洲之后的生活和成长经历。她在其中叙写了亲情、友情、爱情等主题，展现了黑人和白人之间的关系转变，还提及不同时期非洲和英国之间的关系和非洲本土的政治局势。

跟随父亲抵达非洲后，斯洛特的家庭生活与非洲民众的生活都发生了千变万化。但令人欣慰的是，斯洛特没有因家庭生活的不幸而意志消沉，自暴自弃。虽然经历了内心的挣扎，但她依然从非洲的人与事物中寻找到生命的希望。在结尾处，非洲国家纷纷争取独立，斯洛特一家于1961年返回英国。在非洲生活的十多年间，斯洛特已经深深地爱上了这片土地，并将自己同非洲大陆紧密相连。因此，在离开非洲返回英国这一过程之中，斯洛特历经了如同孩童与亲生父母分离般的痛苦，心中充满了对整个非洲的不舍和留恋。

## 一、殖民之下的双重压迫

殖民行径无疑会给殖民地的人民带来灾难，这一点在多部文学作品中都有提及。卡罗琳·斯洛特的与众不同之处在于，她不仅提到了殖民者对于印度和非洲大陆所造成的灾难性影响，还谈到了其对于殖民者自身的伤害。作品中包含了两条主线，一条是英国不断加紧对非洲国家的控制，对这片土地实行了"强暴"；另一条是作为殖民者的父亲，对年幼女儿实施了强暴和残酷压迫。

---

① Shireen Hassim, "The White Child's Burden", *The Women's Review of Books*, 2002, 20 (2), pp. 10.

印度获得独立后，英国殖民统治者和军队便不得不从印度大陆撤出，英国在印度的殖民统治宣告结束。"当英国国旗最终被降下来时，英国殖民者的颜面无存。"[1]斯洛特一家因此返回英国，但父亲随后就加入了前往非洲的殖民服务队伍。于是，卡罗琳·斯洛特也来到了非洲。在英国殖民者到来前，非洲处于一片安宁之中，人们日出而作，日落而息，到处都是万物生长、阳光明媚、晴空万里的景象。他们的到来打破了非洲民众原本宁静的生活。殖民者宣称"发现"了非洲大陆，并将其占据为自己的殖民地，还带来了枪支和病毒，强取象牙、黄金等资源和财富。所有的这些残暴行为都体现出了殖民者的贪婪和残酷。他们不仅奴役当地的非洲原住民，还严重破坏了当地的土地和生态环境。在外来者强大的暴力统治下，非洲本土居民反而成了"他者"。20世纪50年代，贝专纳也有同样的遭遇。当时卡拉哈里沙漠以绿草丰美闻名，英国殖民政府在这块土地上实施粗放经营，牧养大量的牛群。十多年后，卡拉哈里中的绿地彻底消失，成了永远的沙漠之地。由此可以看出英国殖民者对非洲的生态环境造成的巨大破坏。不仅如此，动物们也不得不离开原有的栖息地，去寻找新的生存之地。在土地被英国殖民者抢占之后，非洲民众也在努力进行反抗，试图夺回原属于自己的土地。

与此同时，殖民统治者也在压迫自己的亲人。斯洛特的父母对女儿并不关心，甚至可以说是厌恶。6岁时，她惨遭父亲的强暴，从此在心中埋下了对父亲的仇恨。在后来的生活中，这颗仇恨的种子一直都在生长，并严重影响了斯洛特的心理健康。她在作品中简要提及父亲对她实施强暴这一不堪回首的可怕事实，以及自身所受到的巨大惊吓和不可磨灭的心理创伤。她的父亲杰拉尔德是一位殖民地地区委员，骄傲自大、冷漠、以自我为中心，俨然一副"最高统治者"的姿态，凭借手中的权力为所欲为。无论在工作或是在家庭中，他的表现均是如此。所以，斯洛特一直无法与父亲和睦相处，在生活中处处和父亲对抗，并时时计划着如何杀死父亲。

在这样的反抗下，家庭内部和外部都处于不稳定状态中。当时，一些西非国家开始争取民族独立，英国在非洲的殖民统治出现了瓦解的征兆。贝专纳的殖民者

---

① Carolyn Slaughter, *Before the Knife: Memories of an African Childhood*, London: Black Swan, 2003, p. 21.

也惧怕民众受到非洲其他国家民族独立运动的影响。当地人也清楚这一点，于是纷纷开始以推脱、擅自减少工作量的方式表达对白人殖民统治的反抗。此时，斯洛特已经不敢在夜晚时分自由地进入黑人的农场玩耍。父亲也陷入了焦虑，但斯洛特对此毫不怜悯。很多个日夜她手中拿着一把刀等待父亲归家，等待着夜幕的到来。但不幸的是杀父行动失败，她反而脸部受伤。幼小无力的斯洛特无法战胜身强体壮的父亲，但她依然敢于同恶势力抗衡，这也是斯洛特自身勇气的体现。

一边是非洲大陆遭受着殖民者的"强暴"和摧残，一边是殖民者家庭内部父亲对幼小女儿的无情"强暴"。殖民者在给非洲大陆带去深重灾难的同时也在蹂躏着其后代的生命，这种恶劣行径是违背天理的，是不能为这个世界所容忍的。然而，非洲人民和斯洛特都只好以自身的方式寻求更好的生存之道。

## 二、非洲本土中的成长之光

追求自由、尊重和爱是人的本能。年幼的斯洛特也概莫能外，在家庭中难有生存之地的她，只好从外界汲取养分和自由，从非洲大自然和本土民众中获得成长的力量。在经历了父亲的强暴和母亲长久以来的冷漠之后，她转向自然，用全身心去爱卡拉哈里沙漠、河流和草丛。除此以外，等待着斯洛特的还有活泼善良的非洲孩童、淳朴的非洲民众以及忠实友好的阿非利卡人。尽管斯洛特经历了巨大的家庭不幸，但非洲民众和大自然抚慰了她饱受创伤的心灵，为她原本阴暗的童年生活照进了一道温暖之光。

"女性与自然的关系不是一种超越历史、超越文化的现象。关于女性/自然的密切关系的观念不仅揭示了文化上的男性霸权，也展现了人类与自然的不平等关系。"[①]女性与自然之间存在相似之处。女性是人类生命的孕育者，而大自然则是宇宙万物的孕育者。二者身上都有着崇高的使命和责任担当，都有着极为包容和宽大的胸怀。但同时女性和自然仍然逃脱不了遭受压榨和压迫的命运。长期

---

① 金莉：《生态女权主义》，《外国文学》，2004 年第 5 期，第 62 页。

以来人类社会的发展多以侵害自然为代价。与此同时，女性的生存现状也不容乐观，"男人统治的社会从未把妇女真正地考虑在内"①。人类社会的统治者以男性为主，男性是社会规则的制定者，此时女性的切身利益往往会被边缘化，造成女性自然沦为被压榨者的角色。"人类的始祖夏娃经不住诱惑、偷吃了禁果成为人妻后，从此女人便被认为是一切罪恶的渊薮。这都是男性话语膨胀的结果，而且在男权社会中愈演愈烈。"②在家庭内部，斯洛特和母亲就时刻处于蛮横父亲所代表的父权制的高压之下。无端受到父亲强暴的女儿本是最大的受害者，在母亲眼中却成了罪恶的人。她曾经试图与父亲对抗，但均以失败告终。

对于孩童来说，母爱是世界上不可缺少的、最珍贵的爱。失去母爱对于斯洛特来说是一件难以接受的事。斯洛特的母亲在小女儿苏珊出生后便陷入了产后抑郁，对斯洛特的关心和爱护越来越少。在得知斯洛特被丈夫强暴之后，她严厉斥责女儿，将罪过归到斯洛特身上。单纯的斯洛特并没有因此埋怨母亲，依然在母亲养病时静静地陪伴在母亲身旁，但换来的却是母亲更多的厌恶。母亲对斯洛特的孤立和漠不关心，让她深感痛苦，后来成为其产生自杀念头的重要原因之一。此后，斯洛特不再奢望母亲的爱，而是选择投向大自然的怀抱。

单纯善良又勇敢聪慧的斯洛特从非洲的大自然中汲取成长的养分。卡拉哈里沙漠中的植被、绿洲和蔚蓝的天空总是会激起她无限的遐想。与大自然亲密接触之后，斯洛特渐渐发现自己需要的不仅仅是友谊、爱和家庭，还有那些令自己心驰神往的事物，例如接触神秘的大自然，探索自然中的灵性，丰富自身的灵魂。斯洛特时常在草丛中赤脚欢快地奔跑，对河流感到莫名的痴迷。对于她来说，河流就是发挥想象力的天堂。河流如此宁静安详，无论何时都在原地默默等待着人类，永不离开，亘古不变。随着河流的前进，它改变了所经之处的一切事物，使绿草生长，花儿开放，让沙漠充满了生机。斯洛特认为水是生命力和活力的象征，她最喜爱的河流是位于博茨瓦纳境内的奥卡万戈河，又名库邦

---

① 赵宪章（主编）：《20世纪外国美学文艺学名著精义》（增订版），北京：北京大学出版社，2008年，第106页。

② 朱振武：《在心理美学的平面上——威廉·福克纳小说创作论》（增订版），上海：学林出版社，2016年，第242页。

戈（Cubango）河，是南部非洲一条内陆河，也是非洲南部第四长河。"河水将要流过来了，生命也要回归了。今年不再是干旱的一年。"（55）贝专纳干旱的气候使得水源的重要性更加突出。干旱少雨的非洲几乎全部依靠河流来灌溉和制作饮用水。"尽管没有母亲的关爱，我也依然可以管好自己的生活，因为我有河流的陪伴。"（65）斯洛特在看到瀑布时内心充满了敬畏，认为上帝就在她们身边。瀑布的旁边立有大卫·利文斯通的雕像，上面刻着他本人曾说过的话，"像这样可爱的场景一定是天使们在飞行中看到的"（89）。这句话也写出了斯洛特对于非洲的认识。斯洛特十分热爱大自然，对于在草丛中所见到种种景象，她难以言表内心的美妙感受。在同大自然亲密接触的过程中，她学会了生存之道。

除了从自然中吸收养分和成长力量以外，当地的非洲孩童和民众，一样给予了斯洛特足够的爱与欢乐。童年时期的斯洛特热衷于同非洲的黑人孩童一起玩耍，认为他们身上充满了活力并且有趣。对于家教相对较为严格的斯洛特来说，黑人的孩子拥有更多的自由，可以尽情在草丛中游玩而免受家长的指责。尽管他们处在殖民者压迫的大环境之下，但这丝毫不影响他们释放自己的天性。

斯洛特对于阿非利卡人持欣赏和赞美的态度。由于斯洛特的父亲时常会根据上级的命令进行工作调动，他们一家需要时常"搬家"，所以，斯洛特将自己的家庭生活比作是游牧生活，一直都难以稳定，无法在固定的地方安下根来，导致她总会有一种无家之感。斯洛特曾在阿非利卡人的农场中生活过一段时间。农场的女主人雷娜（Rena）像母亲般关心、照顾她，这让长期以来备受亲生母亲冷漠的斯洛特尤为感到温暖和触动。所以在一次谈话中，斯洛特忍不住说出希望农场女主人成为自己亲生母亲的愿望。阿非利卡人与英国殖民者不同，他们不像英国殖民者那样只是简单地支起帐篷生活，而是要融入非洲社会，努力在这里扎根。"他们把非洲当成自己的家并在此定居，同时带来了自身的历史、习惯和天赋才能，并将这些融入他们在非洲的生活之中。"（63）历史上阿非利卡人与英国殖民者之间多次发生冲突，二者之间宿怨已久。但作为英国殖民者后代的斯洛特从孩童的视角表现出了对阿非利卡人的赞美，这足以体现出斯洛特作为一名优秀作家客观、包容而又有温情的创作态度。

### 三、双重身份下的飘零之感

追求身份认同是每一位独立个体的本能，而若无法实现身份认同则会让个体有无处归依的飘零之感。斯洛特就是一个十分典型的人物。在非洲大陆国家纷纷获得独立后，作为英国殖民者的后代，斯洛特不得不跟随家庭一同返回英国。在非洲度过十多年后，她的内心充满了对非洲大陆和非洲人民的不舍与眷恋。尽管英国是她的祖国，但长期生活在非洲的斯洛特对自己的祖国深感陌生，因此，在将要离开非洲大陆之际，她的内心满是无奈与凄楚。

实际上，在斯洛特一家抵达非洲后不久，非洲大陆一些国家便开始纷纷开展反殖民运动。在他们一家搬往加贝罗内斯之前，西非国家加纳便掀起了争取自治权的斗争。这是英国在非洲国家殖民统治出现瓦解的征兆。加纳第一任总统克瓦米·恩克鲁玛（Kwame Nkrumah，1909—1972）曾被英国殖民者关入牢狱之中。尽管如此，加纳人民仍然选举恩克鲁玛为国家总统，迫使英国殖民者将其释放。加纳人民之所以拥护和热爱恩克鲁玛，是因为他从英国人那里学到了如何使自己掌权的方法，并维护了西非国家的稳定。这也是殖民地取得自治权的开始。

在斯洛特一家搬到贝专纳的首都之后，英国的殖民统治根基愈发不稳。"周围传闻四起，各种各样的预测此起彼伏，加贝罗内斯的民众也是如此。我们在贝专纳保护地的统治真的要结束了么？我们是否可能要回到我们的家乡英格兰呢？"（160）1958年，作为殖民地的地区专员，杰拉尔德也陷入了进退两难的艰难时期，不清楚要何去何从，于是便把心中的无奈与怒火发泄到斯洛特身上。不久后，他们一家又搬到了马弗京，此地种族隔离制度盛行，种族歧视已是常态，到处都贴着"白人专用"的标示语。斯洛特也到了可以进寄宿学校的年纪，于是和姐姐一同前往学校读书。斯洛特对于自己能远离家庭而感到兴奋和激动，同时也对新学校的生活充满了期待。但是现实生活并非她想象的那般美好，正如奥丽芙·旭莱纳在其作品中所言：

年轻人的苦恼很快就能消除，外表上不会留下什么痕迹。要是你砍伤一棵嫩树，新长出来的枝叶很快就把伤痕掩盖了；可是，等这棵树长到非常老的时候，你剥去树皮仔细观看，还可以看见旧日的伤疤。①

即便来到了新的地方生活，换了生活环境，但家庭对斯洛特造成的巨大心理创伤依然还在。低落的情绪和自杀的念头时不时伴随着她。但幸运的是，在这里，斯洛特与弗吉尼亚建立了使双方都受益终生的深厚友谊。朋友之间的交流促进了斯洛特自身女性意识的觉醒，弗吉尼亚在鼓励她要独立自立时说道："如果我的快乐是取决于其他人的话，那么那个人就拥有将我的快乐带走的能力。唯一的方式是让自己感受发自内心的快乐。"（217）得知弗吉尼亚不久后要离开非洲的消息时，斯洛特内心悲痛万分，无法承受这一事实真相，不愿同自己唯一的好友分离。在了解到斯洛特有过自杀的想法后，弗吉尼亚想尽一切办法安慰斯洛特，她曾经对自己的父亲表示，相信斯洛特有一天能够有所成就。弗吉尼亚所说的话让陷入童年阴影中的斯洛特明白了痛苦和折磨都是有尽头的，使她重新获得生命的希望。直到今天，弗吉尼亚身上的精神依然深刻地影响着斯洛特的性格，增强了她自身的力量。

与此同时，非洲的政治局势发生了巨大的变化，贝专纳也在争取自身的独立，英国在非洲的殖民统治走到了尽头。斯洛特一家不得不从非洲大陆撤出，返回英国。对于在非洲长大的斯洛特来说，这是一个残酷的事实。无论是对于非洲的土地、人民、文化或是大自然，斯洛特都有着深厚的感情和依恋。英国只是象征性的祖国，对于她来讲或许仅仅是另一个国家而已，陌生且没有文化记忆，而非洲的人与物已经融入斯洛特的生命当中，成为她人生的一部分。她在非洲长久以来的那些经历、感受又如何向那些千里之外的英国同胞们诉说，他们是否能够理解和体会她所要讲的那些种种事物？人与人之间巨大的隔阂和陌生感无疑是存在的。斯洛特的身上兼备两种身份：一个是英国身份；另一个是试图融入非洲的英国殖民者后代的身份。但不幸的是，斯洛特没能在实际意义上真正具备这两种

① 奥丽芙·旭莱纳：《一个非洲庄园的故事》，郭开兰译，北京：人民文学出版社，1958年，第115页。

身份，而是处在两种身份之间，找寻不到确切的身份归属。尽管斯洛特对非洲大陆和人民有着浓厚的情感，但在当时的历史背景之下，英国人是殖民者这一点是无疑的，种族歧视和白人至上的观念仍然是竖立在黑人与白人之间的一道不可逾越的藩篱。黑人孩子和白人孩子在童年时期还在一起玩耍，但到了青春期后，便很自然地不再一同玩耍。没有人特地告诉他们要这样做，而是一种黑人白人对立的集体无意识对他们产生了作用。黑人孩童碰过的玩具都会被斯洛特的母亲用开水消毒或者直接扔掉。这些都直接表明了黑人和白人之间仍然存在巨大的隔阂。所以一边是对英国的陌生和疏离，一边是难以真正融入非洲大陆，难以被非洲原住民真正接纳，造成了斯洛特在双重身份之下的孤独飘零之感。

同样的例子在2021年诺贝尔文学奖得主阿卜杜勒拉扎克·古尔纳（Abdulrazak Gurnah，1948— ）身上也可以看到，"在背井离乡的岁月里，古尔纳时常把思乡之情写成日记，逐渐发展成文学创作，以此记录和探究身为难民、身处异乡的经历和感受"[①]。在其第六部小说《海边》（*By the Sea*，2001）中，主人公萨利赫（Saleh）也有着同样的感受。尽管以难民的身份在英国生活了多年，他却始终怀念着自己的家乡，无法真正融入英国社会。此外，库切（John Maxwell Coetzee, 1940— ）在小说《夏日》（*Summertime*，2009）中，"讲述了身为南非白人后代的那种无根之感和边缘化的感觉，仿佛他们这些人生来就注定漂泊"[②]，"我们觉得自己是寄居者，是临时住户，在这个意义上，我们是没有家的，没有故土"[③]。斯洛特作为英国殖民者的后代，虽然在非洲度过了多年的童年生活，但并未扎根于非洲。"他们可以同情黑人，但无法站在非洲黑人的角度和立场获得他们对某些事情的切身体验。"[④]正如在库切的小说《青春》（*Youth*，2002）中关于文化身份认同的描述，主人公约翰"疏离了南非的文化

---

① 石平萍：《非洲裔异乡人在英国：诺贝尔文学奖得主古尔纳其人其作》，《文艺理论与批评》，2021年第6期，第104页。

② 朱振武、袁俊卿：《流散文学的时代表征及其世界意义——以非洲英语文学为例》，《中国社会科学》，2019年第7期，第151页。

③ J. M. 库切：《夏日》，文敏译，杭州：浙江文艺出版社，2017年，第259页。

④ 朱振武、袁俊卿：《流散文学的时代表征及其世界意义——以非洲英语文学为例》，《中国社会科学》，2019年第7期，第151页。

传统，可是又与英国的文化传统格格不入，因而进入一种文化无根的状态，也导致了一种文化认同危机"①，这也导致约翰身处两种身份之中，找不到归属。于当年即将离开非洲大陆前往英国的斯洛特来说亦是如此。

家庭对于斯洛特来说已经不再是温暖有爱的避风港，也不是充满欢乐的天堂，而是充斥压抑和痛苦的地狱。尽管斯洛特在年幼时便遭到了亲生父母的残忍对待。但她依然是坚强的、勇敢的，也是乐观的和幸运的。在多年之后，她鼓足了勇气，对自己曾在非洲的生活经历进行了回忆，这才有了这部作品的诞生。童年时难忘的经历塑造了卡罗琳·斯洛特能够成为一名优秀作家的特质，而那时的痛苦也深刻影响了她。成年人所遭受的痛苦，会随着自身的成长逐渐淡化，但童年时期的伤痛却难以轻易释怀。这是由于孩童心智尚不成熟，不懂得向旁人倾诉自己的遭遇，只得任凭痛苦深埋内心，成为一生的创伤。中国作家麦家曾提到童年对于他自身的影响，"对于一个正常人来说，童年的痛苦可能会让他失去开心的权利，因为童年失去的东西，往往一辈子都追不回来。但是对于一个作家来说，这绝对是一件好事，因为写作归根到底是需要这种孤独感的，需要这种沧桑和心酸"②。美国著名作家海明威也认为心酸的童年是作家最好的训练③。《刀锋之前：非洲童年生活回忆录》不仅讲述了卡罗琳·斯洛特自身作为殖民者后代所遭受的不幸以及在双重身份挣扎之下的徘徊与无奈，同时也表现了对于非洲底层民众和大自然母亲的深刻关怀，凸显了卡罗琳·斯洛特作为一名优秀作家的品质与胸怀。

---

① 张影：《用后殖民主义理论解读库切〈青春〉》，《今古文创》，2021 年第 31 期，第 8 页。

② 周佳俊：《〈解密〉为何能畅销全球，作家麦家对话翻译家米欧敏、克里斯托夫·佩恩》，《文化交流》，2019 年第 4 期，第 11 页。

③ 转引自 Ernest Hemingway, *By-Line Ernest Hemingway: Selected Articles and Dispatches of Four Decades*, ed., William White. New York: Scribner, 1967, p. 190.

# 第三节
## 博茨瓦纳妇女命运的关怀者：凯特琳·戴维斯

## 生平与创作

凯特琳·戴维斯是一名英国作家，曾在博茨瓦纳生活过12年。她以这段经历为素材，创作了回忆录《芦苇地》，该书的节选被博茨瓦纳首部女性大型文集《博茨瓦纳女性书写》收录。

1964年3月，凯特琳·戴维斯出生于伦敦。她的父母都是知名作家，家庭文化底蕴深厚。她的母亲玛格丽特·福斯特（Margaret Forster，1938—2016）以传记作品和回忆录闻名，如《达夫妮·杜穆里埃：著名故事讲述者的私生活》（*Daphne du Maurier: The Secret Life of the Renowned Storyteller*，1993）和《隐秘生活：家庭回忆录》（*Hidden Lives: A Family Memoir*，1995），还创作了许多以女性家庭生活为题材的小说。她的父亲爱德华·亨特·戴维斯（Edward Hunter Davies，1936— ）在2014年因文学贡献被授予大英帝国官佐勋章（OBE），他为现象级乐队披头士创作的传记《披头士》（*The Beatles*，1968）是世上唯一得到该乐队正式授权的传记。凯特琳从小就出现在父亲的杂志专栏里，读者因此知道了她的成长趣事。但在写出自己的作品后，凯特琳才真正为人所熟知。而最初赋予其灵感的，就是那个位于非洲南部的奇妙国度。据她自述，"许多早期书籍的创作灵感，都来源于我在博茨瓦纳度过的12年"①。

---

① *Goodreads,* July15, 2022, http://www.goodreads.com/author/show/7151850.Caitlin_Davies

　　凯特琳·戴维斯受过良好的教育，她曾在英国苏塞克斯大学主修过美国研究，之后在美国克拉克大学获得了英语硕士学位。1988年在克拉克大学就读期间，凯特琳遇到了罗纳德·里奇（Ronald Ridge），并与他相爱。罗纳德来自博茨瓦纳，当时在同一所学校学习计算机科学与数学专业。1990年，凯特琳随恋人来到博茨瓦纳，两年后正式与罗纳德结婚。婚后，她逐渐融入了罗纳德的耶伊族（Yeyi）①传统大家庭。1997年，凯特琳正式成为博茨瓦纳公民，之后生下了一个女儿鲁比（Ruby）。与此前的"白人作家"不同，她深入理解了博茨瓦纳文化，也切实感受到了其与西方文化的差异。

　　不止婚姻，凯特琳·戴维斯的事业也与博茨瓦纳关系密切。她当了几年初中教师，后来成为一名新闻工作者。凯特琳曾为《声音》（The Voice，1993年创办）、《博茨瓦纳报道者》等知名刊物工作过，还曾担任民营报纸《奥卡万戈观察者》（Okavango Observer）的编辑。另外，她是妇女反强奸组织（Women Against Rape，1993年成立）的创始成员和受托人，该组织致力于帮助受虐妇女和儿童。2000年，因为在新闻行业中的突出表现，她获得了南部非洲媒体研究所颁发的奖项。在此过程中，凯特琳关注桑人被政府从卡拉加迪禁猎区驱逐、博茨瓦纳西北部妇女遭受的暴力行为等问题，写了许多批判性的文章。因此，政府对凯特琳的言论非常不满，曾以"引起恐惧和惊慌"的罪名把她告上法庭。然而，凯特琳没有让步，她依然坚持着对社会问题的关注，并把自己的各种感受写进了文学作品。2003年，她离婚后带女儿回到了英国，继续自己的新闻和文学事业。

　　在博茨瓦纳生活期间，凯特琳·戴维斯撰写了两本书，一本是《詹姆斯敦蓝调》，另一本是《黑人的回归：非洲无名战士的动人故事》。其中，《黑人的回归》是一本非虚构作品，体现了凯特琳的历史关切。"黑人"（El Negro）是法国鸟类学家朱尔·皮埃尔·维罗（Jules Pierre Verreaux，1807—1873）从博茨瓦纳带走的标本。1830年，维罗在非洲旅行时目睹了一位当地武士的葬礼，之后盗尸并将其制成标本。"黑人"被带到欧洲，并被西班牙巴尼奥莱斯博物馆（Banyole

---

① 耶伊人：又称马伊耶人（MaYeyi）或巴耶人（Bayei），分布在博茨瓦纳西北部和纳米比亚东北部的班图语族人。18世纪，耶伊人从北方移民至该地区，语言受到当地桑人影响。

Museum）收购，之后在该博物馆长期展览。作为殖民主义和种族主义的见证，"黑人"引发了大量讨论。2000年，"黑人"终于回归故乡，被安葬在哈博罗内。《詹姆斯敦蓝调》则是一本反映社会变迁和文化冲突的小说。故事主角是一个混血小女孩邓波（Dimpho，茨瓦纳语中的"礼物"），她的母亲是英国人，她的父亲是一名博茨瓦纳人。在小说中，一对白人夫妇的到来引发了冲突，他们让邓波对詹姆斯敦有了新看法。比如，凯特琳用这个段落展现了"外来者"与当地人的矛盾：

那一晚过后，几乎没有下过雨，镇上的大多数人都在谈论天气问题。瘦骨嶙峋的驴子在詹姆斯敦的街道上徘徊，看起来就像要倒下一样。总统在广播里建议人们祈祷。

不过，詹姆斯敦的供水相对可靠，不像附近的村庄，那里的井似乎正在干涸。侨民们无视当局减少用水的呼吁，继续在周末清洗他们的汽车，并在郁郁葱葱的草坪上洒水。詹姆斯敦是沙漠中的奢华天堂。侨民们对空空如也的双手、垂死的牛群和饥饿的人群知之甚少。①

但相对而言，在凯特琳·戴维斯的作品中，对博茨瓦纳社会描写最为真实、全面的，是其回忆录《芦苇地》。有读者评价，凯特琳在作品中"成了一名博茨瓦纳人"，这本书也在"对博茨瓦纳的关注深度、对话的广泛度、机敏的幽默感及全身心的投入"等方面超越了普通的"非洲侨民"回忆录。②

---

① Caitlin Davies, *Jamestown Blues*, London: Penguin, 1996, p. 13.

② "Culture clash in Botswana", *Mail & Guardian*, September 9, 2005, mg.co.za/article/2005-09-09-culture-Clash-in-botswana.

# 作品评析

凯特琳·戴维斯在《芦苇地》中记录了她在博茨瓦纳的生活经历，这个国家在她的生命中留下了深深的烙印。

茨瓦纳语中的"Maun"意为"芦苇地"，因此书名指的就是马翁，即一个坐落于奥卡万戈三角洲边缘的城镇。①该地是观光客和狩猎者进出三角洲的门户，所以被称为博茨瓦纳的"旅游之都"。马翁兴建于1915年，是茨瓦纳八大部落之一——塔瓦纳人的首都，也是罗纳德·里奇的家乡。正是因为罗纳德，凯特琳·戴维斯才来到了博茨瓦纳。1992年他们结婚时，凯特琳这样写道："我们彼此相爱，我爱博茨瓦纳，这（结婚登记）就是我们要做的事情。"（116）婚后，她顺理成章地留在了博茨瓦纳，并成了该国公民。

20世纪90年代，跨种族婚姻在博茨瓦纳并不常见，何况罗纳德和凯特琳出身于不同的文化环境。需要注意的是，与在非洲度过童年的卡罗琳·斯洛特不同，凯特琳是在成年后才来到博茨瓦纳的。在她早期的印象中，非洲是"我和哥哥曾在周六早上一起观看《泰山》系列电影的地方。那个非洲就像丛林，到处都是野生动物，土著人偶尔出现，是一个充满冒险和危机的地方"（33）。这种"蛮荒之地"的形象一直在延续，据凯特琳自述："身为一个成年人，我只在电视上看到过几次关于非洲的图像。它们是索韦托的抗议活动，被殴打的儿童，拿着防暴盾牌的警察和燃烧的汽车，或者最近关于埃塞俄比亚饥荒中人们死亡的可怕报道。"（33）与之不同的是，罗纳德·里奇则将博茨瓦纳描述成一个理想的国度："第一，我们是一个和平的国家。我们从未打过仗，也从未被入侵过。第二，我们相信男女平等……在博茨瓦纳，每个人都可以自由地说出自己的想法，并被（听众）倾听。"（16）而在凯特琳看来，这个国家虽不完美，但绝不可怕。

---

① Caitlin Davies, *Place of Reeds*, Eastbourn: Gardners Books, 2005, p. 48. 本节关于《芦苇地》的引文均出自此版本，以下引用随文标注页码，不再一一详注。

## 一、走上发展之路的博茨瓦纳

博茨瓦纳不是伊甸园，因为殖民主义已经在这片土地上留下了阴影。比如，凯特琳·戴维斯起初是英国文化协会（British Council）为博茨瓦纳招募的教师。该机构的培训人员告诉外派教师："官方语言是英语，所以你在那里不会有任何问题。而且，独立前博茨瓦纳的殖民者很少，所以后殖民时代的愤恨也很少。相反，人们会张开双臂，欢迎外籍人士的专业知识和技术诀窍。"（24）但是，凯特琳在初次见面时就赞美了罗纳德的英语口音，对方却感到冒犯，并回答道："那是因为你们这些人殖民了我们。"（10）来到博茨瓦纳后，她再一次认识到，西方的"外来者"并不受当地人欢迎。当时，英国文化协会的车准备把各位老师送到马翁的学校，但路上却发生了一个令人不快的插曲。他们到达该镇时天色已晚，有些当地人靠近他们的车辆，大喊"滚回你们自己的国家去"，原先允诺的"张开双臂欢迎"就此化为泡影。（49）不仅如此，原定的酒店不愿意接待白人，于是老师们只能另寻住处。

博茨瓦纳之所以出现这种情况，是因为白人继承了殖民者的遗产。在后殖民时期的非洲，他们依然富有，而黑人却必须努力摆脱穷困。凯特琳·戴维斯第一次到达哈博罗内时就发现，城中有着各种豪华的建筑，但它们不是为本地人修建的。例如，英国老师们居住的哈博罗内太阳酒店（Gaborone Sun Hotel）是一幢宏伟的大厦，那里有穿着全套制服的门卫和铺满地毯的走廊。"在豪华的空调接待区内，玻璃吊灯叮当作响，角落里有人用钢琴弹奏《时光流逝》。"（34）与其形成对比的是罗纳德·里奇工作的非洲商场（African Mall）。这是一幢低矮的混凝土建筑，"看起来比中心购物商场要老得多，商店也更加简陋。满是灰尘的皮卡成排停在一家快餐店外面"（41）。在这种情况下，巨大的贫富差距自然会激发种族矛盾——尤其是在马翁。第二次世界大战结束时，该镇被确立为通往"狩猎者天堂"（奥卡万戈三角洲）的门户，而白人猎手出现在这里的时间可追溯至1930年代。多年来，白人主导了马翁的旅游业，他们在此过程中逐渐积累了大量财富。在旅游季节，凯特琳就曾经参加过马翁的一个庄园派对，它由经营狩猎产业（safari enterprise）的白人富翁举办：

吧台后面站着两名穿白衬衫的黑人。我在孩子们的笑声中转过身来，看着两个金发儿童从屋里跑出来，后面跟着一位身穿浆过的绿色保姆制服、系着白围裙和围巾的黑人妇女。我以为我闯入了一家电影院。房子和院子的财富，食物和饮料的过度，都令人震惊。现在，我第一次看到博茨瓦纳是一个多么富有的国家，至少它的资源可以让一些人变得非常富有。

花园里挤满了人，我站在一堵石墙边，四处寻找我认识的人。客人们都是白人狩猎者；没有印度人，除了那些服务人员外，也没有茨瓦纳人。我现在明白了，白人主导、控制并拥有马翁的旅游业……马翁是这样一个地方，如果你是白人，就有可能成功。我听说，有些人来到这里时只有两条裤子和一些零钱，现在（他们）却拥有办公室、带游泳池的房子和大量的仆人。马翁也是这样一个地方，你可以消失在任何追捕者的目光里。我知道有一个美国老人，有人告诉我，他是一个臭名昭著的银行抢劫犯，名字还在国内的通缉名单上。（99—100）

然而，这种奢华让凯特琳感到不舒服，她感叹："我不适合这里。我不是博茨瓦纳人，但我确信我不是外籍人士；我是介于两者之间的人。"（102）不久前，她去过传统村庄萨塔乌（Satau），那里没有任何商店，更没有学校、诊所、邮局和电话。可以说，萨塔乌村民的贫穷和马翁庄园主的豪富形成了鲜明对比，这种收入差距广泛存在于博茨瓦纳的白人与黑人之间。但凯特琳并不羡慕马翁庄园主，她认为萨塔乌村民的生活自有意趣："这里没有摩天大楼，没有道路、汽车或污染。这对老夫妇没有租金要付，也没有账单或银行账户。在一个只有土地、天空和村庄的地方，有一种既让人难以抗拒又完全自然的感觉。我坐在那里，望着眼前的美景；我已经爱上了博茨瓦纳。"（94）

当然，非洲人也渴望财富和进步，独立后的博茨瓦纳政府致力于促进经济发展。在这个国家生活的12年里，凯特琳·戴维斯亲身体验了"现代化"的过程。1990年到达哈博罗内时，她就发现城市里充斥着建筑工地，"到处都在建造住宅或办公楼"。但"现代化"并不平衡，"在无瑕的柏油马路旁边，我看到土地仍然是沙子，仿佛这个城市刚刚建成，从半荒漠中雕刻并铺设了沥青"（34）。与首都哈博罗内对比，马翁更加落后，这里只有一条柏油主干道，没有电话和路灯，商店里卖的货物也很少。据凯特琳描述，她初次来到马翁的中心商业区时，只看到了零星几间商铺，它们是一家狩猎公司、一家服装店、一家汽车修理厂和一家小型食品店。商店对面全是灌木丛，住宅区则都是沙地，"似乎一切都是棕色调的——树木、房屋、屋顶的茅草、低矮的泥墙或高高的芦苇墙"（53）。5年后，这个城镇就发生了巨大的变化：灌木丛被连根拔起，大量沙地都变成了混凝土路面；主干道边树起了一排崭新的路灯，路灯旁边是许多宣传茶叶、啤酒和洗衣粉的广告牌。同时，马翁建起了一个新的中心商场，售卖各种各样的货物，随处可见的小型面包车方便了人们的购物。而街上的年轻人都穿着时髦的新衣服，他们歪戴棒球帽，牛仔裤十分宽大。总而言之，马翁"从一个安静的三角洲村庄变成了一个混合型城镇"（159）。

## 二、现代化进程中的矛盾

凯特琳·戴维斯也展示了"现代化"进程中不好的一面。博茨瓦纳的环境因为发展而遭到了破坏，传统的道德观念也受到了冲击。现在，马翁人的家门口有了柏油路，出行极其方便。但无休止的交通带来了大量垃圾，路边堆满了爆裂的轮胎、骨头和旧油罐等废弃物品。年轻的司机们戴上了廉价的墨镜，在车辆后挡风玻璃上张贴"白人女性的裸体海报"。他们"像疯子一样开车"，在马路上互相竞赛，随意辱骂对手和行人。脏话出现在街头的涂鸦上，出现在年轻人的嘴里。这让凯特琳目瞪口呆，因为她在博茨瓦纳多年来从未听到过脏话。不仅如此，马翁还发生了许多暴力事件。有些年轻人组成了一个名叫"莫维斯特恩"（MaWestern）的帮派，实施了各种犯罪行为，所以当地人人自危。与此同时，艾滋病也开始肆虐城镇，死于这种病的人越来越多，人们不得不为此修建了新公墓。凯特琳总结道，"艾滋病有点像莫维斯特恩，是马翁生活中的一股暗流。它被谣言和恐惧所笼罩，很难弄清哪些是真的，哪些是假的"（177）。

与此同时，博茨瓦纳的性犯罪事件也在增加。1988年，罗纳德对凯特琳说，博茨瓦纳是一个不存在淫秽书刊的国家。两年后，凯特琳初到哈博罗内，就感受到了当地的平和氛围：她心惊胆战地走过一个全是年轻男人的体育场，"有一瞬间屏住了呼吸，害怕他们像英美的建筑工人一样叫喊"。但这群博茨瓦纳男人完全没有注意到凯特琳，于是她相信了书上的宣传，认为"对独自旅行的女人而言，博茨瓦纳是最为安全的国家之一"（35）。但随着经济发展和外部环境变化，失业人数增加，博茨瓦纳逐渐失去了宁静。"失业在马翁是新鲜事，但随着柏油路的兴建，现在有很多人搬到了这里；接着是津巴布韦的金融危机，然后是所有的牛被宰杀，所以僧多粥少。"（213）1997年，有人两度试图闯进凯特琳家，她甚至在家门口遭受了两名男子的跟踪和言语骚扰。凯特琳因此注意到了博茨瓦纳性暴力事件的频发，她在两年后为妇女反强奸组织撰写了相关研究报告——《危机中的社区：博茨瓦纳西北部对妇女的暴力行为》（*Communities in Crisis: Violence Against Women in Botswana's North West*，1999）。根据她的调查，在博茨瓦纳这个国家，每十二分钟就有一名妇女被男性强奸，而施害者多为熟人。但近年来，由陌生人实施的强奸案件数量急剧上升，且强奸者经常持刀威胁受害女性。

　　更糟糕的是凯特琳·戴维斯在不久后变成了这份研究报告里的一个数字。2000年，她在自己的家中被一个陌生的黑人男子抢劫并强奸。此事给凯特琳带来了心理阴影："我们仿佛置身于一部无声的慢动作电影中。我周围的一切色彩似乎都被抽走了，门、人、外面的太阳，都已经褪去了光和暗。"（323）在整个犯罪过程中，她都有清醒的意识，却根本无力阻止事情的发生。加害者一路跟踪凯特琳，在她试图躲进家中时强行破门，殴打并强奸了她。他力大无比又持有凶器（一把刀），凯特琳的反抗完全无效。更可怕的是，卧室里的鲁比被吵醒了，加害者威胁要杀了这个婴儿。为了保护自己的孩子，凯特琳根本不能全力反击。事后，强奸犯骑着抢来的自行车逃跑了，罗纳德回家后抓住了罪犯，并把妻子送到了医院。不幸中的万幸是，凯特琳没有因此感染艾滋病，但此事给她留下了巨大的创伤。4年后，回到英国的她依然没有走出恐惧："有时，在公园或大街上，我会对一个不认识的男人产生身体反应。那个男人或许离我很远，他的脸无法辨认，但如果他在身高、步态或肤色上与强奸犯相似，那么肾上腺素就会开始在我的身体里奔腾涌动，心脏也不规律地剧烈颤动。"（435）

## 三、女性的心灵之痛

需要注意的是，强奸的本质不是性，而是暴力。苏格兰大法官乔治·卡莱尔·埃姆斯利勋爵（George Carlyle Emslie，1919—2002）就曾表示，"强奸的本质一直是暴力犯罪，实际上就是一场严重的袭击"。[1]但人们总是会将强奸的受害者污名化，凯特琳·戴维斯就遭受了这样的待遇。警员在办案时态度相当冷漠，他们要求凯特琳和强奸犯重返犯罪现场配合调查，根本不考虑受害妇女的心理感受。之后，凯特琳要控告强奸犯，依据博茨瓦纳的法律规定，她必须要在审判过程中接受被告的盘问。在法庭上，强奸犯咄咄逼人，强迫凯特琳反复说明过程细节，甚至向陪审团暗示她有种族主义倾向。因为她是个白人女性，还在受害后立刻去了昂贵的私人诊所买抗艾滋病病毒药物。凯特琳据理力争，终于打赢了官司，但强奸犯得到的惩罚远远不够。如果说这是对凯特琳的二重伤害，那么亲友的态度就给了她三重伤害。在博茨瓦纳，人们不愿意谈论强奸案，对此讳莫如深。父母和朋友都在逃避，没有给凯特琳任何关怀，当她主动寻求帮助时，得到的只有沉默和忽视。事实上，这是她选择离婚并回到英国的重要原因。

凯特琳·戴维斯没有屈服，也没有保持沉默。她发现博茨瓦纳的强奸受害者要比想象中多得多，甚至她最好的朋友珀尔（Pearl）也是其中之一。所以，她认识到，现代博茨瓦纳女性的"安全"根本得不到保障："妇女必须改变她们的行为方式，必须保护自己，在家庭之外的环境里要当心。但我在家里被刺伤和强奸，所以现在没有任何地方是安全的。"（355）因此，为了鼓励其他受害者，并引发人们对性暴力的重视，凯特琳决定为妇女反强奸组织发声。她做出了极大的努力，先是在晚宴上公开发言，后来又在自己的回忆录里记下了相关事件和真实感受。而这些努力起到了一定作用，博茨瓦纳妇女的观念在随着时代改变，她们开始为自己争取权益。比如，博茨瓦纳女权主义艺术家泽波·贾米拉·莫

---

[1] J.K. Mason, *Medico-Legal Aspects of Reproduction and Parenthood*, 2nd editio Cambridge: Athenaeum Press. Ltd., 1998, p. 23.

约（Tshepo Jamillah Moyo，1994— ）在2014年成立了"女孩的更高高度"（Higher Heights for Girls）组织，为青少年提供生理知识教育，并帮助她们反对性暴力。

凯特琳知道，博茨瓦纳的社会中确实存在弊端，可这并不意味着整个国家一无是处。"有些人私下会想，这就是去非洲的白人妇女的遭遇。那是黑暗的大陆，在那里发生了可怕的事情，比如野生动物袭击，比如艾滋病，比如强奸。但那是英国媒体眼中的非洲，根本就不是真正的非洲。"（386）在回忆录最后，她承认，自己仍然怀念博茨瓦纳，怀念这个国度的美好与宁静：

> 在英国，人们经常问我怀念博茨瓦纳的什么，通常我什么也不说，但有些时候，我想也许这就是一切。我怀念清晨外面太阳的连续性，它每天都在同一时间升起和落下，这其中蕴含着一种确定性，一种对新的一天将如何进行的保证。我怀念人们悠闲地互相问候，他们紧紧抓住对方的话，就像在沙地上漫步时紧紧抓住对方的手一样。我怀念夜晚蛙声在空气中回荡，怀念昏暗大院里的炊烟，怀念芦苇砌成的墙令人愉悦的紧密性。（436）

# 第四节
# 当代博茨瓦纳诗坛先锋：贾旺娃·德玛

## 生平与创作

贾旺娃·德玛是博茨瓦纳当代著名诗人、作家、艺术评论家，目前长居英国布里斯托尔（Bristol）。

1981年8月，贾旺娃·德玛出生于博茨瓦纳首都哈博罗内。"Tjawangwa"是卡兰加语单词，意为"已经发现"。德玛认为这是一个很好的名字，因为呼唤它就是在"召唤新事物进入这个世界"。事实上，正如茨瓦纳谚语"Ina lebe seromo"[①]（人如其名）所说，德玛确实为博茨瓦纳文学界带来了革新之风。2013年，她被知名杂志《崛起》（*Arise*）誉为"非洲变革者"。2016年，在博茨瓦纳建国五十周年之际，该国最重要的商业电台加布兹FM（GabzFM）和非洲知名数字刊物《邮政卫报》（*Mail & Guardian*）联合举办了"博茨瓦纳变革者五十强"评选活动，德玛获得提名。

德玛是博茨瓦纳口语诗歌的发起人和核心人物之一。身为一名"表演诗人"（performance poet），她需要将诗歌艺术与表演艺术相结合，同时用口头语言和肢体语言"朗诵"诗歌。此种艺术形式会让人联想起博茨瓦纳传统赞美诗，这是一种重要的口头文学形式。事实上，德玛确乎受到了传统赞美诗的影响，她和先辈们有着相似的理念："页面上的东西是语音内容的转录……如果诗人/读者不能

---

[①] Tolu Agbelusi, "May I Never Be A Slave to Speed", *Tolu Agbelusi*, May 23, 2020, toluagbelusi.com/site/2020/05/23/may-i-never-be-a-slave-to-speed.

听到它，也不能把它读出来，那么一首诗就会像死物一样躺在纸上。"[1]但是，其口语诗歌和赞美诗有很多不同之处。传统诗人往往现场创作诗歌，并立即当众表演，不会留下书面文字。德玛则不仅仅是表演，她也能用英语写作，且其诗歌主题十分多元，并不局限于"赞美"。此外，德玛还与时俱进，她会用视频或音频记录表演现场。这些举措在很大程度上提高了其作品的流传度。

与此同时，德玛还热心于文学活动。她是博茨瓦纳知名诗歌表演团体"迁徙现场诗歌"（Exodus Live Poetry）的创始人，这一团体在2004年至2009年间举办了该国唯一的诗歌节。2010年至2012年间，德玛任博茨瓦纳作家协会主席，还代表博茨瓦纳参加了2012年的伦敦诗歌节。2015年，她与非洲诗歌图书基金、哈博罗内公共图书馆合作，在博茨瓦纳设立了诗歌阅览室。2018年至2021年间，她组织了非洲写作—布里斯托尔节（Africa Writes – Bristol Festival）。

德玛经营着一家艺术管理组织，这一组织对诗歌、舞台阅读结合音乐或舞蹈的文本特别感兴趣，已经完成了40余位博茨瓦纳诗人的视频作品录制。她还在全球范围内推动写作和表演研讨会，曾赴里约热内卢、纽约、柏林、德里、伦敦和新加坡等多地进行过朗诵表演。德玛也受到学院欢迎，她拥有兰开斯特大学的创意写作硕士学位，还是爱荷华大学国际写作项目的名誉研究员。特别是她的生态诗歌（eco-poetry），已经出现在了美国南加利福尼亚大学的"愿景与声音"（Vision & Voices）项目中。最近，德玛的诗《忘川》（"Lethe"）被选为2020年斑马诗歌电影节（Zebra Poetry Film Festival）的"节日诗歌"，其诗歌电影[2]《地籍：黑人女孩徒步旅行者的银河指南》（*Cadastral: The Black Girl Hiker's Guide to the Galaxy*）在2021年格拉斯哥非洲动态电影节（Glasgow's Africa in Motion Film Festival）上举行了全球首映式。

德玛被视为新生代非洲诗人中的佼佼者。2014年，她的作品《下颌》被非洲诗歌图书基金选中出版。2018年，她的另一部作品《粗心裁缝》获得了西勒曼非

---

[1] Dani Payne and Isobel Clark, "Q&A: The 'Self-Confessed Rambler': In Conversation with TJ Dema", *Africa in Words*, June 20, 2019, africainwords.com/2019/06/20/qa-the-self-confessed-rambler-in-conversation-with-tj-dema.

[2] 诗歌电影（Poetry film）：也称"视频诗歌"，是以文本或口头形式呈现的诗歌，并附有图像以便屏幕上观看。

洲诗人一等书奖（The Sillerman First Book Prize for African Poetry）。2019年，其诗歌被选入博茨瓦纳第一部大型女性文集《博茨瓦纳女性书写》（*Botswana Women Write*，2019）。目前，德玛的诗歌有德语、葡萄牙语等多种译本，其身影也早已出现在我国。2010年，中国诗人萧开愚（1960— ）与南非诗人菲利帕·维利叶斯（Phillippa Yaa de Villiers，1966— ）等人合作编选的诗集《这里不平静：非洲诗选》（*No Serenity Here: An Anthology of African Poetry in Amharic, English, French, Arabic and Portuguese*，2010）出版，其中就有德玛的诗。

# 作品评析

## 可口可乐一代

我发觉自己是新一代跳舞有不同的节拍
在那儿各个民族生活在同一条街上
红、白、黑、颜色和教条都无所谓
我们泡沫直冒像苏打水在锡罐里
被包装在一个金属的世界里在那儿颜色没什么信用

快走吧老奶奶不要说一句话
我们不想听你悲悲切切的老故事
故事发生时我们不在现场我们不必非得知道
他们怎样把你的后背鞭打得失去知觉
撕裂着的皮肤，流着血的衣服
不过我看你还是不懂为什么我们不想听你这乱糟糟的事

　　谁还要正确的观点

　　我们找到了管用的观点

　　当伤害来得太多

　　我们就硬起心肠

　　我们坐着把可口可乐啜饮

　　在电话里大声胡扯些什么

　　告诉我们认识的每一个人

　　我们什么也不知道

　　你知道吧[①]

　　"可口可乐一代"（The coca cola generation）指的是Z世代（Generation Z），他们是知名饮料公司可口可乐的主要目标客户。一般而言，Z世代是出生年份大致在1995年至2010年之间的群体，而可口可乐则将其定义为14岁到25岁的年轻人。但在诗人笔下，"可口可乐一代"指的是数典忘祖的博茨瓦纳年轻一代。他们抛弃了老一代的教诲，忘却了非洲人的苦痛和艰辛，沉迷于物质享乐。诗中的"胡扯些什么"（screaming holler）是美国俚语，"你知道吧"（Know what I mean）是饶舌乐中的常用语。这表明，博茨瓦纳年轻人之所以如此，是因为受到了国外文化的影响。通过这首诗，德玛批判了代表着消费主义和资本主义的西方先进物质文明，并呼吁年轻人铭记历史。

## 一、可口可乐的象征意义

　　可口可乐（Coca-Cola）是一种含糖汽水饮料，于1886年诞生在美国亚特兰大，可口可乐公司也在当年成立。该公司建立了完善的营销系统，采取了先进

---

[①] 菲丽帕·维利叶斯、伊莎贝尔·阿闺热、萧开愚（主编）：《这里不平静：非洲诗选》，周伟驰等译，北京：世界知识出版社，2010年，第227页。

的广告策略，把可口可乐卖到了世界各地。目前，它已经成为全球最大的软饮料公司。但在发展过程中，这家公司也遇到过不少阻碍。比如，作为一种来自美国的现代饮料，可口可乐被视为资本主义的象征符号，它因此具有了政治意味。例如，可口可乐公司于1927年在中国上海设立分厂，1948年上海就成了可口可乐海外首个销量超百万标箱的城市。但在新中国成立后，可口可乐就被迫退出市场，直到1978年中美建交后才重返中国。

人们也会通过文学表达对可口可乐这一象征物的感受。20世纪50年代，波兰诗人亚当·瓦兹克（Adam Ważyk，1905—1982）就写了一首关于可口可乐的诗，即《可口可乐之歌》（"Piosenka o Coca-Cola"，1950）。瓦兹克这样控诉代表着美国的"你"："喝可口可乐对你有好处。/你吮吸我们的甘蔗，/你吞吃我们的稻田，/你咀嚼橡胶、黄金和白金，/喝可口可乐对你有好处。"①诗人把可口可乐与西方的经济剥削联系起来，指出这种饮料的低廉价格（"几美分"）是美国夺取他国财富的结果。与此相反，"我们"喝的则是从沼泽里和山上打来的水，但那才是希望之水，更是勇敢之水。同时，这首诗是在朝鲜战争时期创作出来的，当时可口可乐被列为美方的军用物资。因此，瓦兹克进一步指责，可口可乐与美国的原子弹威胁有关。但是，武力不会让"我们"畏惧。瓦兹克在诗歌结尾处再次表明了战斗的决心："你离开了中国，你正在离开朝鲜，/我们将扰乱你的可口可乐之梦，/我们，喝希望之水的人。"②作为冷战文化的典型产物，《可口可乐之歌》被收录进了波兰国防部发行的合集《杜鲁门之钉》（Nails to Truman）。"杜鲁门之钉"（Gwoździe do Trumana）一语双关，因为"trumana"在波兰语中意为"棺材"。可以说，亚当·瓦兹克把可口可乐刻画成了"美国文明之恐怖的官方象征"③。与其相似的是，贾旺娃·德玛把这种饮料描绘成了腐蚀青少年心智的西方文化符号。在《可口可乐一代》里，博茨瓦纳只

---

① Fabio Parasecoli, "A Poem against Coca-Cola: welcome to 1950 Stalinist Poland", *Fabio Parasecoli*, July 4, 2019, fabioparasecoli.com/a-poem-against-coca-cola-welcome-to-1950-stalinist-poland.

② 同上。

③ Edited by Susan E. Reid and David Crowley, *Style and Socialism: Modernity and Material Culture in Post-War Eastern Europe*, Oxford: Berg Publishers, 2000, p. 28.

顾喝可口可乐，全然忘记了非洲人被殖民的经历："故事发生时我们不在现场我们不必非得知道/他们怎样把你的后背鞭打得失去知觉/撕裂着的皮肤，流着血的衣服"。而德玛指出，"管用的观点"不一定是"正确的观点"，"什么也不知道"不意味着"什么都不存在"。遗忘过去就意味着背叛，诗人以超群的道德勇气否认了这些"硬心肠"的行为。

另外，可口可乐曾在博茨瓦纳文化中留下了浓墨重彩的一笔，这使得德玛在诗中强调的"历史"有了特殊的意味。1980年，南非和博茨瓦纳联合制作的喜剧电影《上帝也疯狂》（*The Gods Must Be Crazy*，1980）上映，受到了全球观众的喜爱。影片中，居住在卡拉哈里沙漠中部的桑人过着与世无争、敬畏自然的平静生活。某天，一个经过此地的飞行员从空中扔下一只空可乐瓶。桑人基（Xi）发现了可乐瓶子，并将其带回了部落。族人惊讶于可乐瓶美丽的外观和多样的用途，以为这是上帝赐予他们的礼物。但是，可乐瓶只有一个，却有很多人想独占它。于是人们开始为之争吵，甚至大打出手。部落首领因此认为，可乐瓶一定是上帝发疯时送来的礼物，决定让基把这个不祥之物归还给上帝。而在归还可乐瓶的路上，基与现代文明相遇，经历了各种冒险。影片结尾处，基经历了千辛万苦，终于来到了一个断崖边。他深信自己到达了世界尽头，就毫不犹豫地扔还了可乐瓶，随后回到了自己的族人身边。实际上，桑人眼中的"上帝礼物"只是一个普通的可乐空瓶，这使得《上帝也疯狂》带有更多喜剧意味。事实上，基并不是传统意义上的"英雄"，但他有着高尚的品格。拍摄该电影的南非导演加美·尤伊斯（Jamie Uys，1921—1996）表示，自己第一次见到桑人就"爱上了他们"："他们没有财产意识。他们不知道什么是所有权……他们分享一切。在他们那里，没有什么是你可以占有的。这似乎与我们其他人很不一样。"[①]与之相反的是，可口可乐象征着"我们的塑料（虚伪）社会"[②]。但可口可乐瓶"在没见过玻璃的人眼中"是一件美丽的东西，它与桑人的相遇会非常有趣。

---

① Judy Klemesrud, "'The Gods Must Be Crazy' —A Truly International Hit", *New York Times*, April 28, 1985, www.nytimes.com/1985/04/28/movies/the-gods-must-be-crazy-a-truly-international-hit.html.

② 同上。原句用的是 "plastic society"，plastic 一语双关。

为了讽刺现代文明，加美·尤伊斯精心挑选了可口可乐这一物质符号。但事与愿违，桑人演员历苏（N!xau，1944—2003）手持可口可乐经典玻璃弧线瓶的电影海报反而成了可口可乐的绝佳广告。有学者评价，"卡拉哈里的可乐瓶"寓意"先进社会"会在其前进道路上消费一切。① 确实，世上没人能抵抗"现代性"，博茨瓦纳人也不例外。根据美国学者朱莉·利文斯顿（Julie Livingston，1966—）的调查，1990年代末，可口可乐就出现在了博茨瓦纳普通人的生活里。在这里，它甚至被当作婴幼儿营养食品：

年轻的母亲们经常给婴儿和学步幼童吃大勺的蛋黄酱和小口的可口可乐，或者是用玻璃纸包装的非洲辣酱"peri peri"，以及"尼克·纳克斯"（Nik Naks）牌或"射手"（Shooters）牌的芝士洋葱味零食。她们相信自己从诊所学到的东西，即昂贵的欧洲食品对孩子的发育有益。与此同时，祖母们将自己的"高血压"和身体疼痛归咎于卷心菜、番茄酱和意大利面等"外国食物"带来的饮食变化。②

当然，可口可乐对博茨瓦纳青少年的吸引力更大。2000年出版的小说《比远方更远》中有一个情节，主人公莫萨（Mosa）告诉同学西纳（Sinah），如果不起来反抗，那么对她进行性骚扰的男老师迟早会变成她的"糖爹"（sugar daddy）："他会给你一些钱，你会买新袜子、做头发……也许会有足够的钱买一罐可乐。其他学生会恨你，羡慕你的可乐。"③ 而正是这种"羡慕"，让1929年才进入非洲市场的可口可乐，发展成了当地饮料巨头。2016年左右，可口可乐公司已经成了非洲最大的私营雇主之一，它在当地雇用了近7万名员工，开办了160多家工厂。④

① Roy Richard Grinker, Stephen C. Lubkemann and Christopher B. Steiner (eds.), *Perspectives on Africa: A Reader in Culture, History and Representation*, Chichester: Wiley-Blackwell, 2010, p. 220.

② Julie Livingston, *Debility And Moral Imagination in Botswana*, Bloomington: Indiana University Press, 2005, p. 27.

③ Unity Dow, *Far and beyon'*, San Francisco: Aunt Lute Books, 2001, p. 133.

④ Rabi S. Bhagat, Annette S. McDevitt and B. Ram Baliga, *Global Organizations: Challenges, Opportunities, and the Future*, Oxford: Oxford University Press, 2017, p. 1.

## 二、"新世界"的"新一代"

博茨瓦纳的"可口可乐一代"认为，只要遗忘历史，就能成为完全不同的新一代人。他们相信，迎接自己的是和谐平等的多元化社会，"在那儿各种类型的民族生活在同一条街上/红、白、黑、颜色和教条都无所谓"。德玛决定打破这些人的幻想，她知道这样的时代永远不会到来。因为"红"不只是可口可乐亮眼的锡罐包装，更是非洲人被殖民者虐打而流出的血,后者无比沉重，永远不是"无所谓"的事。以德玛的切身经验为例，她就不能被自己的读者和听众单纯当作一个"诗人"：

我不是白人，不是基督徒，不是欧洲男性；我不符合任何事物的默认值。没人真正努力理解我。观众通常只在乎他们眼前的事物：一具身体、一张嘴、一具女性躯体、一具黑人躯体……因为我是黑人。他们会看着一首关于伯尔硬胡桃树的诗，然后随意地问"那津巴布韦的情况呢？"试图以特定的方式将我的作品政治化，但这首诗不是关于这个的。①

这种刻板印象固然令人反感，但德玛知道，非洲就是自己的家园。她强调，自己将永远在诗歌中召唤非洲，用"我的语言和口音，我对英语和叙事如何运作的想法，以及我的皮肤"②。谁都无法否认，非洲的诗歌和争取自由的斗争史之间有着密切的关系，因此历史不可能被忽略。

需要注意的是，在这首诗中，"可口可乐一代"梦想的多元化社会是由金属组成的，"我们泡沫直冒像苏打水在锡罐里/被包装在一个金属的世界里在那儿颜

① Dani Payne and Isobel Clark, "Q&A: The 'Self-Confessed Rambler': In Conversation with TJ Dema", *Africa in Words*, June 20, 2019, africainwords.com/2019/06/20/qa-the-self-Confessed-rambler-in-conversation-with-tj-dema.

② Richard Ali, "Poets Talk: 5 Questions with TJ Dema", *Konya Shamsrumi*, December 17, 2019, shamsrumi.org/poets-talk-5-questions-with-tj-dema/.

色没什么信用"。而德玛对"金属"没什么好感，比如，她写过一首关于银的诗《三十块》（"Thirty Pieces"）：

> 你会要多少钱
>
> 才会走得慢一点
>
> 当某天某事需要你快一点
>
> 你会要多少钱
>
> 才会转过另一边脸
>
> 对该管的事掉头不看
>
> 你会要多少钱
>
> 才会放弃你自己
>
> 放弃你一刻的心安
>
> 为了别人①

　　这首诗化用了犹大出卖耶稣的典故。《新约·马太福音》记载，身为十二门徒之一的犹大主动出卖耶稣，犹太教祭司长给了他三十块银币。耶稣被捕后，犹大感到悔恨，说："我卖了无辜之人的血是有罪了。"他把这笔钱扔还给祭司长，随后在耶路撒冷城郊自缢身亡。祭司长认为这些银钱不洁，就用它买了"窑户的一块田"，用来埋葬外乡人。②这三十块银币就被称为"血钱"，即用别人的性命换来的钱。在《三十块》中，德玛讽刺了一些人为银钱"放弃自己"的行为。诗中反复问"多少钱"，看似这笔钱是为了"别人"开出的价码，但实际上是让"你"放弃自己的钱。她表示，这些人为了钱放弃"心安"，迟早会像犹大一样作茧自缚。

---

① 菲丽帕·维利叶斯、伊莎贝尔·阿闰热、萧开愚（主编）：《这里不平静：非洲诗选》，周伟驰等译，北京：世界知识出版社，2010年，第263页。

② 尘洁（编）：《圣经·新约的故事：马太福音羊皮书》，西安：陕西师范大学出版社，2004年，第113页。

对银的喜好自古就有，但另一种物品在现代博茨瓦纳社会中更加风靡，这就是汽车。博茨瓦纳人十分喜爱汽车，这种交通工具已经融入了他们的生活，几乎随处可见。在乡村，中产阶级村民住在水泥砖房里，"院子前面，山羊们绕着德国或日本生产的现代化汽车悠闲地吃草，而用木材或旧卡车底座制作的驴车安静地停放在后院的树荫下，等待着下一次前往耕地"①。而在城市里，"晨曦里，被蓬勃发展的钻石经济宠坏了的人们驾驶着闪闪发光的最新型号的轿车，不紧不慢地行驶在道路上"②。

博茨瓦纳人喜爱汽车，有其现实理由。该国地广人稀，又有着大量的野生动物，十分需要代步工具。而博茨瓦纳独立时交通运输设施十分落后，主要的交通工具是牛拉四轮车。当时，全国约七千二百公里的公路几乎都是沙砾路，只有一条六公里长的沥青路面公路。因此，政府一直把基本建设投资的25%用于发展交通运输事业。1991年至1997年间，博茨瓦纳平均每年用于公路建造和维修的费用为1亿多普拉。1998年，全长595公里的泛卡拉哈里公路建成。这条公路横跨卡拉哈里沙漠把国家东西部连接起来，大大方便了人们通行。随后，全国汽车数量从1998年的10.54万辆增加到2001年的14.1万辆。③同时，博茨瓦纳在1990年代大力发展汽车制造业，主要与外资合营兴办汽车装配厂，主要的三大厂家分别与韩国、瑞典和俄罗斯合营。1998年，这三家汽车装配厂曾向南非出口一万多辆汽车，创汇3.19亿美元。④

在这种情况下，博茨瓦纳人都想要拥有汽车，汽车品牌成了身份和地位的象征。尤妮蒂·道的第二部小说《无辜者的尖叫》里，一个富有的男人和妻子开的都是"双排座丰田HiLux"。那他就应该给自己的情妇买一辆"单排座两轮驱动丰田HiLux面包车"，而不是"拥有双驾驶室的四轮驱动车"，这样才能"保持界限"。⑤人们梦想得到豪车，尤其是年轻人，"他们想一开始就成为最优秀

---

① 詹姆斯·丹博、芬尤·C·赛博著：《博茨瓦纳的风俗与文化》，丁岩妍译，北京：民主与建设出版社，2015年，第223页。

② Mary S. Lederer, *Novels of Botswana in English: 1930-2006*, New York: African Heritage Press, 2014, p. 24.

③ 徐人龙（编著）：《列国志：博茨瓦纳》，北京：社会科学文献出版社，2007年，第169—170页。

④ 同上，第138页。

⑤ Unity Dow, *The Screaming of the Innocent*, Cape Town: Double Storey Books, 2003, p. 2.

的，赚很多的钱，开宽敞的梅赛德斯-奔驰"①。

但是，对豪车的喜爱带来了两个问题。第一，比起牛，一个时髦的博茨瓦纳人可能会更想要汽车。该选择体现出传统与现代观念的冲突，而博茨瓦纳小说家安德鲁·塞辛伊（Andrew Sesinyi，1952— ）的作品《拉西》（*Rassie*，1989）就放大了这一冲突。在小说中，一个男人和妻子开车旅行，但车辆撞到了一头牛。两人因车祸丧生，他们唯一的孩子拉西被交给男人的兄弟抚养。为了复仇，拉西的叔叔决定起诉牛的主人拉塞利（Raseriri）。双方的身份形成了鲜明的对比：拉塞利是一名坚持着旧生活方式的农民，他辛苦经营着一个小农场。而拉西一家生活奢华，更喜欢"现代"事物。小说一开始就描写了一辆豪车，来暗示这点。第二，人们可能会为了豪车走上歧途。他们可能会去偷车，亚历山大·麦考尔·史密斯在其系列小说《第一女子侦探社》（*The No. 1 Ladies' Detective Agency*，1998）中提到过这种可能。"盗窃汽车很常见，几乎不值得一提。这里肯定有许多女人在城里驾驶着自己丈夫偷来的汽车。"②他们也可能会去抢劫汽车，安德鲁·塞辛伊为此题材创作了一部作品《劫车》（*Carjack*，1999）。小说的主人公布鲁特斯（Brutus）受过良好的教育，却被金钱诱惑，加入了一个博茨瓦纳黑帮。而这个黑帮是一个专门的劫车集团，专抢豪车来骗取高昂的汽车保险。

德玛在《可口可乐一代》中写道，博茨瓦纳年轻人梦想着一个"金属的世界"，在那里"颜色和教条都无所谓……颜色没什么信用"。这既是指各肤色的人平等相处，也是指摆脱一切束缚、废除所有规则。但在诗人看来，这不仅不可能实现，更能破坏人们的良知，会让他们"硬起心肠"。同样的，亚历山大·麦考尔·史密斯也认为，过分看重汽车这种金属造物会破坏社会风气。在小说《长颈鹿的眼泪》（*Tears of the Giraffe*，2000），亚历山大·麦考尔·史密斯借两个博茨瓦纳人之口表达了这种观点：

① 亚历山大·麦考尔·史密斯：《长颈鹿的眼泪》，赵重今、刘凌云译，北京：国际文化出版公司，2004年，第147页。

② 亚历山大·麦考尔·史密斯：《拉莫茨维小姐》，王鹏译，北京：国际文化出版公司，2004年，第143页。

"嗯，"拉莫茨维沉思了一下，"这些梅赛德斯-奔驰车对非洲并不是一件好事情。我相信它们是很好的车，但是在非洲，所有有野心的人都想在赚足够多的钱之前就拥有一辆。那就出现了许多大问题。"

"国内的梅赛德斯-奔驰越多，"玛库兹提议说，"国家就越糟糕。如果有哪个国家没有梅赛德斯-奔驰，那个国家就是个好地方。你可以想象一下。"①

不同于传统文化中代表财产的牛，用金属制造的奔驰车是一种现代财富，它不需要饲养和照料，只需要钱就能买到。而对金钱的渴求让博茨瓦纳人比以往更加浮躁，他们的"心肠"也因此变得更硬。亚历山大·麦考尔·史密斯不喜欢这种现象，德玛也用自己的诗批判了这一点。

在贾旺娃·德玛看来，诗人应当言说一切，特别是"那些可能因任何原因而无法说出的话"。而诗歌可以用于赞美，也可以用来批判。所以，诗人应当承担道德义务。为了守卫博茨瓦纳的真实历史，她写了这首《可口可乐一代》。

---

① 亚历山大·麦考尔·史密斯:《长颈鹿的眼泪》，赵重今、刘凌云译，北京: 国际文化出版公司，2004 年，第 147 页。

第五章

大众文学与历史题材

（21 世纪以来的通俗文学）

亚历山大·麦考尔·史密斯（Alexander McCall Smith）

特罗特洛·特萨马瑟
（Tlotlo Tsamaase）

谢丽尔·恩图米
（Cheryl S. Ntumy）

# 引 言

评论界普遍认为，"迄今为止，非洲文学已经出现了两波截然不同的浪潮"[1]。第一波是由恩古吉·瓦·提安哥、钦努阿·阿契贝等精英作家所引领的，以反殖民为主题的民族文学浪潮。其后出现的则是以津巴布韦作家丹布达佐·马瑞彻拉（Dambudzo Marechera，1952—1987）等为代表，在后殖民语境中表达幻灭与绝望的第二波文学潮流。自21世纪以来，在全球化趋势和消费文化的影响下，非洲正在兴起以娱乐消闲为导向的第三波文学浪潮。随着互联网的普及，文学创作成本更低，传播方式也更加多元灵活，非洲作家在一定程度上摆脱了出版的限制，有了更加自由广阔的创作空间。言情、侦探、推理、科幻等类型文学层出不穷，通俗文学呈现出一派欣欣向荣的景象。

21世纪以来，博茨瓦纳民主党（Botswana Democratic Party）领导人费斯图斯·莫哈埃（Festus Mogae，1939— ）、伊恩·卡马（Ian Khama，1953— ）、莫克维齐·马西西（Mokgweetsi Masisi，1962— ）相继执政，他们"主张经济独立和自力更生，在发展经济的同时保持社会公正；对外实行多方位外交，维护和促

---

[1] Muff Andersson and Elsie Cloete, "Fixing the Guilt: Detective Fiction and the No.1 Ladies' Detective Agency series", *Tydskrif vir Letterkunde*, 2006, 43(2), p. 123.

进民族利益"①。在博茨瓦纳民主党的领导下，以钻石业、采矿业、旅游业、金融服务业为主要支柱的国民经济稳步发展，博茨瓦纳则逐渐摆脱贫困，成为经济中等水平国家，创造了非洲国家经济发展的奇迹。与此同时，国内的基础教育和高等教育事业不断发展，国民受教育水平和综合素养显著提升，在精神生活方面有了更多的需求。在市场经济和消费文化的影响下，新一代的大众读者逐渐厌倦了关涉殖民、种族、阶级、性别等严肃主题的严肃文学，更倾向于阅读新奇、轻松、有趣的文学作品。在政治、经济、教育、文化及大众传媒等综合因素的影响下，博茨瓦纳的大众文学逐渐勃兴，并呈现出了良好的发展势头，日益成为非洲第三波文学浪潮中的生力军。由博茨瓦纳本土作家创作的，或以博茨瓦纳为背景的通俗文学不断发展，在国内与国际上产生了较大的影响力。本章主要介绍侦探与科幻两类具有较大影响力的类型文学的发展情况。

　　侦探小说可谓是博茨瓦纳通俗文学中最受欢迎、受众最广的类型之一。但"由于被贴上'低俗文学'的标签，侦探小说在很长一段时间内缺乏学术界的关注"②。由亚历山大·麦考尔·史密斯创作的，以博茨瓦纳为背景的系列侦探小说《第一女子侦探社》（*The No. 1 Ladies' Detective Agency*）在国际上产生了较大影响。亚历山大·麦考尔·史密斯自幼便与非洲结下了不解之缘。他于1948年出生于南罗德西亚（今津巴布韦）并在这里完成了启蒙教育，直到17岁时才返回英国。1980年前后，而立之年的亚历山大·麦考尔·史密斯又重新回到非洲，来到了博茨瓦纳，运用自己的才学和智慧为这个国家奉献力量。他帮助创办了博茨瓦纳大学法学院，参与了博茨瓦纳刑法典的编撰工作，并于90年代出版了当时唯一一部探讨博茨瓦纳法律制度的专门著作。他从博茨瓦纳人民的生活中取材，创作了《第一女子侦探社》《长颈鹿的眼泪》《漂亮女孩的美德》（*Morality for Beautiful Girls*，2001）、《卡拉哈里男子打字学校》（*The Kalahari Typing School for Men*，2002）等侦探小说。这些小说读者甚众、传播甚广，并逐渐

① 参见《博茨瓦纳国家概况》，中华人民共和国外交部官方网站，2022 年 7 月 15 日，https://www.mfa. gov.cn/web/gjhdq_676201/gj_676203/fz_677316/1206_677438/1206x0_677440/.

② Somali Saren, "Detecting Postcolonial McCall Smith's Lady Detective and Botswanian Crime Scene", *Global Colloquies*, 2006, 2(1), p. 2.

被影视化，产生了广泛的影响。小说主人公斯普莱舍斯·拉莫茨维女士（Mma Precious Ramotswe）是一位精明强干、聪慧敏锐的私家侦探，她致力于为自己的客户探寻真相，伸张正义，解决一系列棘手难题。在系列小说中，亚历山大·麦考尔·史密斯营构了一个没有太多实际犯罪的博茨瓦纳社会，并将其对种族主义、性别歧视、传统与现代的冲突等一系列问题的关注融入其中，善于通过营造轻松、温馨、圆满的结局表现非洲人民的体面、幽默、温暖与美好。有评论者认为，这一系列小说帮助他国读者扭转了对非洲的刻板印象，但亚历山大·麦考尔·史密斯对于艾滋病等现实问题的刻意回避也使得他遭受了一定非议。

无独有偶，博茨瓦纳的科幻文学也呈现出强劲的发展势头。本章第二节首先勾勒了非洲科幻小说发展的大致线索。非洲科幻小说是在西方的影响下出现的，但又在自身发展过程中表达具有非洲特色的新主题，呈现出了截然不同的创作特征。"非洲推想小说"（African Speculative Fiction）、"非洲未来主义"（Africanfuturism）等文学批评术语的出现，便是非洲科幻小说"非洲性"的最好证明。特罗特洛·特萨马瑟（Tlotlo Tsamaase）和谢丽尔·恩图米（Cheryl S. Ntumy）是两位具有代表性的博茨瓦纳科幻小说家。特罗特洛·特萨马瑟是茨瓦纳人，主要从事非洲科幻或奇幻小说的创作，她曾凭借小说《崇高的无字天空》（"Unlettered Skies of the Sublime"）斩获贝西·黑德短篇小说奖（Bessie Head Short Story Awards），并成为首个入围雷斯灵奖（Rhysling Awards）的博茨瓦纳人。她的代表作《在我们的虹膜之后》（*Behind Our Irises*，2020）《思想箱》（*The Thought Box*，2020）以"人工智能"为主题，通过曲折离奇、跌宕起伏、引人入胜的故事情节，表达了对资本剥削、人性异化、科技负面性等问题的关注。另一位小说家谢丽尔·恩图米则在从事科幻小说创作时，更加注重民族性和黑人性的张扬与表达。她的代表作《冷漠者》（*Nonchalant*，2020）营构了一个极端异化的"乌托邦"社会。政府为了实现人人平等，要求所有人都成为完美无瑕的"冷漠者"，并强制所有人通过改造或服用药物成为没有情感的生物。主人公"我"曾一度觉醒并进行反抗，却难逃强制力量的规训，最终也沦落成一个麻木的冷漠者。

　　不可否认的是，通俗文学在很大程度上以文学市场和读者阅读需求为导向，呈现出简单易懂、轻松愉悦、新鲜猎奇等主要特征。但真正产生了一定影响力的通俗小说家却并不止步于表层的审美愉悦，他们将自己对历史的思索和对现实的关怀融入创作之中，创造了诸多精彩纷呈又具有经典化潜质的文学作品。这些作品在非洲以及非洲以外的地区广泛传播，为世界了解非洲打开了一扇文学之窗。

# 第一节
# 博茨瓦纳侦探小说大师：亚历山大·麦考尔·史密斯

## 生平与创作

英国作家亚历山大·麦考尔·史密斯与非洲结下了不解之缘。他以博茨瓦纳为背景，创作了系列侦探小说《第一女子侦探社》。这套书让很多人知道了博茨瓦纳，也感受到了这个非洲国度的魅力。

1948年，亚历山大·麦考尔·史密斯出生在南罗得西亚的第二大城市布拉瓦约（Bulawayo）。当时南罗得西亚（1980年独立后更名为津巴布韦）还是英国殖民地，亚历山大的父亲在那里当检察官。亚历山大在布拉瓦约接受了小学和中学教育，17岁时才返回英国学习法律。他在爱丁堡大学取得了博士学位，之后成了一位知名的医学法和生物伦理学专家，曾任英国人类遗传学委员会副主席、联合国教科文组织国际生物伦理委员会成员等职。此外，亚历山大还是爱丁堡有名的业余乐团"非常糟糕的管弦乐队"（Really Terrible Orchestra）创始人之一，他能演奏巴松、倍低音管等乐器。当然，亚历山大对写作也非常感兴趣。1980年，他出版了自己的第一部小说《白色河马》（*The White Hippo*，1980）。这是一本儿童读物，讲述了一个发生在西非国家冈比亚（Gambia）的故事。

正是在20世纪80年代，亚历山大·麦考尔·史密斯回到了非洲。他起初在斯威士兰教书，于1981年来到了博茨瓦纳。亚历山大帮助刚刚建立的博茨瓦纳大学创办了法学院，并教授法律，参与了博茨瓦纳的刑法典编写工作。1984年，他返回英国，定居于苏格兰爱丁堡，但仍多次访问博茨瓦纳，他的许多成就都与这个国家有关。比如，亚历山大在90年代出版了《博茨瓦纳刑法》（*The Criminal*

*Law of Botswana*，1992），这是当时唯一一本关注博茨瓦纳法律制度的学术著作，讨论了该国刑法与南部非洲其他国家刑法的异同点。另外，亚历山大还帮助建立了博茨瓦纳第一个歌剧培训中心，即第一女子歌剧院（No. 1 Ladies' Opera House）。为此，他还写了一部舞台剧，交由该剧院全球首演，这就是《奥卡万戈麦克白》（*The Okavango Macbeth*， 2009）①。该剧改编自莎士比亚知名悲剧《麦克白》（*Macbeth*，1623），但主角是母系社会里的狒狒，它们为了权力而互相争斗，故事就发生在奥卡万戈三角洲。

但真正让亚历山大·麦考尔·史密斯扬名国际的是《第一女子侦探社》。他从博茨瓦纳人民的生活中取材，创作了一系列侦探小说。1998年，亚历山大出版了《第一女子侦探社》，这本书大受欢迎。之后，他又接连创作了《长颈鹿的眼泪》《漂亮女孩的美德》《卡拉哈里男子打字学校》等续书，将其扩写为一个侦探小说系列。《第一女子侦探社》系列以每年一本的速度出版，截止到2021年共出版22本，被翻译成34种语言，全球销量超过四千万册。2004年，亚历山大凭这一系列侦探小说获得了英国国家图书奖（British Book Awards）的年度作家奖项和图书馆匕首奖②。正是在这一年，亚历山大与BBC合作，把这套小说改编成了广播剧。之后，BBC又和HBO联合制作了同名电视剧《第一女子侦探社》（2008—2009）。《第一女子侦探社》早已实现了影视化，足见其受欢迎程度。

《第一女子侦探社》系列的主人公是普莱舍斯·拉莫茨维女士③，一位独特的博茨瓦纳女侦探。她创办了该国第一家私人侦探社，这家侦探社帮顾客解决"生活中的棘手问题"而非犯罪案件④。这套书里基本没有刑事案件，其关注点

---

① 这是一部室内歌剧（chamber opera），配乐由苏格兰音乐家汤姆·坎宁安（Tom Cunningham，1964— ）创作。《奥卡万戈麦克白》首演于博茨瓦纳第一女子歌剧院，之后又在爱丁堡和剑桥轮番上演，均取得了成功。

② 成立于1953年的英国犯罪作家协会（Crime Writers' Association，简称CWA）是英国最重要、历史最悠久的悬疑小说家、推理小说家和侦探小说家组织。由该协会主办的匕首奖（Daggaer Award）是英国推理创作界最高级别的文学奖项。

③ Mma是"Mmago"（……的母亲）的缩写，博茨瓦纳人通常在其后加上该妇女第一个孩子的名字，以此来称呼该女性，类似中文里的"阿毛妈"。（参见：詹姆斯·丹博，芬尤·C.赛博：《博茨瓦纳的风俗与文化》，丁岩妍译，北京：民主与建设出版社，2015年，第204页。）但在亚历山大·麦考尔·史密斯的小说里，Mma后跟的都是女子的姓氏，显然，这个词在书中意为"女士"。

④ 亚历山大·麦考尔·史密斯：《漂亮女孩的美德》，范蕾译，北京：国际文化出版公司，2004年，第60页。

也是博茨瓦纳人民的生活烦恼，而在拉莫茨维女士的帮助下，事情总会顺利解决。亚历山大认为，非洲总会让人想到"饥饿、艾滋病和苦难"，但这些不幸只是非洲现实的一部分，国际上的很多读者从来没有听说过非洲人民的"体面、幽默、温暖和人性的美好"。所以他希望自己的书能"描绘一些非凡的人性价值和品质，或许这可以纠正我们印象中非洲过度悲伤的画面"①。

《第一女子侦探社》影响了国际社会对博茨瓦纳的看法，被视为非洲文学的一种代表，已经成了部分大学非洲文学课程的指定读物。②还有旅游公司专门推出了《第一女子侦探社》路线。2011年，亚历山大·麦考尔·史密斯因这一系列小说对国家产生的贡献，被时任博茨瓦纳总统的伊恩·卡马授予总统功绩勋章（Presidential Order of Meritorious Service）。在他之后，还有一些作家以博茨瓦纳为背景创作侦探小说：迈克尔·斯坦利（Michael Stanley）③写有库布系列（2008年至2022年间共8本），其主角库布（Kubu）是博茨瓦纳刑事调查部门的一名男警探；博茨瓦纳作家劳里·库布兹勒④则创作了凯特·戈莫莱莫之谜系列（2005年至2012年间共4本），凯特·戈莫莱莫（Kate Gomolemo）是刑事调查部门的女警探。这也证明了，侦探小说可以被用以描绘"社会中的很多东西"，它能为表现博茨瓦纳社会和居民生活"提供一个载体"⑤。

---

① Charles L. P. Silet, "The Possibilities of Happiness: a conversation with Alexander McCall Smith", *Mystery Scene*, July 21, 2022, www.mysteryscenemag.com/46-articles/feature/91-the-possibilities-of-happiness-a-conversation-with-alexander-mccall-smith?showall=1.

② Mary S. Lederer, *Novels of Botswana in English, 1930-2006*, New York: African Heritage Press, 2014, p. 118.

③ 迈克尔·斯坦利是迈克尔·西尔斯（Michael Sears）和斯坦利·特罗利普（Stanley Trollip）的组合笔名。这两位白人作家都出生在南非约翰内斯堡，因工作需要经常去博茨瓦纳，于是以这个国家为背景创作了一系列小说。

④ 劳里·库布兹勒（Lauri Kubuitsile）是出生在美国的白人作家，于1989年移居博茨瓦纳（已成为该国公民），创作有儿童读物、侦探小说等。她曾于2009年和2010年两次获得金猴面包树奖（Golden Baobab Prize），这是一项非洲儿童文学大奖；2011年，她入围了非洲最负盛名的短篇小说奖——凯恩奖。凯特·戈莫莱莫之谜系列的第一本书《致命赔付》（*The Fatal Payout*，2005）是博茨瓦纳中学的指定读物。

⑤ Charles L. P. Silet, "The Possibilities of Happiness: a conversation with Alexander McCall Smith", *Mystery Scene*, July 21, 2022, www.mysteryscenemag.com/46-articles/feature/91-the-possibilities-of-happiness-a-conversation-with-alexander-mccall-smith?showall=1.

# 作品评析

　　《第一女子侦探社》是以非洲黑人为主角的文学作品，但它由英国白人作家写成，向来被质疑"异国情调化或刻板印象化非洲"[1]。事实上，亚历山大·麦考尔·史密斯的这一系列小说是具有后殖民主义关注的现代侦探小说[2]，在文本中融入了非洲性。学者玛丽·S.莱德勒在其著作《博茨瓦纳英语小说（1930—2006）》中指出，亚历山大·麦考尔·史密斯的创作体现了一种可能性，即"西方可以用更多的同情——甚至是认可来看待世界其他地区"[3]。

## 一、换个角度看西方

　　该系列从未放弃对西方"权威"的嘲讽。其第一部书《第一女子侦探社》就以对丹麦作家凯伦·布里克森（Karen Christenze Dinesen，1885—1962）长篇自传体小说《走出非洲》（*Out of Africa*，1937）的戏仿开始。该书第一句话是"拉莫茨维在非洲有一家侦探社，就位于卡里山脚下"[4]，而后者的开头则是"我的非洲庄园坐落在恩戈山麓"[5]。亚历山大·麦考尔·史密斯随后转向描写

① Somali Saren, "Detecting Postcolonial McCall Smith's Lady Detective and Botswanian Crime Scene", *Glocal Colloquies*, 2016, 2(1), p. 3.

② 有学者认为，"后殖民时期的犯罪现场"与形而上侦探小说相结合，就诞生了后殖民侦探小说( postcolonial detective fiction )，它专门用以表现后殖民社会中的问题。后殖民侦探小说中的世界仍然受殖民主义困扰，可能犯罪者本身就是受害者，而调查者也是犯罪者。因此，这种小说难以界定"正确"和"错误"，"正义"和"法律"。虽然《第一女子侦探社》发生在后殖民时期的博茨瓦纳，但故事中社会秩序整体良好，对"正义"有着明确的追求，且小说重点不是对殖民主义的批判。故其不是后殖民主义侦探小说，作者只是在文本中的一些语句里表达了后殖民主义反思。见 Somali Saren, "Detecting Postcolonial McCall Smith's Lady Detective and Botswanian Crime Scene", *Glocal Colloquies*, 2016, 2(1), pp. 1-18.

③ Mary S. Lederer, *Novels of Botswana in English, 1930-2006*, New York: African Heritage Press, 2014, p. 134.

④ 亚历山大·麦考尔·史密斯：《拉莫茨维小姐》，王鹏译，北京：国际文化出版公司，2004年，第1页。本节关于《拉莫茨维小姐》的引文均出自此版本，以下引用随文标注页码，不再一一详注。

⑤ 卡伦·布里克森：《走出非洲》，周国勇、张鹤译，长沙：湖南人民出版社，1987年，第3页。

侦探社简单的室内装修，这与布里克森笔下肯尼亚①"前时代"（prelapsarian）的非洲大草原美景形成鲜明对比。而在第二部书《长颈鹿的眼泪》中，有两个博茨瓦纳人讨论弗洛伊德（Sigmund Freud，1856—1939）提出的恋母情结："我看不出男孩子爱自己的母亲有什么不对……如果男孩子们不爱自己的母亲，他（弗洛伊德）照样会感到焦虑。"②这些幽默的语句是在以一种滑稽的方式质疑西方在世界知识体系中的霸权。最有讽刺意味的是，拉莫茨维女士是美国作家克洛维斯·安德森（Clovis Anderson）作品《私人侦探守则》（*The Principles of Private Detection*，以下简称《守则》）的忠实粉丝，她就是用这本书学习如何做侦探的——虽然其实际行动往往违背《守则》。在第13部书《林波波私家侦探学院》（*The Limpopo Academy of Private Detection*，2012）里，拉莫茨维终于与安德森相遇，结果发现盛名之下其实难副，对方的侦探能力令人失望。③

在小说中，西方与非洲的观念差异也体现为传统与现代的冲突，这首先表现在主人公普莱舍斯·拉莫茨维身上。她在莫丘迪的一个村子里长大，没受过高等教育，而是自学成才，30多岁才在哈博罗内正式开始了职业生涯。作为一名独立女性，她选择了一种只能存在于现代社会里的职业。城市化之前，博茨瓦纳的乡村里没有秘密，人们的生活是随着城镇发展复杂起来的，这时他们才需要侦探。拉莫茨维卖掉了亡父留下的牛群，从而筹集了一笔成立侦探社的资金，而在博茨瓦纳这样一个如此重视牛的国家，她的举动是革命性的。另外，拉莫茨维的助手格雷斯·玛库兹（Grace Makutsi）也是一位职业女性，她在博茨瓦纳秘书学院毕业时拿到了历史最高分，且从未因家庭放弃工作。然而，"现代"并不全是优点。普莱舍斯·拉莫茨维曾经违背父亲的意愿，与一个时髦的、喜欢爵士乐的号手诺特·莫科蒂（Note Mokoti）结婚。但这段短暂的婚姻给普莱舍斯留下

---

① 布里克森到达肯尼亚时，该国家被称为英属东非保护地（1895—1920）。肯尼亚于1963年12月12日正式独立，但仍留在英联邦内。

② 亚历山大·麦考尔·史密斯：《长颈鹿的眼泪》，赵重今、刘凌云译，北京：国际文化出版公司，2004年，第88页。

③ 克洛维斯·安德森是个虚构的小说角色，亚历山大·麦考尔·史密斯曾在接受采访时表示，他"实际上是一个失败者……从来没有真正成为一个很好的私人侦探"。见 Somali Saren, "Detecting Postcolonial McCall Smith's Lady Detective and Botswanian Crime Scene", *Glocal Colloquies*, 2016, 2(1), p. 12.

了无数伤痛，在遭受家庭暴力并失去一个孩子后，她回到了父亲奥拜德·拉莫茨维身边（Obed Ramotswe）。直到奥拜德去世后，普莱舍斯·拉莫茨维才真正独立，但她之后又选择了一个与父亲相似的丈夫——J. L. B. 马特科尼（J. L. B. Matekoni）。马特科尼比普莱舍斯大十岁，是一位机械师，经营着特洛克翁大街快捷汽车维修公司（Tlokweng Road Speedy Motors）。可以说，普莱舍斯一直是父亲的好女儿，丈夫的好妻子。亚历山大·麦考尔·史密斯总结："她既是一名优秀的侦探，也是一个好女人。"（3）

## 二、拉莫茨维女士：一位现代非洲侦探

首次出场时，普莱舍斯·拉莫茨维34岁，是一位出身中产阶级的成熟女性。她为人保守，行为得体，无任何不良嗜好（甚至不饮酒）。同时，拉莫茨维是自豪的爱国者，更是博茨瓦纳传统道德的护卫者，就连其丰满的体态也合乎当地的老式审美。她有着敏锐的观察力，能够洞悉人性，破案时依靠灵感。她坚信，不能忽视解谜过程中产生的预感，因为"预感是另一种类型的知识"（90）。在书中这个没有太多"实际犯罪"（actual crime）的博茨瓦纳社会[①]，拉莫茨维女士总能帮助她的客户解决生活难题。因此，她很难不让人联想起阿加莎·克里斯蒂（Agatha Christie，1890—1976）笔下的简·马普尔小姐（Jane Marple）。早在2002年《纽约时报》的一份书评中，美国编辑艾莉达·贝克（Alida Becker）就称拉莫茨维女士为"博茨瓦纳的马普尔小姐"[②]。有趣的是，拉莫茨维自己也用阿加莎·克里斯蒂论证女人从事侦探职业的可能性：

"无论如何，女人可以做侦探吗？你认为她们行吗？"

……

---

① Charles L. P. Silet, "The Possibilities of Happiness: a conversation with Alexander McCall Smith", *Mystery Scene*, July 21, 2022, www.mysteryscenemag.com/46-articles/feature/91-the-possibilities-of-happiness-a-conversation-with-alexander-mccall-smith?showall=1.

② Muff Andersson and Elsie Cloete, "Fixing the guilt: Detective fiction and the No.1 Ladies' Detective Agency series", *Tydskrif vir letterkunde*, 2006, 43(2), p. 131.

  "妇女们都很明白道理，"她（拉莫茨维）从容地说道，"她们有自己的眼光。难道你没有听说过阿加莎·克里斯蒂吗？"

  他（遗产律师）的立场有些倒退。"阿加莎·克里斯蒂？我当然知道她。是的，有这么回事。女人的眼光比谁都敏锐，谁都知道。"（68）

  但拉莫茨维女士行事颇有硬汉派侦探的风格，"更多地基于行动，而非依靠智力"[①]。她可以轻松用步枪射杀食人鳄鱼，还能为了寻找证物而独自一人解剖鳄鱼。（80）当案件需要时，她也能毫不介意地用女性魅力解决问题。这表明，拉莫茨维是一位糅合了非洲及西方知识体系的混杂性人物。可是，她身上有一个矛盾点，显示这两种文明没能完全融合，这就是道德困境。

  在追寻真相和正义的过程中，侦探难免会遇到难题。比如，在阿加莎·克里斯蒂的《东方快车谋杀案》（*Murder on the Orient Express*，1934）中，比利时侦探波洛（Hercule Poirot）发现死者是个逍遥法外的绑匪，曾害死了一家人。而凶手则是列车上的12名旅客，他们杀人是为了替这家人复仇。真相大白后，波洛提出了两种结论，从而帮助这些复仇者逃脱了罪名。但这也意味着，素来坚信法律至上的波洛选择了人情，放弃了法理。而在亚历山大·麦考尔·史密斯的小说里，拉莫茨维捍卫道德，有时却不得不面对道德难题。调查案件时，她经常需要放下传统道德，转而全力发掘真相。但或许，真相本身就是伤人的。第二部书《长颈鹿的眼泪》中，拉莫茨维和助手玛库兹受人所托，调查一件出轨案。她们发现，委托人的妻子确实有情夫，甚至这对夫妻唯一的孩子也是其情夫的血脉。因此，如果说明真相，孩子的前途会被毁掉（他的学费由情夫支付）；如果隐瞒事实，则会违背侦探的职业道德。最终，事实得到了美化，玛库兹告诉委托人，妻子确实对他不忠，但她是为了孩子出轨的。她需要找人支付学费，这才能给孩子换个好学校。面对这种道德困境，拉莫茨维不是没有过纠结，但严肃的思考往往被搁置，她的生活总会重归宁静："这个解决办法中有一个很大的道德缺陷，但是要想详细地说明这一切需要很多的思考和讨论。如果她有时间的话，她会和

---

[①] Somali Saren, "Detecting Postcolonial McCall Smith's Lady Detective and Botswanian Crime Scene", *Glocal Colloquies*, 2016, 2(1), pp. 13-14.

玛库兹深入地探讨一下这件事情的。"①第三部书《漂亮女孩的美德》中，拉莫茨维又一次遇到了难题。孤儿院院长博托克瓦尼（Potokwane）请她帮忙查找一个古怪男孩的来历，然而她发现，这个孩子是由野兽养大的。为了让这个男孩远离世人异样的目光，拉莫茨维和博托克瓦尼成了隐瞒真相的同谋：

> 拉莫茨维女士说："我想，有些事情还是听其自然的好，我们不需要知道所有事情的答案。"
> "我也这么想，"博托克瓦尼说，"难得糊涂。"
> 拉莫茨维女士沉思了片刻。这是个很有意思的看法，但她不敢确定这种看法是否总是对的，这需要进一步的思考，但不是现在。现在，她最想做的事情就是开车与马特科尼一起去莫丘迪……②

拉莫茨维的逃避体现了亚历山大·麦考尔·史密斯的态度，他无意令读者思考严肃的道德问题，而是希望自己的作品保留通俗小说的本质。在其笔下，博茨瓦纳是非洲大地上的一片净土，永远阳光灿烂，永远平静祥和。马特科尼先生曾感叹："博茨瓦纳是个幸运的国度。没有人被饿死，也没有人会因为他们的政治信仰而入狱……博茨瓦纳人在任何地方都抬得起头来。"③但日光之下总有阴影，没有任何地方十全十美，侦探必须探索社会中的灰色地带。《第一女子侦探社》系列也关注博茨瓦纳的现实问题，并在文本中对这些问题予以反映，这使亚历山大·麦考尔·史密斯的作品区别于其他同类小说。正如拉莫茨维所说："非洲的苦难如此深重，你却想耸一耸肩，转身就走。但是，你不能那么做。你真的不能。"（262）虽然如此，这套书永远停留在"中间"位置，亚历山大·麦考尔·史密斯在批判社会问题时仍有所保留。

---

① 亚历山大·麦考尔·史密斯：《长颈鹿的眼泪》，赵重今、刘凌云译，北京：国际文化出版公司，2004 年，第 258 页。
② 亚历山大·麦考尔·史密斯：《漂亮女孩的美德》，范蕾译，北京：国际文化出版公司，2004 年，第 238 页。
③ 亚历山大·麦考尔·史密斯：《长颈鹿的眼泪》，赵重今、刘凌云译，北京：国际文化出版公司，2004 年，第 89—90 页。

### 三、侦探小说中的现实关注

在现代社会中，一些非洲人依然迷信巫术，他们甚至会杀人以获取施法材料，这就是活人祭仪。1994年11月，一个名叫塞加梅蒂·莫戈莫蒂（Segametsi Mogomotsi，1980—1994）的少女在博茨瓦纳的莫丘迪失踪，次日，人们在灌木丛中发现了被肢解的尸体。博茨瓦纳人普遍认为，这个女孩死于活人祭仪，但案件真相迟迟不明，引发了当地学生和市民的抗议。次年年初，哈博罗内因此发生了骚乱，大学因学生抗议而停课两周。后来，尤妮蒂·道根据这一事件创作了小说《无辜者的尖叫》，这本小说里被杀的是12岁的女孩尼奥。道在书中以受害者亲属的口吻控诉："侦探先生：她是因为传统医学而被杀害的。穆蒂、迪费可和蒂特勒海尔……每个人都知道是大人物为活人祭而行凶。"[1]事实上，穆蒂是非洲人用植物、动物等制成的巫药；蒂特勒海尔一般是用于恶意害人的法术；[2]而迪费可是指一个人被绑架、杀害并切除身体各部分，用来制作特殊的穆蒂，以促进持有者的事业发展。[3]莫戈莫蒂就因迪费可而死，因为这种巫术需要用到青少年的身体组织。

1998年出版的《第一女子侦探社》也受到了莫戈莫蒂案的启发，拉莫茨维女士的家乡就是莫丘迪。[4]这部小说中失踪的是个男孩，即11岁的托比索（Thobiso），人们在村子附近搜寻了两个月也没找到他。绝望的父亲写信向女侦探求助，但拉莫茨维无能为力，因为孩子生还的可能性几乎为零。她知道，有时一些权势人物会委托巫医配制穆蒂，此时就会有小孩被杀死制成药材。不久后，马特科尼告诉拉莫茨维，他在一个大人物的车里发现了一个装着穆蒂的小包，里面有一小块骨头。拉莫茨维请医生检查，发现它是儿童的掌骨，骨头顶端甚至还

① Unity Dow, *The Screaming of the Innocent*, Melbourne: Spinifex press, 2002, pp. 68-69.

② Caroline Dennis, "The Role of 'Dingaka tsa Setswana' from the 19th Century to the Present", *Botswana Notes and Records*, 1978, 10(1), p. 53.

③ Charlanne Burke, "They Cut Segametsi into Parts: Ritual Murder, Youth, and the Politics of Knowledge in Botswana", *Anthropological Quarterly*, 2000, 73(4), p. 208.

④ 还有一部侦探小说取材于此案，即迈克尔·斯坦利的《致命收获》（*Deadly Harvest*，2013），库布系列的第四本书。

有少量"尚未完全干燥"的人体组织。（201—202）她受到触动，决定查明真凶。经过一番努力，拉莫茨维找到了巫医的住址，她独自开车前往该处，结果只遇到了巫师的妻子。巫医的妻子声称，托比索确实是被丈夫掳来的，但他被送到了牛圈干活。另外，托比索也没有失去手掌，穆蒂中的人骨来自国外："你在约翰内斯堡可以买到许多骨头。难道你不知道吗？它们一点儿都不贵。"（259）于是拉莫茨维把托比索送回了家，孩子与亲人团聚，从此回归了正常生活。

与《第一女子侦探社》皆大欢喜的结局不同，《无辜者的尖叫》在失望中收尾。杀死女孩的主谋是三个有权有财的大人物，从犯则是当地一位受人尊重的村中长者。后者参与了杀人分尸的全过程，最终受良心谴责坦白了一切，随后自缢而死。迟来的真相很难为死者申冤，而村民已经交出了唯一的证物血衣。这个相当黑暗的结局更加符合现实，因为直到2015年，莫戈莫蒂案的真凶依然不明。[①]就在《第一女子侦探社》出版第三年，人们在伦敦泰晤士河里发现了一个尼日利亚小男孩的残缺尸体，他是活人祭的受害者。显然，黑暗并不遥远，不是所有孩童失踪案都能圆满解决。

亚历山大·麦考尔·史密斯关注的另一个主要问题是博茨瓦纳内部的种族主义，即茨瓦纳人对少数民族桑人的歧视。贝西·黑德早在《玛汝》中就谈论过这个问题，但现代博茨瓦纳社会中的桑人却还未得到平等地位。20世纪70年代，博茨瓦纳政府开始大量将桑人的旧有土地转让给白人定居者和以农牧为主的多数民族。[②]当局想把桑人迁出卡拉哈里中部野生动物保护区（Central Kalahari Game Reserve），由此引发了桑人的抗议，并导致了一场旷日持久的官司。2006年12月，桑人终于胜诉，但其权利依然没有得到完全保障。失去土地的桑人逐渐融入博茨瓦纳社会，却不得不面对主体民族异样的目光。为了反映这一点，亚历山大·麦考尔·史密斯安排小说里的马特科尼先生收养了两个桑人孤儿，也就是坐在轮椅上的残疾女孩莫索莱丽（Motholeli）和她的亲弟弟普索（Puso）。

---

① Sharon Mathala, "Segametsi unveiling reminder of uncompleted investigations", *Mmegi Online*, April 27, 2015, mmegi.bw/news/segametsi-unveiling-reminder-of-uncompleted-investigations/news

② S. James Anaya, "Report of the Special Rapporteur on the situation of human rights and fundamental freedoms of indigenous people", *United Nations Human Rights Council*, 2010, p. 15.

对此，马特科尼家女佣的态度代表了社会的主流观念："有点自尊的人都不会把巴萨瓦孩子带到一个普通人的家里，并让他们在那里居住。这些人都是小偷……做善事是要有限度的。"①但作为马特科尼的未婚妻，拉莫茨维很快接纳了莫索莱丽和普索，真正成了一名母亲。在上一段婚姻中，她曾因家庭暴力而早产，从此无法生育，这两个孩子弥补了她的遗憾。同时，文本有意识地颠覆了性别期望（gender expectation），普索有艺术天赋，而莫索莱丽喜欢机械工作，这表示马特科尼先生能拥有一个事业接班人。在第九部书《快捷汽车的奇迹》（*The Miracle at Speedy Motors*，2008）中，这对夫妇希望现代医术能让养女摆脱轮椅，于是带着她去约翰内斯堡治疗，为此拉莫茨维卖掉了父亲留下的其他牛。奇迹没有发生，但拉莫茨维和马特科尼的付出让莫索莱丽十分感激，她表示："我很幸福。我将继续幸福下去。"②很明显，这四个人组成了一个充满爱的家庭。

然而，偏见和歧视的阴影一直笼罩着桑人。拉莫茨维的养子普索在学校遭到同学欺凌，这个叛逆的男孩因此非常痛苦，甚至想否认自己的出身。但普索永远不能回归自己的族群，因为他忘记了在艰难环境中谋生的基本技能，更因为失去土地的桑人居无定所、难以找寻。③现代化进程无法逆转，普索只能努力适应哈博罗内的生活。而在融入现代社会的过程中，"堕落"的可能性始终存在，其他桑人已经证明了这一点：第一部书中，巫医的桑人仆佣负责看管托比索，他经常殴打男孩（260）；在第二部中，桑人珠宝商卖给马特科尼一枚订婚戒指，结果上面的钻石其实是人造锆。④这令人心存警惕，拉莫茨维女士也一向关注子女成长，她成功把两个桑人孤儿教养成了好孩子。可以说，通过拉莫茨维的重组家庭，亚历山大·麦考尔·史密斯梦想了桑人与茨瓦纳人的和谐共存。但两个顺从的孩子完全被博茨瓦纳的主流文化同化，这反而是另一种不平等。

---

① 亚历山大·麦考尔·史密斯：《长颈鹿的眼泪》，赵重今、刘凌云译，北京：国际文化出版公司，2004 年，第 119 页。

② Alexander McCall Smith, *The Miracle at Speedy Motors*, New York: Little Brown and Company, 2008, p. 212.

③ 亚历山大·麦考尔·史密斯：《漂亮女孩的美德》，范蕾译，北京：国际文化出版公司，2004 年，第 238 页。

④ 亚历山大·麦考尔·史密斯：《长颈鹿的眼泪》，赵重今、刘凌云译，北京：国际文化出版公司，2004 年，第 259 页。

## 四、遭受争议的"局外人"

身为《第一女子侦探社》系列的创作者，亚历山大·麦考尔·史密斯常因讳言艾滋病问题而遭到指责。众所周知，自20世纪90年代以来，博茨瓦纳就遭到艾滋病的重创。时至今日，该国仍在大力抗击艾滋病。尤妮蒂·道的第一部作品《比远方更远》就与此有关，而亚历山大·麦考尔·史密斯的小说却对病毒讳莫如深。例如，他第一次提到艾滋病是在第三部书《漂亮女孩的美德》中，玛库兹的哥哥得了这种病。亚历山大·麦考尔·史密斯没有说明这种病的真实名称，只是暗示："可怕的疾病正慢慢吞噬着他的生命，就像干旱毁掉一方绿洲一样。"①同时，由于艾滋病独特的传播方式，亚历山大·麦考尔·史密斯进一步将其处理为道德问题。在第七部书《蓝鞋与幸福》（*Blue Shoes and Happiness*，2006）里，侦探所的一位女客户波比（Poppy）说："看看所有这些不忠的行为造成了什么。人们正因此而死亡，不是吗？许多人正在死去。"而拉莫茨维和玛库兹以沉默表达了对她的认同，"波比这些话是无可非议的。那就是事实。就是真的。"②这种态度是不科学的，艾滋病只是一种疾病，把它与道德关联起来绝对无益于病人治疗。然而，正如《博茨瓦纳英语小说（1930—2006）》所言，亚历山大·麦考尔·史密斯采用了博茨瓦纳人的通用方式谈论艾滋病，即"没有提到这种疾病的名字，但知道它一直存在，在葬礼间，在这么多家庭成员的痛苦中"。③尤妮蒂·道、麦克斯·埃塞克斯合著的《周末葬仪》里，就有这样的语句："当时有人说她死于艾滋病，家里人还为此打了一架，狠狠地把那人打了一顿。"④因此，在这一点上，麦考尔·史密斯无须受到太多批评。

总而言之，亚历山大·麦考尔·史密斯是在以"局外人"的视角描写博茨瓦纳。《第一女子侦探社》系列确实有不足之处，但这不会对小说整体水平

---

① 亚历山大·麦考尔·史密斯：《漂亮女孩的美德》，范蕾译，北京：国际文化出版公司，2004，第36—37页。

② Alexander McCall Smith, *Blue Shoes and Happiness*, Edinburgh: Polygon, 2006, p. 36.

③ Mary S. Lederer, *Novels of Botswana in English, 1930-2006*, New York: African Heritage Press, 2014, p. 123.

④ 尤妮蒂·道、麦克斯·埃塞克斯：《周末葬仪》，卢敏，朱伊革译，武汉：武汉大学出版社，2019年，第9页。

造成伤害。最为可贵的是，他有一颗"非洲之心"，能看到博茨瓦纳人的宝贵品质。例如，该系列的第二部书里，拉莫茨维女士送给美国客户一个手编篮子，对方以博茨瓦纳礼节接受了礼物，而篮子上的传统图案就是"长颈鹿的眼泪"。但长颈鹿为什么会流泪？作家给出了一个温柔的答案，"我们可以赠送给其他人很多东西"，"而长颈鹿没有东西可以赠送——除了眼泪"。[1]显然，这个篮子不单单是一份具有异国特色的手工艺品，更是博茨瓦纳美德的象征。就这样，亚历山大·麦考尔·史密斯用自己的作品描写了"非洲所有美丽的事物，笑声和爱"[2]。

---

[1] 亚历山大·麦考尔·史密斯：《长颈鹿的眼泪》，赵重今、刘凌云译，北京：国际文化出版公司，2004年，第260页。

[2] 同上，第262页。

## 第二节
## 博茨瓦纳科幻小说的崛起：特罗特洛·特萨马瑟和谢丽尔·恩图米 ①

## 作品评析

### 一、非洲科幻小说的源与流

科幻小说诞生于20世纪20年代的美国，以一种新兴的杂志——纸浆杂志（pulp magazine）为主要载体。1926年，卢森堡裔美国发明家雨果·根斯巴克（Hugo Gernsback，1884—1967）创办了世界上第一本科幻杂志《惊奇故事》（*Amazing Stories*），就此宣告了新小说的诞生。可以说，科幻小说是"变化的文学"，它可以和任何其他小说类型融合。②科幻小说的黄金时代结束后，六七十年代的新浪潮作家们大肆进行文体实验，从此这种小说开始与其他类型的小说融合。进入21世纪后，科幻小说经常被视为推想小说的子类。推想小说原先是罗伯特·海因莱因（Robert Anson Heinlein，1907—1988）于1947年提出的"Science Fiction"代替品，③但今天已经成为混合科幻、奇幻、恐怖等多种子类

① 这一节主要探讨博茨瓦纳的英语科幻小说，其代表作家是特罗特洛·特萨马瑟和谢丽尔·恩图米。可以说，她们的创作是和非洲科幻小说发展过程分不开的。

② 詹姆斯·冈恩：《交错的世界：世界科幻图史》，姜倩译，上海：上海人民出版社，2018年，第19页。

③ 詹姆斯·冈恩：《交错的世界：世界科幻图史》，姜倩译，上海：上海人民出版社，2020年，第186页。该书把"Speculative Literature"译为"臆想文学"，而国内学界最早专门引入这一小说概念的是金敏娜，她接连发表了两篇论文，《国外思辨小说发展和研究》（2019）和《西方思辨小说发展历程》（2020）。在本文中则将这一词译为"推想小说"。

的"超级小说",它几乎可以指代一切描写"异世界"的虚构文学作品。

早在"科幻小说"一词被发明前,这种小说就已经存在了,且其诞生与殖民主义有关。大航海时代拓宽了欧洲人的视野,描写他们在神秘异邦与"非欧洲人"相遇的冒险小说成为科幻小说的先声。①随着工业的迅速发展和殖民者侵略版图的扩大,"未被发现的国家"才演变成了太空中的星系、时间尽头等更加遥远的地方。②例如,儒勒·凡尔纳(Jules Gabriel Verne,1828—1905)的《南非洲历险记》(*Meridiana: The Adventures of Three Englishmen and Three Russians in South Africa*,1872)即以贝专纳为背景。③在这本小说中,为了测量卡拉哈里沙漠中的子午线弧度,三个英国人和三个俄国人来到非洲南部。他们雇用了布须曼人当向导,还遭到了茨瓦纳人的攻击。不久后,科幻小说里就出现了反殖民主义的声音。H.G.威尔斯(Herbert George Wells,1866—1946)的《星际战争》(*The War of the Worlds*,1898)讲述了火星人入侵伦敦,用先进武器征服大英帝国的故事。在此书开头,威尔斯就要求其英国读者思考,火星人的侵略行为与欧洲人对塔斯马尼亚人的种族灭绝有何区别?他让殖民者变成被殖民者,从而通过"逆转"表达了自己对殖民暴行的抗议。④然而,这种思想在当时没能成为主流,科幻小说始终未远离种族主义的阴影。甚至有些科幻作家自己就是公开的种族主义者,如H. P. 洛夫克拉夫特(Howard Phillips Lovecraft,1890—1937)和约翰·W. 坎贝尔。

显然,科幻小说长期由白人主宰,但黑人也可以用科幻小说表达对殖民主义和种族主义的反对,这种声音首先来自非裔美国作家。例如,马丁·德拉尼(Martin Robison Delany,1812—1885)是黑人民族主义的第一个支持者,他呼

---

① John Rieder, *Colonialism and the Emergence of Science Fiction*, Middletown: Wesleyan University Press, 2008, p. 2.

② Ian P. MacDonald, *Alter-Africas: Science Fiction and the Post-Colonial Black African Novel*, New York: Columbia University, 2014, p. 9.

③ Mary S. Lederer, *Novels of Botswana in English, 1930-2006*, New York: African Heritage Press, 2014, p. 91.

④ John Rieder, *Colonialism and the Emergence of Science Fiction*, Middletown: Wesleyan University Press, 2008, p. 5.

吁回归"非洲人的非洲"（Africa for Africans）①。他创作的《布莱克；或美国的小屋》（*Blake; or the Huts of America*, 1859）被认为是黑人科幻小说的先驱。在这本书中，黑人布莱克的妻子被卖为奴隶，于是布莱克决心发动起义，拯救妻子并带领同胞返回故乡非洲。20世纪初，著名的非裔编辑波琳·霍普金斯（Pauline Elizabeth Hopkins，1859—1930）创作了《同一血脉》（*Of One Blood: Or, The Hidden Self*，1902），这是第一本以非洲为背景并描写非洲人物的黑人科幻小说。在书中，混血主人公在埃塞俄比亚考古，却发现了一个拥有先进文明的避世之国，这个黑人国度和他有着奇特的关系。

## 二、非洲科幻小说的美学特色

非洲也有自己的科幻小说，但它不同于传统科幻，而是更像今天的推想小说，其中既有科技又有魔法。非洲科幻小说融合了民间故事、传统文化、宗教传说等因素，学者伊恩·麦克唐纳（Ian P. MacDonald）甚至专门为这种独特的美学创造了一个术语——"jujutech"②。它的出现可以追溯至20世纪30年代，且从一开始就发出反殖民主义的呼声。喀麦隆作家让-路易·恩古鲁（Jean-Louis Njemba Medou，1902—1966）用布鲁（Bulu）语写了小说《恩南加·孔》（*Nnanga Kon*，1932），讲述了白人传教士阿道夫·古德（Adolphus Good，1856—1894）首次到达当地的故事，赢得了当年伦敦非洲研究所的文学奖项。③ "Nnanga Kon"的意思是"白鬼"，此书把白人殖民者描绘成了技术先进的超自然生物。尼日利亚作家穆罕默德·卡加拉（Malam Bello Kagara，1890—1971）在不久后

---

① Sam P. K. Collins, "Martin Delany: The Father of Black Nationalism", *The Washington Informer*, February 24, 2021, www.washingtoninformer.com/martin-delany-the-father-of-black-nationalism.

② Ian P. MacDonald, *Alter-Africas: Science Fiction and the Post-Colonial Black African Novel*, New York: Columbia University, 2014, p. 178. "juju"是（西非土著魔法中使用的）护符、物神，指代魔法、巫术。

③ Eloise A. Brière, "Writing in Cameroon, the First Hundred Years", *Tydskrif Vir Letterkunde*, 2016, 53(1), p. 52.

发表豪萨语小说《历险记》（*Gandoki*，1934），在书中创造了一个充满神秘生物的奇幻世界，那里的人都参与了抗击英国侵略者的活动。①1969年，科幻与幻想爱好者俱乐部（Science Fiction & Fantasy South Africa）在南非成立，其自办的杂志《探测仪》（*Probe*）为该国科幻小说提供了一个发表地。②博茨瓦纳此时没有参与，其英语文学中科幻小说的兴起要到下一阶段。

随着非洲国家纷纷独立，现实压力不再如此沉重，教育又提高了人民素质。于是人们开始关心未来和技术，后殖民时代的非洲科幻小说逐渐发展起来。也正是在21世纪初，博茨瓦纳英语科幻小说崭露头角。1993年，美国白人学者马克·德里（Mark Dery，1959— ）创造了"非裔未来主义"（Afrofuturism）③一词。它本来指的是"非裔美国人的推想小说"④，但在之后成长为糅合了科幻、历史、奇幻等因素的文化美学，并扩展到音乐、电影、时尚多个领域。而随着南非裔加拿大导演尼尔·布洛姆坎普（Neill Blomkamp，1979— ）执导的科幻电影《第九区》（*District 9*，2009）取得巨大成功，非洲艺术家的作品因其前卫、创新而受到了世人关注。2010年，肯尼亚导演瓦努里·卡休（Wanuri Kahiu，1980— ）执导的科幻短片《呼吸》（*Pumzi*，2010）在圣丹斯电影节放映，赢得了多个奖项。与此同时，非洲科幻小说也开始飞速发展。2011年，世界奇幻奖和亚瑟·C.克拉克奖的获奖作品均为非洲小说，前者是尼日利亚裔美国作家妮狄·奥考拉夫（Nnedi Okorafor，1974— ）的《谁害怕死亡》（*Who Fears Death*，2010），后者则是南非作家劳伦·布克斯（Lauren Beukes，1976— ）的《动物园之城》（*Zoo City*，2010）。而科技本身又推动了科幻小说的发展，网络为读者、作者和出版商提供了一个良好的平台。非洲出现了多家数字文学杂志，其中《奥麦纳纳》（*Omenana*）、《邪恶之物》（*Something Wicked*）、《这会是

---

① Tade Thompson, "Please Stop Talking About the 'Rise' of African Science Fiction", *Literary Hub*, September 19, 2018, lithub.com/please-stop-talking-about-the-rise-of-african-science-fiction.

② Luiza Caraivan, "21ˢᵗ Century South African Science Fiction", *Gender Studies*, 2014, 13(1), p. 97.

③ Afrofuturism 也可译为"非洲未来主义"，如林大江《西方文论关键词 非洲未来主义》（载《外国文学》2018 年第五期）。但在这里，为了与下文中的 Africanfuturism 形成对比，译为非裔未来主义。

④ Lisa Yaszek, "Afrofuturism, Science Fiction, and the History of the Future", *Socialism and Democracy*, 2006, 20(3), pp. 41-42.

个问题吗》（*Will This Be A Problem*）都专门刊登推想小说，这扩大了科幻小说的受众。谢丽尔·恩图米就表示，身为作家和读者，她会永远感谢互联网创造的机会："那里有一个完整的世界……我已经在网上发表了一些作品，感觉有更大的空间来容纳各种不同的声音。"①

　　研究者也逐渐注意到了非洲科幻小说。2012年，第一本专门收录非洲科幻小说家作品的选集《黑人科幻小说》（*AfroSF: Science Fiction by African Writers*）出版。2013年，著名的科幻学者马克·博尔德（Mark Bould，1968—）编辑了《非洲科幻小说》（*Africa SF*），这是一本专门研究非洲科幻小说的论文集。2016年，《剑桥后殖民文学研究杂志》（*Cambridge Journal of Postcolonial Literary Inquiry*）发行了一期以非洲科幻小说为主题的专刊。同年，非洲推想小说家协会（African Speculative Fiction Society）成立；次年该协会开始颁发诺莫奖（Nommo Award），这一奖项只授予非洲推想文学。2019年，为了与非裔美国科幻小说进区分，妮狄·奥考拉夫创造了"非洲未来主义"（Africanfuturism）一词，它植根于非洲本土的文化和历史，与科技相结合，且并不排斥散居在外的非裔人士。至此，非洲科幻小说的发展势头更加强劲。尼日利亚作家塔德·汤普森（Tade Thompson，1970—）的《玫瑰水》（*Rosewater*，2016）赢得了首届诺莫奖和2019年的亚瑟·C.克拉克奖，美籍赞比亚裔作家纳姆瓦利·塞尔佩尔（Namwali Serpell，1980—）的作品《古老的漂流》（*The Old Drift*，2019）赢得了次年的亚瑟·C.克拉克奖，这都属于"非洲未来主义"作品。2020年10月，影响力最大的非洲数字文学杂志《脆纸》（*Brittle Paper*）发行了可供免费下载的电子文集《非洲未来主义：选集》（*Africanfuturism: An Anthology*，2020），入围了2021年轨迹奖（Locus Awards）。这是第一本直接涉及"非洲未来主义"理念的小说集，由八个短篇组成，其中就有博茨瓦纳作家特罗特洛·特萨马瑟的作品。

---

① "An Interview with Cheryl S.Ntumy", *Will This Be A Problem*, Accessed July 23, 2022, willthisbeaproblem. co.ke/cheryl-s-ntumy-interview.

## 三、特罗特洛·特萨马瑟：走向国际的科幻小说家

特罗特洛·特萨马瑟是茨瓦纳人，主要写科幻、奇幻小说，也创作诗歌和建筑评论文章。她是国际笔会（PEN International）美国分会、美国科幻奇幻作家协会、非洲推想小说家协会等组织的成员。2011年，特萨马瑟凭短篇小说《崇高的无字天空》赢得贝西·黑德短篇小说奖。2017年，她成为第一个入围雷斯灵奖①的博茨瓦纳诗人。2021年，她成为诺莫奖首任博茨瓦纳得主，获奖作品为短篇小说《在我们的虹膜之后》。作品被收录进《非洲未来主义：选集》《世界最佳科幻小说：第一卷》（ *The Best of World SF: Volume 1*，2021）、《2021年度最佳非洲推想小说》（ *The Year's Best African Speculative Fiction*，2021）等，这证明了特萨马瑟的影响是国际性的。

特罗特洛·特萨马瑟认为，写作由热情激发，作家需要处理世界上的各种问题，如种族主义、气候变化、性别暴力等。②她的小说《在我们的虹膜之后》就讨论了劳力剥削、人体植入设备和都市生活的压抑。在故事里，一位失业七个月的平面设计师"我"幸运地得到了一家大型公司的职位，但工作环境让她隐隐感到不安，同事们纷纷劝她及早抽身，主管却让她升级合同。这意味着"我"要吞下一颗药丸，从而将纳米机器人植入自己的虹膜，其产生的数据会被传入公司网络。"我"只能答应这些要求，因为自己没有储蓄或任何实质性财产，不升级合同就意味着失去工作。一旦失业，"我"将重新陷入贫困和绝望的深渊。但签约后，"我"发现了真相：这家跨国公司在利用新技术剥削职工，榨干他们的自由，并夺走他们的利益。对"我"而言，虹膜后的纳米机器人成了镣铐和枷锁，让"我"失去了记忆、情绪乃至身体主控权。但在外界眼中，这家跨国公司近乎完美，拥有良好的福利待遇体系，能为职员提供全额住房、医疗补助和旅行津

---

① 雷斯灵奖（Rhysling Awards）：幻想诗歌类奖项，于1978年设立，每年一度由科幻诗歌协会（Science Fiction Poetry Association，SFPA）评选颁发，评选范围为上一年度发表的科幻、奇幻和恐怖诗歌。"雷斯灵"是指一位名叫雷斯灵的吟游诗人，来自罗伯特·海因莱因的短篇小说《地球上的绿色山丘》（ *The Green Hills of Earth*，1947）。

② "Spotlight – Tlotlo Tsamaase", *Dragonfly.eco*, February 10, 2021, dragonfly.eco/spotlight-tlotlo-tsamaase.

贴。同时，这家"在非洲29个国家设有分部"的公司还拥有"非常忠诚的未婚员工"，这些员工"偶尔喜欢和老板睡觉，他们的思想和历史都存放在公司数据库中，由数据分析师和员工管理顾问监控"。①这个故事的情节能让人联想到一部科幻美剧《人生切割术》（Severance，2022），剧中的公司给职员做了脑部手术，彻底分离了他们的工作和生活记忆。结果，这些员工分裂出了两个人格，完全成了公司的永久"螺丝钉"。可见，技术的问题是全球性的，科幻小说家的"噩梦"可能发生在非洲，还可能发生在世界各地。

特罗特洛·特萨马瑟还认为，写作可以描绘痛苦，从而帮助人们实现净化。她表示，"我是一个黑人妇女——你可以想象黑人妇女所经历的层层虐待，所以我受够了，这是我的精神发泄方式"②。这种思想就体现在其短篇科幻小说《思想箱》（The ThoughtBox，2020）中。这个故事转折更为丰富，它最初发表于美国知名数字科幻杂志《克拉克世界》（Clarkesworld）2020年4月第163期，之后被《2021年度最佳非洲推想小说》收录。《思想箱》的主人公是一位名叫奥格内（Ogone）的博茨瓦纳女子，她的恋情陷入了危机，为此男友送了她一个思想箱作为恋爱周年礼物。思想箱一般只能由侦探和法医人类学家使用，它能记录人的想法并生成文件。在小说中，所有人都已植入了智能设备，直接在大脑中处理一切事务，所以思想箱记录的东西几乎是一个人的全部。男友似乎认为，缺少沟通时间是产生矛盾的直接原因，于是他指望"透明的关系"能让奥格内真正放心。奥格内的朋友凯博卡（Keaboka）却提醒她，思想箱就是个能帮助人"作弊"的AI告密者，它确实能记录一切人类思维，也可以删除或修改文件记录。奥格内因此产生了怀疑，于是她购买了文件修复软件，安装进了思想箱，从而修复了男友和另一个女人戈拉塔·陶（Gorata Tau）的聊天记录。对奥格内而言，这份聊天记录不仅是男友出轨的证据，更是犯罪者自白："男友"是绑架自己的犯罪者，戈拉塔是他的恋人和从犯。这对情侣修改了奥格内的记忆，改造了她的身体，花

---

① Wole Talabi (ed.), *Africanfuturism: An Anthology*, Chicago: Brittle Paper, 2020, p. 50.

② "Spotlight – Tlotlo Tsamaase", *Dragonfly.eco*, February 10, 2021, dragonfly.eco/spotlight-tlotlo-tsamaase.

掉她工作赚来的钱。奥格内还找到了一条新闻，该报道显示，她的真实身份是奥拉托·莫西梅（Olerato Mosime）——3年前失踪的一名19岁女孩。此时，男友发现事情有变，他想回家掩盖犯罪事实。而愤怒的奥格内在自卫中杀死了他，并报警求助。

奥格内的悲剧体现了现代社会的三重矛盾。一是传统与现代的冲突。奥格内是一位在家工作的建筑设计师，她支付两人的生活费，但身为大男子主义者的"男友"并不尊重她。他告诉奥格内，自己要的是"顺从的小女友"："女人不应该和男友顶嘴……我们结婚后，你必须在我祖母醒来之前起床，确保房子干净，你必须为我祖父做饭。"①他还非常自大，坚信自己能控制奥格内，就用思想箱监控她的思维，结果反而让对方发现了真相。小说采用第一人称视角，从头到尾都称呼这个男人为"你"，这说明其观念有一定代表性。实际上，非洲现代女性依然要忍受传统男权社会的压迫。二是劳动剥削和工作对人的异化。"你"每天都忙于处理工作，老板甚至在他身上植入了智能耳蜗，好让他随时接听商务电话。所以"你"不能监督奥格内也不能陪伴戈拉塔，最后只能成为一个失败的"男友"。无处不在的互联网让工作全方位入侵所有人的生活，就连凯博卡也只能在工作间隙跟奥格内交谈，无法给她更好的建议。然而，受到压迫的劳动者"你"又自办了公司，"经营"奥格内，好让她为自己赚钱。三是科技的副作用。小说所提出的一个问题是，技术也会助纣为虐，高科技社会中依然存在犯罪。绑架者把奥拉托·莫西梅改造成了一个由传感器、处理器、驱动器组成的"怪物"。奥格内发现："我不像其他人那样流血。我的血不是红色的。我没有月经周期。我不食用食物，也不饮用液体……（皮肤）是由实验室采集的生物组织和肌肉……在我体内，有用于细胞再生的纳米机器人。铝合金像骨头一样躺在皮肤下面。"②"我"已经不是血肉之身，又失去了记忆和历史——奥拉托失踪于三年前，但我刚"恋爱"一周年。那么，"我"是谁？没人能回答。即便寻求

---

① Tlotlo Tsamaase, "The ThoughtBox", *Clarkesworld Science Fiction and Fantasy Magazine*, April, 2020, https://clarkesworldmagazine.com/tsamaase_04_20.

② 同上。

警方帮助，"我"也永远无法找回原有的生活。

　　非常有趣的一点是，《思想箱》的地理空间是开放的，科技帮助人类实现了数字全球化。奥格内只能待在家里当自由职业者，男友经常出差，戈拉塔·陶身处深圳。这隐喻了他们各自的地位，奥格内是"现代奴隶"，男友大部分时间都在工作。由这两人供养的戈拉塔却在中国攻读MBA（工商管理硕士），网上的一张照片显示，她"对着镜头微笑，身后是广州的摩天大楼"①。作家还在另一个故事中写道，迪拜是一个"被公认为世界上技术最先进的城市"②。"东方"也出现在特罗特洛·特萨马瑟科幻小说的视域里，这表明了其眼界的开阔性。特萨马瑟始终认为，观察"世界另一端的人如何生活、有何梦想"能给人灵感。③一些东方作家对其创作产生了影响，如日本小说家村上春树（Haruki Murakami，1949—　）和波斯诗人鲁米（Rumi，1207—1273）。④现代东方在科技领域取得的巨大进步也给特萨马瑟留下了深刻印象，她用自己的文字表达了这种感受。

　　尽管作品如此国际化，但特罗特洛·特萨马瑟的科幻小说依然在传达博茨瓦纳之声。她声称，从"非西方"的角度创作确实比较困难，但"我们的背景和文化是神圣的，要允许我们把经验、背景或文化倾注到我们的作品中。"⑤另一位博茨瓦纳作家也认为，写作时要注重角色的黑人民族性，因为"黑人的故事是普遍存在的，我们不是一个利基市场（niche market），我们不是少数群体"⑥。这就是谢丽尔·恩图米。

　　谢丽尔·恩图米是一位博茨瓦纳科幻小说家。她出生在加纳，在博茨瓦纳长大，之后也一直在这里生活。恩图米出版的第一部作品《穿越》（*Crossing*，

---

① Tlotlo Tsamaase, "The ThoughtBox", *Clarkesworld Science Fiction and Fantasy Magazine*, April 20, 2020, https://clarkesworldmagazine.com/tsamaase_04_20.

② Wole Talabi (ed.), *Africanfuturism: An Anthology*, Chicago: Brittle Paper, 2020, p. 47.

③ "Spotlight – Tlotlo Tsamaase", *Dragonfly.eco*, February 10, 2021, dragonfly.eco/spotlight-tlotlo-tsamaase.

④ Michael Bailey and Tlotlo Tsamaase, "Wired to The Heart", *Written Backwards*, July 29, 2019, blog.nettirw.com/tag/tlotlo-tsamaase. 就特罗特洛·特萨马瑟而言，《挪威的森林》对她影响较大；而村上的《1Q84》则给了谢丽尔·恩图米一些写作方面的启发。

⑤ 同上。

⑥ "An Interview with Cheryl S.Ntumy", *Will This Be A Problem*, Acessed July 23, 2022, willthisbeaproblem.co.ke/cheryl-s-ntumy-interview.

2010）就赢得了2010年的贝西·黑德奖，她之后凭《移情》（*Empathy*，2018）入围2018年英联邦短篇小说奖。其作品还被选入2017年凯恩奖文集《姆特瓦拉的女神和其他故事》（*The Goddess of Mtwara and Other Stories*，2017）、博茨瓦纳首部大型女性作品集《博茨瓦纳女性书写》和《我们将领导非洲第2卷：女性》。此外，恩图米也写言情小说，因为浪漫关系令她着迷："我把它们看成人类经验的一种缩影，因为它们引出了我们身上所有最好和最坏的特征。"①恩图米的这一观点体现在其科幻小说《冷漠者》（*Nonchalant*，2020）中，该短篇发表于非洲电子文学杂志《这会是个问题吗？》（*Will This be a Problem?*）2020年4月第4期。

"在白天，她就是一切。白天，我爱她胜过生命，我的恶魔无法与之竞争。但在黑暗中，我的病就是一切。"②在《冷漠者》开头，"我"这样总结了自己目前的处境。"我"得了一种病，需要看医生、去互助交流会等各种治疗方式。这种病让"我"焦躁不安，多思多疑，失去了生活乐趣。而唯一支撑"我"的是对恋人的爱，为了留下她，"我"坚持服药，努力治病。有一天，恋人迟迟没有回家，"我"感到委屈和厌倦，于是停止了吃药。但这个"失误"却让"我"发现自己根本没病，反而是社会有问题：

天生的冷漠者很少。大多数人在子宫内就经由生物工程改造。更聪明、更强壮或更漂亮的人不再有优势，但每天都有不正常的孩子出生。处理者，痴迷于精神的精确性；外在者，痴迷于身体的完美；感觉者，痴迷于情感的联系……我是有感觉者倾向的外在者。我们都被谩骂，被灌药，被修补，被咨询，直到我们尽可能地不在乎。③

---

① "An Interview with Cheryl S.Ntumy", *Will This Be A Problem*, Acessed July 23, 2022, willthisbeaproblem.co.ke/cheryl-s-ntumy-interview.

② 同上。

③ 同上。

社会中只应该有冷漠者这一种人。如果一个人不是天生的冷漠者，那就要把他培育成冷漠者，或者用药物治疗。"我"的恋人就是个冷漠者，她根本没有感情。所以"我"逐渐恢复清醒并寻找自由时，爱人就成了狱卒。她知道"我"停止吃药后，就把"我"抓起来送到了医院。"我"清醒后再度反抗，挣扎中把注射器扎进了她的胸腔——注射器本来要用在"我"身上。奇怪的是，最后一剂药已经失效了，但"我"没有悲伤，没有恐惧，只有麻木，彻底成了一个冷漠者。

《冷漠者》和《美丽新世界》的风格类似。"我"曾一度觉醒："我现在觉得自己是人，有思想和感情，我爱它（身体）……我的身体是一座圣殿，该死的，我将把它当作一座圣殿来对待……也许我可以离开，去一个远离所有冷漠者的地方，去与那些也想成为人类、混乱的、活生生的反叛者为伍。"[1]但"我"清楚地知道，伊甸园并不存在，反抗是没有用的。最终政府赢了，杀人让"我"终于成了冷漠者。在恩图米的这篇小说里，"我"生活在一个乌托邦式的社会，一切差距都被强行抹除。人们不能有偏好，不能有享受，甚至香味浓重的沐浴露也是非法商品。作家认为，"所有人一律平等"比"不平等"更可怕。威权无限的"完美"政府会扼杀所有人正常的天性，这或许比特萨马瑟笔下贫富悬殊的都市、庞大诡异的跨国公司更可怕。

总体来说，两位博茨瓦纳科幻小说家都对技术所允诺的"完美"心存警惕，她们追求有瑕疵的真实人性。特萨马瑟的小说《在我们的虹膜之后》中，"我"的同事已经被植入了纳米机器人，却依然能为"有祖母味道"的传统博茨瓦纳食物流泪。[2]讽刺的是，主人公的追求与真实需要背道而行。"我"原本生活在城市下层，只能以街头小贩的粗劣食物果腹。这里是传统与现代的夹缝，小贩身后"是一个又一个的窝棚、一簇又一簇的赤贫，而马路另一边则是两层楼的商场、高档旅馆和4S店"[3]。所以她想向上攀爬，渴望在"技术最先进的城市"当企业高管。然而，这家跨国公司窃取了非洲员工的历史、文化和情感，并以此设计商

---

① " Nonchalant by Cheryl S. Ntumy", *Will This Be A Problem*, Acessed July 23, 2022, willthisbeaproblem.co.ke/nonchalant-by-cheryl-s-ntumy.

② Wole Talabi (ed.), *Africanfuturism: An Anthology*, Chicago: Brittle Paper, 2020, p. 46.

③ 同上，p. 44.

品来牟利。另外，"我"在哈博罗内工作，却有一位欧洲人上司，他有着高高的发际线、粗壮的手指和"某种令我感到恐惧的自信"①。在恩图米的小说《冷漠者》中，"我"渴望恢复真实的人性，因此被强大的政府打压。这符合《21世纪的南非科幻小说》（*21ˢᵗ Century South African Science Fiction*, 2015）中的论断：

"后殖民时代的人类倾向于回归自然，并从自然中汲取能量，以构建更新的交流形式。"②由此可见，特罗特洛·特萨马瑟和谢丽尔·恩图米的作品均属于后殖民时代科幻小说，小说中的威权并不遥远，只是变了形。

科幻小说是一种充满想象力的小说，其中从来不缺对未来的幻想，更不缺希望。2014年，妮狄·奥考拉夫就在一篇名为《非洲科幻小说仍然格格不入》（"African Science Fiction is Still Alien"）的博文中强调，永远不应低估想象力和叙事的能量，科幻小说具有改变世界的潜力。她认为，如果非洲作家不接受科幻小说，他们就有可能继续缺席"通过故事推动技术发展的全球想象的创造过程"③。2021年3月，谢丽尔·恩图米在接受中国新华网采访时也表示，科幻小说依旧是由白人统治的一种小说。在刚开始写作时，恩图米认识的所有科幻作家"都是白人，其中大多数是男性"。不仅如此，海外出版商还要求她主动适应国际市场，那个市场已经为非洲作家准备了特定的故事，根本不想倾听他们真实的声音。恩图米说，"（他们想要的故事）并不比其他故事更重要。感觉世界只想听我们唱一首歌。"④她希望非洲人能够发展自己的事业，不再依赖欧洲或美国——这其中当然也包括科幻小说。特罗特洛·特萨马瑟和恩图米持有相同的看法。她们今天依然在坚持创作，希望能用科幻小说参与博茨瓦纳的未来。

---

① Wole Talabi (ed.), *Africanfuturism: An Anthology*, Chicago: Brittle Paper, 2020, p. 47.

② Luiza Caraivan, "21ˢᵗ Century South African Science Fiction", *Gender Studies*, 2014, 13(1), p. 103.

③ Nnedi Okorafor, "African Science Fiction is Still Alien", *Nnedi's Wahala Zone Blog*, January 16, 2014, nnedi. blogspot.com/2014/01/african-science-fiction-is-still-alien.html.

④ "Feature: Botswana writers add black voices to science fiction genres", *Xinhuanet*, March 18, 2021, http:// www.xinhuanet.com/english/africa/2021-03/18/c_139819958.htm.

# 跋

　　本书共分为"殖民地文学的图景""本土文学的萌芽""文学现代性的发展""传统与现代的冲突"以及"大众文学与历史题材"五章，遴选并研究了在博茨瓦纳英语文学史上产生重要影响的作家作品，以点带面地梳理了博茨瓦纳文学的现代化进程，勾勒出了博茨瓦纳百年英语文学发展的大致轮廓。本书旨在为非洲文学的爱好者和研究者提供参照，为构建第三世界文学话语体系贡献力量。

　　中国和博茨瓦纳素来拥有深厚的友谊和良好的合作关系。博茨瓦纳曾在1971年的联合国大会上为中国恢复合法席位投出赞成一票，与其他非洲兄弟国家一起将中国"抬进了联合国"。中国则对独立之初强邻环伺的博茨瓦纳给予了政治和外交上的支持，充分尊重其独立自主的发展策略。中博于1975年1月正式建交，塞莱茨·卡马总统于次年对中国进行了友好访问，为此后的中博交往打下良好基础。1991年，奎特·凯图米莱·琼尼·马西雷总统对中国进行访问，认为"中国是博茨瓦纳的老朋友，建交以来，两国关系一直在发展"，感谢"中国给予博茨瓦纳的援助并赞扬中国援博茨瓦纳人员的出色工作"[1]，并宣布在中国建立了博茨瓦纳在亚洲的第一个大使馆。2018年，莫克维齐·马西西总统出席中非合作论坛北京峰会，中国国家主席习近平与其进行会谈，这将双边关系推向了新的高潮。除此之外，中国始终支持和帮助博茨瓦纳进行铁路、公路等基础设施建设，并定期派遣医疗队对博茨瓦纳的卫生和防疫事业给予支援。

---

[1] 徐人龙（编著）：《列国志·博茨瓦纳》，北京：社会科学文献出版社，2010年，第292页。

　　2020年年初，新冠肺炎病毒在全球肆虐，给全人类带来了深重的灾难。在全球抗击新冠肺炎的大形势下，中国多次向博茨瓦纳捐赠防疫物资，提供疫苗援助。双方在守望相助中共同建构了更加紧密的中博命运共同体。与政治、经济、医疗等领域的交往类似，中博的文化交流也在不断进行。博茨瓦纳大学和上海师范大学于2008年合作成立博茨瓦纳大学孔子学院便是文化交往的重要一步，双方在人才培养、专业建设、学术研究等方面展开密切合作。然而，新时代的中博文化交流已经不能仅仅停留于浅层，还应当通过深度的学术交流，共同建构新的学术话语体系，促进中博双方的文化互信与文明互鉴。

　　中博百年文学现代化进程具有诸多相似之处，这为中国的博茨瓦纳文学研究及中博文学对比研究提供了平等的历史视野。作为四大文明古国之一，中国拥有悠久而灿烂的文学书写历史，其间诞生了无数文学巨星和灿若星海的优秀文学作品。然而，中国文学的现代化进程却是在西方文明的强势入侵中匆忙起步的。自鸦片战争以来，中国在西方坚船利炮的强势攻击下，从天朝上国的迷梦中逐渐觉醒，逐步沦为了半殖民地半封建社会。相应地，中国传统文学因难以适应社会变革的需求而渐露颓态。在救亡图存的时代感召下，中国知识分子借助西方异质文化的力量，掀起了诗、文、小说界的革命，对文学的主题、语言和表达进行了改良，启发了中国文学现代化的道路。

　　与中国类似，博茨瓦纳的文学现代化进程亦与西方殖民息息相关。早在欧洲人到来之前，博茨瓦纳就创造出了丰富多彩的口头文学，以赞美诗、神话传说、民间故事等口头文学形式传承着民族历史与价值观念。19世纪以来，随着传教士的到来和英国殖民统治的逐步确立，博茨瓦纳的书面英语文学才开始萌芽，并在西方文明的强势裹挟下走上了现代化的道路。中国和博茨瓦纳的文学都有着自身的演变轨迹和发展规律，却都在西方的介入下改变了自身的形态，且在今后相当长的一段时间内受到了西方文学的影响。

　　在反抗殖民的历史时期，中博作家都在时代使命的感召下做出了杰出贡献。1917年，陈独秀、胡适、李大钊等启蒙者以北京大学为文学空间，以《新青年》杂志为阵地，在中国正式发起了文学革命。新文学革命促进了文学观念、文学思想和文学形式的全面革新，也开启了中国现代文学三十年的进程。在此期间，文学研究会、创造社、新月社等纯文学团体大量涌现，在文学理论和创作实绩方面做出了大量贡献。以鲁迅、郭沫若、茅盾、巴金、老舍、曹禺为代表的现代作家，在小说、诗歌、戏剧、散文等领域进行了丰富的创作实践，不仅造就了百家争鸣、百花齐放的繁荣现代文学景观，还更新和形塑着国民的思想观念，进而推动了中国社会的变革。

与中国类似，博茨瓦纳的知识分子意识逐渐觉醒，开启了"旨在本土化和民族化的艰难抗争"①。索尔·普拉杰创作了《穆迪：一百年前的南非生活史诗》这一茨瓦纳民族史诗，歌颂了茨瓦纳人顽强不屈、英勇抗争的民族精神，推动了博茨瓦纳本土文学的发展。此外，提勒·迪桑·拉迪特拉迪用茨瓦纳语创作了历史剧《莫茨瓦塞勒二世》，卡莱曼·杜麦迪索·莫策特用茨瓦纳语创作了后来的博茨瓦纳国歌。这些文学作品展现了博茨瓦纳民族意识的觉醒，鼓舞了贝专纳反抗英国殖民的斗志与决心。

国家的独立也昭示着文学新时代的开始。1949年，中华人民共和国的成立标志着这一古老的国度摆脱了往日的屈辱，走向了新的历史时期。1966年，贝专纳保护地宣布独立并更名为"博茨瓦纳共和国"，在百废待兴中开始了独立发展之路。

新中国成立对于当代文学体制的形成与发展产生了极大影响。赵树理、周立波、孙犁、柳青、丁玲等作家将政治认同与乡村体验相融合，创作了诸多优秀的农村题材长篇小说；吴强、曲波、梁斌、杨沫等作家回顾新民主主义革命历史，创作了《红日》《林海雪原》《红旗谱》《青春之歌》《红岩》等一大批优秀的革命历史小说；郭小川、贺敬之、李季、闻捷等诗人抒发昂扬的政治热情，将沐浴新社会的喜悦融入创作，贡献了大量优秀的政治抒情诗或叙事诗。

独立后的博茨瓦纳则吸引了一批流散作家来此生活，逐渐产生了具有国际影响力的英语文学作品。贝西·黑德从南非流散至博茨瓦纳后开始了创作生涯，凭借多部优秀的英语小说成为国际知名的非洲作家；本土诗人巴罗隆·塞卜尼在

---

① 朱振武、刘略昌：《"非主流"英语文学的历史嬗变及其在中国的译介与影响》，《东吴学术》，2015年第2期，第140—141页。

保护口头语言的同时，将茨瓦纳口头传统融入英语诗歌的创作，在扎根本土的同时走向了国际。除此之外，博茨瓦纳也吸引了外国作家的创作兴趣。美国作家诺曼·拉什以博茨瓦纳为背景创作了多部长篇小说，展现了西方作家对独立后的博茨瓦纳的认知与评判。随着国家政权的确立，中国和博茨瓦纳的作家都在更有归属感的环境下进行文学创作，西方的影响痕迹渐渐减弱，文学的民族性和本土性得到了进一步的确立和彰显。

20世纪八九十年代以来，随着国际形势和社会整体环境的变化，中国和博茨瓦纳的文学都走向了新的发展阶段，并逐渐呈现出严肃文学和大众文学分离的趋势。1976年以来，中国文学首先兴起了"伤痕文学""反思文学"和"改革文学"等创作潮流。到了20世纪80年代，文化小说、寻根小说、先锋文学、新写实等文学流派表现出了各自不同的创作特色，呈现出交相辉映的繁荣局面。进入90年代，市场经济和大众传媒的发展促进了中国文学的多元化发展。以金庸、琼瑶、三毛等为代表的作家掀起了通俗文学阅读的热潮，他们的作品在被影视化的过程中得到了更为广泛的传播。博茨瓦纳自独立以来，始终保持着和平稳定的国内秩序，走上了持续发展的道路。尤其是20世纪八九十年代以来，博茨瓦纳致力于产业结构的调整，在维持传统产业优势的基础上，大力发展制造、旅游、金融等新型产业，创造了经济发展的奇迹。在相对稳定的政治环境中，尤妮蒂·道、贾旺娃·德玛等精英派作家，聚焦艾滋病、性暴力、传统与现代的冲突等现代命题，创作出了具有现实深度的文学作品。与此同时，侦探、言情、科幻等通俗文学逐渐勃兴，借由消费文化和市场经济产生了一定的影响力。21世纪以来，中国和博茨瓦纳的文学都在新的历史语境下呈现出新的风貌，也日益引起国际文坛的关注。

同为后发现代性国家，中国和博茨瓦纳的文学现代化历程具有诸多相似性，也在全球化的语境中面临着相似的困境。因此，中博双方在文学研究方面有着诸多平等对话和共同探索的空间。

中博双方可在具体的文学议题中对话与交流。博茨瓦纳的女性文学是一股强势的文学力量，展现出了很强的文学生命力。本书中所涉及的贝西·黑德、尤妮蒂·道、贾旺娃·德玛等女性作家为提升女性地位、争取妇女权益做出了较大贡献，也在国际上产生了一定的影响。2019年，博茨瓦纳女性大型文集《博茨瓦纳女性书写》的出版也从侧面证明了博茨瓦纳女性文学的重要地位。在中国现当代文学史上也出现了诸如冰心、萧红、张爱玲、丁玲、张洁、残雪、王安忆等诸多杰出的女性作家，在创作心理、美学风格、主题表达等方面与博茨瓦纳女作家具有诸多遥相呼应之处，因而颇具对比研究的价值。上海师范大学卢敏教授曾在此方面做过有益尝试。在《中非文学中的女性主体意识——以张洁和贝西·黑德为例》一文中，卢敏教授"尝试比较张洁和贝西·黑德两位作家，以她们的代表作《祖母绿》和《玛汝》为主要研究对象，分析她们作品中女性主体意识明暗交错的表达方式，探讨中非文学中女性知识分子的女性主体意识的相似性"[①]。

中博双方可在具有世界性的研究议题中交流互鉴。在全球化语境下，如何在民族性与世界性之间寻求平衡，是中博当代文学要面对的共同议题。博茨瓦纳作家多用英语进行创作，这使得他们的作品能够在英语世界被直接阅读和传播，但也容易在与英语文学汇流的过程中丢失民族个性。本书所讨论的本土诗人贾旺娃·德玛就敏锐地意识到了西方文化对于本土价值观的侵蚀，她在创作实践中极力保留口头诗歌传统，张扬民族个性。除此之外，博茨瓦纳也成了诸多英美作家书写和表现的对象。本书中所涉及的诺曼·拉什、卡罗琳·斯洛特、凯特琳·戴维斯、亚历山大·麦考尔·史密斯便都属于这类作家，他们以异邦人和他者的视角或贴近或歪曲地塑造着博茨瓦纳，在很大程度上影响读者对于博茨瓦纳文学的认知与了解。如何在走向世界的过程中保持独立个性，彰显本土特色是博茨瓦纳作家和评论家要面对和解决的问题。反观中国，中国文学拥有着灿烂的文学成就，却在世界文学版图中处于边缘地位。越具有本土性的中国文学作品，往往越要面对着语言隔膜、文化差异等种种认同的困境，很难真正走向世界。加之西方强势文化的压制与刻意遮蔽，中国文学和博茨瓦纳文学都被定义为"非主流文学"，很难成为世界文学的主流。双方理应在互相学习、相互认同的过程中重新定义和表达自我。

---

① 卢敏：《中非文学中的女性主体意识——以张洁和贝西·黑德为例》，《当代作家评论》，2019年第5期，第178页。

中博双方应携手创造新的文学批评话语，为建构第三世界文学话语体系贡献力量。"如果说英美文学是第一世界文学，欧洲其他国家的文学包括亚洲的日本文学是第二世界文学的话，那么包括中国文学和非洲文学乃至其他语种和地区的文学在内的文学则可视为第三世界文学。"①然而，博茨瓦纳文学长期以来被看作"英联邦""后殖民"文学的附庸，创作和出版更是长期受制于人。与此对应，相关学术研究也被笼罩在西方的影响之下，国别研究不足、整体审视缺乏、平等观照不够等问题广泛存在。与博茨瓦纳类似，中国的文学研究也因长期受到西方的影响而产生了话语焦虑，在新时代语境中急切探寻新的出路。中博双方可立足百年文学发展史，寻求文化观念、价值立场上的相似之处，在交流互补中共同建构第三世界的文学批评话语。

现在，中国的非洲文学研究正方兴未艾，但博茨瓦纳英语文学的整体研究和宏观考察还处于阙如状态。本书在全面爬梳、综合考察的基础上，尝试以中国学者的文化立场对博茨瓦纳的文学发展历程进行梳理与勾勒，对博茨瓦纳的作家作品做出阐释与评价。由于条件所限，田野调查未能充分展开，获取的研究资料也比较有限，不当之处，敬请海内外读者不吝指正。

---

① 朱振武：《揭示世界文学多样性　构建中国非洲文学学——从坦桑尼亚作家古尔纳获诺贝尔文学奖说起》，《中国社会科学报》，2021 年 10 月 22 日，第 A04 版。

# 参考文献

## 一、著作类

1.Achebe, Chinua. *Morning Yet on Creation Day: Essays*, New York: Anchor Books, 1976.

2.Agbo, Joshua. *Bessie Head and the Trauma of Exile: Identity and Alienation in Southern African Fiction*, New York: Routledge, 2021.

3.Alverson, Hoyt. *Mind in the Heart of Darkness: Value and Self-Identity among the Tswana of Southern Africa.* New Haven(Conn.): Yale University Press, 1978.

4.Benton, Jill. *Naomi Mitchison: A Biography*, London: Pandora Press, 1992.

5.Bhagat, Rabi S., Annette S. McDevitt and B. Ram Baliga. *Global Organizations: Challenges, Opportunities, and the Future*, Oxford: Oxford University Press, 2017.

6.Blixen, Karen. *Out of Africa*, Trans. Zhou Guoyong and Zhang He, Changsha: Hunan People's Publishing House, 1987.

【卡伦·布里克森：《走出非洲》，周国勇、张鹤译，长沙：湖南人民出版社，1987年。】

7.Brown, Duncan. *Oral Literature & Performance in Southern Africa*, Oxford: James Currey, 1999.

8.Chen Jie (ed.). *The New Testament: Matthew*, Xi'an: Shaanxi Normal University General Publishing House, 2004.

【尘洁（编）：《圣经新约的故事：马太福音羊皮书》，西安：陕西师范大学出版社，2004年。】

9.Coetzee, J. M. *Summertime*, London: Harvill Secker, 2009.

10.Coetzee, J. M. *Summertime*, Trans. Wen Min, Hangzhou: Zhejiang Literature & Art Publishing House, 2017.

【J. M. 库切：《夏日》，文敏译，杭州：浙江文艺出版社，2017 年。】

11.Cornwell, Gareth, Dirk Klopper and Craig MacKenzie. *The Columbia Guide to South African Literature in English Since 1945*, New York: Columbia University Press, 2010.

12.Courlander, Harold. *A Treasury of African Folklore: the Oral Literature, Traditions, Myths, Legends, Epics, Tales, Recollections, Wisdom, Sayings, and Humor of Africa.* New York: Crown Publishers, 1975.

13.Davies, Caitlin. *Jamestown Blues*, London: Penguin, 1996.

14.Davies, Caitlin. *Place of Reeds*, Eastbourne: Gardners Books, 2005.

15.Davis, Geoffrey V., Peter H. Marsden, Bénédicte Ledent and Mare Delrez, eds., *Towards a Transcultural Future: Literature and Society in a 'Post'-Colonial World.* New York: Rodopi, 2005.

16.Daymond, M. J. and Dorothy Driver (eds.). *Women Writing Africa: The Southern Region (The Women Writing Africa Project, Volume 1)*, New York: The Feminist Press at CUNY, 2003.

17.Denbow, James and Phenyo C. Thebe. *Culture and Customs of Botswana*, Trans. Ding Yanyan, Beijing: Democracy and Construction Press, 2015.

【詹姆斯·丹博、芬尤·C. 赛博：《博茨瓦纳的风俗与文化》，丁岩妍译，北京：民主与建设出版社，2015 年。】

18.Denbow, James Raymond and Phenyo C. Thebe. *Culture and Customs of Botswana*, Westport: Greenwood Press, 2006.

19.Dow, Unity. *Far and Beyon'*, San Francisco: Aunt Lute Books, 2001.

20.Dow, Unity. *The Screaming of the Innocent*, Melbourne: Spinifex press, 2002.

21.Dow, Unity. The *Screaming of the Innocent*, Cape Town: Double Storey Books, 2003.

22.Dow, Unity and Max Essex. *Saturday Is for Funerals.* Trans. Lu Min and Zhu Yige, Wuhan: Wuhan University Press, 2019.

【尤妮蒂·道、麦克斯·埃塞克斯：《周末葬仪》，卢敏、朱伊革译，武汉：武汉大学出版社，2019 年。】

23.Finnegan, Ruth. *Oral Literature in Africa*, Cambridge: Open Book Publishers, 2012.

24.Foucault, Michel. *Madness and Civilization*, London: Tavistock, 1967.

25.Grinker, Roy Richard and Stephen C. Lubkemann (eds.). *Perspectives on Africa: A Reader in Culture, History and Representation*, Chichester: Wiley-Blackwell, 2010.

26.Gunn, James. *Alternate Worlds: The Illustrated History of Science Fiction*. Trans. Jiang Qian, Shanghai: Shanghai People's Publishing House, 2020.

【詹姆斯·冈恩：《交错的世界：世界科幻图史》，姜倩译，上海：上海人民出版社，2020 年。】

27.Head, Bessie. *A Question of Power*, Lake County: Waveland Press, 2017.

28.Head, Bessie. *A Question of Power*, Trans. Li Yan, Hangzhou: Zhejiang Gongshang University Press, 2019.

【贝西·黑德：《权力问题》，李艳译，杭州：浙江工商大学出版社，2019 年。】

29.Head, Bessie. *Maru*, London: Heinemann, 1995.

30.Head, Bessie. *The Collector of Treasures and Other Botswana Village Tales*, London: Heinemann Educational Books, 1977.

31.Head, Bessie. *When Rain Clouds Gather*, New York: Simon and Schuster, 1969.

32.Hemingway, Ernest. *By-Line Ernest Hemingway: Selected Articles and Dispatches of Four Decades*, *ed.*, Willian White. New York: Scribner, 1967.

33.Irele, Abiola. "Orality, Literacy, and African Literature", Tejumola Olaniyan and Ato Quayson(eds.), *African Literature: An Anthology of Criticism and Theory*（Ⅰ）, Trans. Yao Feng, Sun Xiaomeng and Wang Lin, et al., Shanghai: East China Normal University Press, 2020.

【阿比奥拉·艾瑞尔：《口头性，读写性与非洲文学》，泰居莫拉·奥拉尼央、阿托·奎森（主编）：《非洲文学批评史稿》（上），姚峰、孙晓萌、汪琳等译，上海：华东师范大学出版社，2020 年。】

34.James, King(ed.). *Bilingual Bible*. Shanghai: National Committee of Three-Self Patriotic Movement of the Protestant Churches in China, China Christian Council, 2007.

【双语版《圣经》（和合本·NIV），上海：中国基督教三自爱国运动委员会、中国基督教协会出版，2007 年。】

35.Kendi, Ibram X. *Stamped from the Beginning: The Definitive History of Racist Ideas in America*, New York: Public Affairs, 2017.

36.Kendi, Ibram X. *Stamped from the Beginning: The Definitive History of Racist Ideas in America*.Trans. Zhu Yena and Gao Xin, Beijing: Social Sciences Academic Press, 2020.

【伊布拉姆·X. 肯迪：《天生的标签：美国种族主义思想的历史》，朱叶娜、高鑫译，北京：社会科学文献出版社，2020 年。】

37.Kwanjana Chabwera, Elinettie. *Writing Black Womanhood: Feminist Writing by Four Contemporary African and Black Diaspora Women Writers*, London: Lambert Academic Publishing, 2010.

38.Krueger, Christine L., *Encyclopedia of British Writers: 19th and 20th Centuries(Volume 2)*, New York: Facts on File, 2003.

39.Lederer, Mary S. *Novels of Botswana in English, 1930-2006*, New York: African Heritage Press, 2014.

40.Li, Yongcai. *A History of South African Literature*, Shanghai: Shanghai Foreign Language Education Press, 2009.

【李永彩：《南非文学史》，上海：上海外语教育出版社，2009 年。】

41.Li, Zehou. *The Path of Beauty: Revised and Illustrated Edition*, Tianjin: Tianjin Academy of Social Sciences Press, 2001.

【李泽厚：《美的历程：修订插图本》，天津：天津社会科学院出版社，2001 年。】

42.Livingston, Julie. *Debility And Moral Imagination in Botswana*, Bloomington: Indiana University Press, 2005.

43.MacDonald, Ian P. *Alter-Africas: Science Fiction and the Post-Colonial Black African Novel*, New York: Columbia University, 2014.

44.Marx, Karl. *Conspectus of Lewis Morgan's Ancient Society*, Beijing: People's Publishing House, 1965.

【卡尔·马克思：《摩尔根〈古代社会〉一书摘要》，北京：人民出版社，1965 年。】

45.Mason, J. K. *Medico-Legal Aspects of Reproduction and Parenthood*, 2nd edition Cambridge: Athenaeum Press. Ltd., 1998.

46.Mazrui, Ali A. (ed.). *General History of Africa. VIII: Africa since 1935*, Trans. Tu Erkang et al., Beijing: China Translation & Publishing Corporation, 2003.

【A. A. 马兹鲁伊（主编）：《非洲通史·第八卷：一九三五年以后的非洲》，屠尔康等译，北京：中国对外翻译出版公司，2003 年。】

47.Mbiti, John S. *African Religions and Philosophy*, New York: Anchor Books, 1970.

48.McCall Smith, Alexander. *Blue Shoes and Happiness*, Edinburgh: Polygon, 2006.

49.McCall Smith, Alexander. *Morality for Beautiful Girls*, Trans. Fan Lei, Beijing: International Cultural Publishing House, 2004.

【亚历山大·麦考尔·史密斯：《漂亮女孩的美德》，范蕾译，北京：国际文化出版公司，2004 年。】

50.McCall Smith, Alexander. *Tears of the Giraffe*, New York: Anchor Books, 2002.

51.McCall Smith, Alexander. *Tears of the Giraffe*, Trans. Zhao Chongjin, Liu Lingyun, Beijing: International Cultural Publishing House, 2004.

【亚历山大·麦考尔·史密斯：《长颈鹿的眼泪》，赵重今、刘凌云译，北京：国际文化出版公司，2004 年。】

52.McCall Smith, Alexander. *The Miracle at Speedy Motors*, New York: Little Brown and Company, 2008.

53.McCall Smith, Alexander. *The No. 1 Ladies' Detective Agency*, New York: Anchor Books, 2002.

54.McCall Smith, Alexander. *The No. 1 Ladies' Detective Agency*, Trans. Wang Peng, Beijing: International Cultural Publishing House, 2004.

【亚历山大·麦考尔·史密斯：《拉莫茨维小姐》，王鹏译，北京：国际文化出版公司，2004 年。】

55.Meredith, Martin. *The State of Africa: A History of Fifty Years of Independence (I)*, Trans. Ya Ming, Beijing: World Affairs Press, 2011.

【马丁·梅雷迪思：《非洲国·五十年独立史》（上册），亚明译，北京：世界知识出版社，2011 年。】

56.Mitchison, Naomi. *Sunrise Tomorrow: A Story of Botswana*, New York: Farrar, Straus and Giroux, 1973.

57.Molema, Modiri Silas. *The Bantu, Past and Present; an Ethnographical & Historical Study of the Native Races of South Africa*, Edinburgh: W. Green & Son, 1920.

58.Monsarrat, Nicholas. *Richer Than All His Tribe*, Looe: House of Stratus, 2012.

59.Ojaide, Tanure. *Poetic Imagination in Black Africa: Essays On African Poetry*, Durban: NC Academic Press, 1996.

60.Plaatje, Sol T. *Mhudi: An Epic of South African Native Life a Hundred Years Ago*,

Lovedale: Lovedale Press, 1930.

61.Reid, Susan E. and David Crowley(eds.). *Style and Socialism: Modernity and Material Culture in Post-War Eastern Europe*, Oxford: Berg Publishers, 2000.

62.Rieder, John. *Colonialism and the Emergence of Science Fiction*, Middletown: Wesleyan University Press, 2008.

63.Rush, Norman. *Mating*. New York: Vintage Books, 1992.

64.Schreiner, Olive. *The Story of an African Farm*, Boston: Roberts Brothers, 1896.

65.Schreiner, Olive. *The Story of an African Farm*, Trans. Guo Kailan, Beijing: People's Literature Publishing House,1958.

【奥丽芙·旭莱纳：《一个非洲庄园的故事》，郭开兰译，北京：人民文学出版社，1958 年。】

66.Selolwane, Onalenna (ed.). *Poverty Reduction and Changing Policy Regimes in Botswana*, London: Palgrave Macmillan. 2012.

67.Shakespeare, William. *The Complete Works of Shakespeare (Volume V)*, Trans. Zhu Shenghao et al., Beijing: People's Literature Publishing House, 1994.

【莎士比亚：《莎士比亚全集》（五），朱生豪等译，北京：人民文学出版社，1994 年。】

68.《圣经·中英对照》（中文：和合本，英文：新国际版），上海：中国基督教三自爱国运动委员会，2007 年。

69.Slaughter, Carolyn. *Before the Knife: Memories of an African Childhood*, London: Black Swan, 2003.

70.St. Lys, Odette. *From a Vanished German Colony: a Collection of Folklore, Folk Tales and Proverbs from South-West-Africa*, London: Gypsy Press, 1916.

71.Taine, Hippolyte Adolphe. *Philosophy of Art*, Trans. Fu Lei, Nanjing: Jiangsu Phoenix Literature and Art Publishing House, 2018.

【伊波利特·阿道尔夫·丹纳：《艺术哲学》，傅雷译，南京：江苏凤凰文艺出版社，2018 年。】

72.Talabi, Wole (ed.). *Africanfuturism: An Anthology*, Chicago Brittle Paper, 2020.

73.Tlou, Thomas and Alec C. Campbell. *History of Botswana*, Gaborone: Macmillan Botswana, 1984.

74.Tucker, Martin (ed.). *Literary Exile in the Twentieth Century: An Analysis and Biographical Dictionary*, New York: Greenwood, 1991.

75.Vail, Leroy (ed.). *The Creation of Tribalism in Southern Africa*, Berkeley and Los Angeles: University of California Press, 1989.

76.Schlager, Neil Josh Lauer (eds.). *Contemporary Novelists (7th edition)*, Detroit: St. James Press, 2000.

77.Wan, Xiulan and Wei Li, et al. *Studies on Higher Education in Botswana*, Hangzhou: Zhejiang People's Publishing House, 2014.

【万秀兰、李薇等：《博茨瓦纳高等教育研究》，杭州：浙江人民出版社，2014 年。】

78.Wellek, René and Austin Warren. *Theory of Literature*, Trans. Liu Xiangyu et al., Hangzhou: Zhejiang People's Publishing House, 2017.

【勒内·韦勒克、奥斯汀·沃伦：《文学理论》，刘象愚等译，杭州：浙江人民出版社，2017 年。】

79.Woolf, Virginia. *Selected Works of Virginia Woolf*, Ware: Wordsworth Editions Limited, 2005.

80.Xiao, Kaiyu (ed.). *No Serenity Here: An Anthology of African Poetry in Amharic, English, French, Arabic and Portuguese*, Trans. Zhou Weichi et al., Beijing: World Affairs Press, 2010.

【萧开愚（主编）：《这里不平静：非洲诗选：中、法、葡、阿拉伯文、英文》，周伟驰等译，北京：世界知识出版社，2010 年。】

81.Xu, Renlong (ed.). *Guide to the World States: Botswana*, Beijing: Social Sciences Academic Press, 2007.

【徐人龙（编著）：《列国志：博茨瓦纳》，北京：社会科学文献出版社，2007 年。】

82.Xu, Renlong (ed.). *Guide to the World States: Botswana*, Beijing: Social Sciences Academic Press, 2010.

【徐人龙（编著）：《列国志：博茨瓦纳》，北京：社会科学文献出版社，2010 年 】 ]

83.Xu, Wei. *Ethnicity, Everyday Life and Social Change in Botswana*, Hangzhou: Zhejiang People's Publishing House, 2014.

【徐薇：《博茨瓦纳族群生活与社会变迁》，杭州：浙江人民出版社，2014 年。】

84.Yin, Hubin. *Ancient Classics and Oral Traditions*, Beijing: China Social Sciences Press, 2002.

【尹虎彬：《古代经典与口头传统》，北京：中国社会科学出版社，2002 年 】

85.Zhao, Xianzhang (ed.). *Essential Ideas from Twentieth-Century foreign Masterpieces in Aesthetics and Literary Studies*, Nanjing: Jiangsu Literature and Art Publishing House, 1987.

【赵宪章（主编）:《20世纪外国美学文艺学名著精义》，南京：江苏文艺出版社,1987年。】

86.Zhu, Zhenwu. *A Study on William Faulkner's Novel Creation from a Perspective of the Aesthetic of Psychology*, Shanghai: Academia Press, 2016.

【朱振武:《在心理美学的平面上——威廉·福克纳小说创作论》（增订版），上海：学林出版社，2016年。】

87.Zhu, Zhenwu. *Faulkner's Fiction Creation and His Influence in China*, Beijing: People's Literature Publishing House, 2015.

【朱振武:《福克纳的创作流变及其在中国的接受和影响》，北京：人民文学出版社,2015年。】

88.Zhu, Zhenwu. *Root and Flower of African English Literature*. Shanghai: Xuelin Publishing House, 2019.

【朱振武:《非洲英语文学的源与流》，上海：学林出版社，2019年。】

89.Zhu, Zhenwu (ed.). *A Study of African Literature in English*, Shanghai: East China University of Science and Technology Press, 2019.

【朱振武（主编）:《非洲英语文学研究》，上海：华东理工大学出版社，2019年。】

## 二、期刊类

1.Agbaw, S. Ekema and Karson L. Kiesinger. "The Reincarnation of Kurtz in Norman Rush's Mating". *Conradiana*, 2000, 32(1).

2.Anaya, S. James. "Report of the Special Rapporteur On the Situation of Human Rights and Fundamental Freedoms of Indigenous People". *United Nations Human Rights Council*, 2010.

3.Andersson, Muff and Elsie Cloete. "Fixing the Guilt: Detective Fiction and the No.1 Ladies' Detective Agency Series", *Tydskrif Vir Letterkunde*, 2006, 43(2).

4.Birch, Kenneth Stanley. "The Birch Family: An Introduction to the White Antecedents of the Late Bessie Amelia Head", *English in Africa,* 1995, 22(1).

5.Brière, Eloise A. "Writing in Cameroon, the First Hundred Years", *Tydskrif Vir Letterkunde*, 2016, 53(1).

6.Burke, Charlanne. "They Cut Segametsi into Parts: Ritual Murder, Youth, and the Politics of Knowledge in Botswana", *Anthropological Quarterly*, 2000, 73(4).

7.Caraivan, Luiza. "21st Century South African Science Fiction", *Gender Studies*, 2014, 13(1).

8.Chennells, Anthony. "Plotting South African History: Narrative in Sol Plaatje's 'Mhudi'", *English in Africa*, 1997, 24(1).

9.Couzens, Tim. "Sol T. Plaatje and the First South African Epic", *English in Africa*, 1987, 14(1).

10.Couzens, Tim and Brian Willan. "Solomon T. Plaatje, 1876-1932 An Introduction", *English in Africa,* 1976, 3(2).

11.Daymond, M. J. and Margaret Lenta. "'It was like singing in the wilderness': An Interview with Unity Dow", *Kunapipi*, 2004, 26(2).

12.Dennis, Caroline. "The Role of 'Dingaka tsa Setswana' from the 19th Century to the Present", *Botswana Notes and Records*, 1978, 10(1).

13.Dow, Unity. "How the global informs the local: The Botswana Citizenship Case", *Health Care for Women International*, 2001, 22(4).

14.Elder, Arlene. "Bessie Head: New Considerations, Continuing Questions", *Callaloo*, 1993, 16(1).

15.Evasdaughter, Elizabeth N. "Bessie Head's 'A Question of Power' Read as a Mariner's Guide to Paranoia", *Research in African Literatures*, 1989, 20(1).

16.Farrands, Peter. "Sound and vision: desert imagery in the work of Barolong Seboni", *Marang: Journal of Language and Literature*, 1999, 14(1).

17.Green, Michael. "Generic Instability and the National Project: History, Nation, and Form in Sol T. Plaatje's 'Mhudi'". *Research in African Literatures*, 2006, 37(4).

18.Han, Beiping. "A Brief Discussion of Afro-West African Oral Literature", *World Literature*, 1963(9).
【韩北屏：《略谈西非黑人口头文学》，《世界文学》，1963 年第 9 期。】

19.Harrison, C. and A. Spiropoulou. "Introduction: History and Contemporary Literature". *Synthesis: an Anglophone: Journal of Comparative Literary Studies*, 2015, 0(8).

20.Hassim, Shireen. "The White Child's Burden", *The Women's Review of Books*, 2002, 20 (2).

21.Jiang, Hui. "From 'National Problems' to 'Post-national Problems': Analysis and Criticism of Two Types of 'Times' in the Study of Western African Literature", *Theory and Criticism of Literature and Art*, 2019(6).

【蒋晖：《从"民族问题"到"后民族问题"——对西方非洲文学研究两个"时代"的分析与批评》，《文艺理论与批评》，2019 年第 6 期。】

22.Jin, Li. "Eco-feminism", *Foreign Literature*, 2004(5).

【金莉：《生态女权主义》，《外国文学》，2004 年第 5 期。】

23.Larson, Charles. "Anglophone Writing from Africa", *Books Abroad*, 1974, 48(3).

24.Lu, Min. "Female Subjectivity in Chinese and African Literature: A Case Study of Zhang Jie and Bessie Head", *Contemporary Writers Review*, 2019(5).

【卢敏：《中非文学中的女性主体意识——以张洁和贝西·黑德为例》，《当代作家评论》，2019 年第 5 期。】

25.Maruatona, T. "State Hegemony and the Planning and Implementation of Literacy Education in Botswana", *International Journal of Educational Development*, 2004, 24(1).

26.Mokwape, Queen. "Botswana, the once Bechuana Dynasty", *China Investment*, 2017(16).

【奎因·莫科伍佩：《博茨瓦纳——曾经的贝专纳王朝》，李丛译，《中国投资》，2017 年第 16 期。】

27.Moswela, Bernard. "Teacher Professional Development for the New School Improvement: Botswana", *International Journal of Lifelong Education*, 2006, 25(6).

28.Nyabongo, Virginia Simmons. "Praise Poems of Tswana Chiefs by Tswana Chiefs Review by: Virginia Simmons Nyabongo", *Books Abroad*, 1966, 40(4).

29.Oyegoke, Lekan. "Boleswa Writing And Weathercock Aesthetics Of African Literature", *Journal of Literary Studies*, 2016, 32(4).

30.Parsons, Neil. "Unravelling History and Cultural Heritage in Botswana", *Journal of Southern African Studies*, 2007, 32(4).

31.Phetlhe, Keith. "Translation and Botswana Literature in Setswana Language: A Postcolonial Criticism and Practice", *Africana Studies Student Research Conference.* 2018(2).

32.Preez, Jenny Boźena du. "Liminality and Alternative Femininity in Sol T. Plaatje's 'Mhudi'", *English in Africa*, 2017, 44(2).

33.Qin, Pengju. "The Comparison of Poetics Between Chinua Achebe and Lu Xun", *Journal of Southwest Minzu University (Humanities and Social Science)*, 2018, 39(8).

【秦鹏举：《阿契贝与鲁迅诗学比较》，《西南民族大学学报》（人文社科版），2018 年第 8 期。】

34.Saren, Somali. "Detecting Postcolonial McCall Smith's Lady Detective and Botswanian Crime Scene", *Glocal Colloquies*, 2016, 2(1).

35.Shi, Pingping. "A Stranger of African Descent in Britain: The Nobel Prize Winner Gurnah and His Works", *Theory and Criticism of Literature and Art*, 2021(6).

【石平萍：《非洲裔异乡人在英国：诺贝尔文学奖得主古尔纳其人其作》，《文艺理论与批评》，2021 年第 6 期。】

36.Xia, Yan. "Racism and Black African Literature: From Tradition to Modernity", *Foreign Literature Review*, 2011(1).

【夏艳：《种族主义与黑非洲文学：从传统到现代》，《外国文学评论》，2011 年第 1 期。】

37.Xu, Ben. "Canonizing Frantz Fanon in Postcolonial Cultural Studies", *Comparative Literature in China*, 2006, 64(3).

【徐贲：《后殖民文化研究中的经典法农》，《中国比较文学》，2006 年第 3 期。】

38.Xu, Wei. "Ethnic Issues in Botswana", *Journal of World Peoples Studies*, 2013(2).

【徐薇：《博茨瓦纳民族问题研究》，《世界民族》，2013 年第 2 期。】

39.Xuereb, Paul. "Nicholas Monsarrat (1910-1979)", *The Gozo Observer*, 2001, 44(5).

40.Yaszek, Lisa. "Afrofuturism, Science Fiction, and the History of the Future", *Socialism and Democracy*, 2006, 20(3).

41.Zhang, Ying. "Interpreting Coetzee's *Youth* with the Theory of Post-colonialism", *Jin Gu Creative Literature*, 2021(31).

【张影：《用后殖民主义理论解读库切的〈青春〉》，《今古文创》，2021 年第 31 期。】

42.Zhou, Jiajun. "Why is *Decoded* a Global Bestseller, Author Mai Jia Talks with Translator Olivia Milburn and Christopher Payne", *Cultural Dialogue*, 2006(3).

【周佳俊：《〈解密〉为何能畅销全球，作家麦家对话翻译家米欧敏、克里斯托夫·佩恩》，《文化交流》，2006 年第 3 期。】

43.Zhu, Zhenwu and Luechang Liu. "Historic Evolution of 'Sideline' English Literature, Its Translation and Impact in China", *Soochow Academic*, 2015(2).

【朱振武、刘略昌：《"非主流"英语文学的历史嬗变及其在中国的译介与影响》，《东吴学术》，2015 年第 2 期。】

44.Zhu, Zhenwu and Junqing Yuan. "The Epochal Representation of Diaspora Literature and Its World Significance: A Case Study of African English Literature", *Social Sciences in China*, 2019(7).

【朱振武、袁俊卿：《流散文学的时代表征及其世界意义——以非洲英语文学为例》，《中国社会科学》，2019 年第 7 期。】

# 三、报纸类

1.Lu, Jiande. "Colonization, Refugee, Immigration: Keywords Related to Gurnah", *Chinese Social Sciences Today*, November 11, 2021, 06.

【陆建德：《殖民·难民·移民：关于古尔纳的关键词》，《中国社会科学报》，2021 年 11 月 11 日，第 6 版。】

2.Zhu, Zhenwu. "The Revelation of the Diversity of World Literature and The Discipline Construction of Sino-African Literature", *Chinese Social Sciences Today*, October 22, 2021, A04.

【朱振武：《揭示世界文学多样性 构建中国非洲文学学》，《中国社会科学报》，2021 年 10 月 22 日，第 A04 版。】

# 四、网站类

1.Agbelusi, Tolu. "May I Never Be A Slave to Speed", *Tolu Agbelusi,* May 23, 2020, toluagbelusi.com/site/2020/05/23/may-i-never-be-a-slave-to-speed.

2.Ali, Richard. "Poets Talk: 5 Questions with TJ Dema", *Konya Shamsrumi*, December 17, 2019, shamsrumi.org/poets-talk-5-questions-with-tj-dema/

3.Bailey, Michael and Tlotlo Tsamaase. "Wired to the Heart", *Written Backwards*, July 29, 2019, blog.nettirw.com/tag/tlotlo-tsamaase.

4.Collins, Sam P.K. "Martin Delany: The Father of Black Nationalism", *The Washington Informer,* February 24, 2021, www.washingtoninformer.com/martin-delany-the-father-of-black-nationalism.

5.Gaines, Luan and Carolyn Slaughter. "An Interview with Carolyn Slaughter", Mar 25, 2022, https://www.curledup.com/intcslau.htm.

6.*Goodreads*, July 15, 2022, www.goodreads.com/author/show/7151850.Caitlin_Davies.

7.Head, Bessie. "Why Do I Write", *Bessie Head home*, June 21, 2022, www.thuto.org/bhead/html/editorials/why_do_i_write.htm.

8.Klemesrud, Judy. "'The Gods Must Be Crazy' — A Truly International Hit", *New York Times*, April 28, 1985, www.nytimes.com/1985/04/28/movies/the-gods-must-be-crazy-a-truly-international-hit.html.

9.Mason, Wyatt. "*In the New York Times:* Norman Rush's Brilliantly Broken Promise", *Peace Corps Worldwide*, September 03, 2013, nytimes.com/2013/09/01/magazine/norman-rushs-brilliantly-broken-promise.html.

10.Mathala, Sharon. "Segametsi unveiling reminder of uncompleted investigations", *Mmegi Online*, April 27, 2015, mmegi.bw/news/segametsi-unveiling-reminder-of-uncompleted-investigations/news

11. "Nonchalant by Cheryl S. Ntumy", *Will This Be A Problem*, Acessed July 23, 2022, willthisbeaproblem.co.ke/nonchalant-by-cheryl-s-ntumy.

12.Okorafor, Nnedi. "African Science Fiction is Still Alien", *Nnedi's Wahala Zone Blog*, January 16, 2014, nnedi.blogspot.com/2014/01/african-science-fiction-is-still-alien.html.

13.Pace, Eric. "Nicholas Monsarrat, Novelist, Dies; Wrote War Epic 'The Cruel Sea'", *The New York Times,* August 9, 1979, nytimes.com/1979/08/09/archives/nicholas-monsarrat-novelist-dies-wrote-war-epic-the-cruel-sea-wrote.html?_r=0.

14.Parasecoli, Fabio. "A Poem Against Coca-Cola: Welcome to 1950 Stalinist Poland", *Fabio Parasecoli*, July 4, 2019, fabioparasecoli.com/a-poem-against-coca-cola-welcome-to-1950-stalinist-poland.

15.Payne, Dani, and Isobel Clark. "Q&A: The 'Self-Confessed Rambler': In Conversation with T J Dema", *Africa in Words*, June 20, 2019, africainwords.com/2019/06/20/qa-the-self-confessed-rambler-in-conversation-with-tj-dema.

16.Seboni, Barolong. "Under the Sun", *The International Writing Program*, June 12, 2022, iwp.uiowa.edu/sites/iwp/files/IWP2003_SEBONI_barolong.pdf

17.Seboni, Barolong. "The International Writing Program: Why I Write What I Write", *The International Writing Program,* June 19, 2022, iwp.uiowa.edu/sites/iwp/files/SeboniWhyIWrite.pdf

18.Silet, Charles L. P. "The Possibilities of Happiness: a conversation with Alexander McCall Smith", *Mjstery Scene*, July 21, 2022, www.mysteryscenemag.com/46-articles/feature/91-the-possibilities-of-happiness-a-conversation-with-alexander-mccall-smith?showall=1.

19.Smith, J. Y. "Author Nicholas Monsarrat Dies", *Washington Post*, August 9, 1979, washingtonpost.com/archive/local/1979/08/09/author-nicholas-monsarrat-dies/c96551dd-e24c-4935-843f-3c6e3a7f3d78/.

20.Thompson, Tade. "Please Stop Talking About the 'Rise' of African Science Fiction", *Literary Hub*, September 19, 2018, lithub.com/please-stop-talking-about-the-rise-of-african-science-fiction.

21.Tsamaase, Tlotlo. "The Thought Box", *Clarkesworld Science Fiction and Fantasy Magazine*, April 20, 2020, clarkesworldmagazine.com/tsamaase_04_20.

22. "Botswana Demographic profile", *Index Mundi*, September 18, 2021, www.indexmundi.com/botswana/demographic_profile.html.

23. "Brief Biography", *Bessie Head home*, June 21, 2022, www.thuto.org/bhead/html/biography/brief_biography.htm.

24. "An Interview with Cheryl S.Ntumy", *Will This Be A Problem*, Accessed July 23, 2022, willthisbeaproblem.co.ke/cheryl-s-ntumy-interview.

25. "Culture clash in Botswana", *Mail & Guardian*, September 9, 2005, mg.co.za/article/2005-09-09-culture-clash-in-botswana.

26. "Family Photos2", *Bessie Head home*, June 21, 2022, www.thuto.org/bhead/html/biography/familyphotos2.htm.

27. "Feature: Botswana writers add black voices to science fiction genres", *Xinhuanet*, March 18, 2021, http://www.xinhuanet.com/english/africa/2021-03/18/c_139819958.htm.

28. "Lawyer publishes HIV/AIDS novel", *Sunday Standard*, October 6, 2013, http://www.sundaystandard.info/lawyer-publishes-hiv-aids-novel/

29. "Poem By Barolong Seboni", *FET Phase English Resource*, December 07, 2017, https://rsacurriculum.wordpress.com/2017/12/07/poem-by-barolong-seboni/

30. "Prevalence of HIV, total (% of population ages 15-49) - Botswana", *World Bank Open Data*, July 15, 2022, data.worldbank.org/indicator/SH.DYN.AIDS.ZS?locations=BW.

31. "Spotlight – Tlotlo Tsamaase", *Dragonfly.eco*, February 10, 2021, dragonfly.eco/spotlight-tlotlo-tsamaase.

32 "The White Man's Burden", Wikipedia, August 5, 2022, https://en.wikipedia.org/wiki/The_White_Man%27s_Burden

33.Mogami, Gaamangwe Joy, Mogami, Bame and Barolong Seboni. "The History and Future of Literature in Botswana: A Dialogue with Barolong Seboni". *Africa in dialogue*, September 30, 2016, africaindialogue.com/2016/09/30/the-history-and-future-of-literature-in-botswana-a-dialogue-with-barolong-seboni/

# 🍂 附 录 🍃

## 博茨瓦纳英语文学大事年表

**1858 年**

大卫·利文斯通创作了《南非传教旅行和研究》。

**1901 年**

索尔·T.普拉杰创办了第一份博茨瓦纳英语周刊《博茨瓦纳新闻报》。

**1912 年**

南非原住民国民大会成立。

**1916 年**

由索尔·T.普拉杰编写的《茨瓦纳语谚语及字面翻译和对应的欧洲翻译》和《茨瓦纳读者国际拼音法》出版。

**1930 年**

索尔·T.普拉杰的小说《穆迪：一百年前的南非生活史诗》出版，是最早为茨瓦纳人界定身份的小说之一。

**1934 年**

尼古拉斯·蒙萨拉特的第一部小说《思考明天》正式出版。

**1939 年**

提勒·迪桑·拉迪特拉迪的历史剧《莫茨瓦塞勒二世》出版。

**1951 年**

尼古拉斯·蒙萨拉特的小说《残酷之海》出版。

**1952 年**

尼古拉斯·蒙萨拉特的小说《残酷之海》因其激动人心的战斗场景和对大西洋之战的真实描绘而获得海涅曼文学奖。

**1959 年**

提勒·迪桑·拉迪特拉迪建立了贝专纳保护地的第一个非洲原住民政党"贝专纳保护地联邦党"。

**1960 年**

博茨瓦纳历史上第一个全国性政党——贝专纳人民党成立。

**1962 年**

贝专纳民主党成立。

**1963 年**

娜奥米·米奇森成为巴科哈特拉部落顾问。

**1965 年**

娜奥米·米奇森的小说《我们何时成为男人》出版。

**1966 年 9 月 30 日**

贝专纳正式独立，更名为博茨瓦纳共和国。

**1966 年**

娜奥米·米奇森的自传《重返仙女山》出版。

**1968 年**

贝西·黑德第一部长篇小说《雨云聚集之时》出版。

**1973 年**
贝西·黑德最成熟的作品《权力问题》出版。

**1973 年**
娜奥米·米奇森的小说《太阳明天升起：博茨瓦纳的故事》出版。

**1980 年**
博茨瓦纳作家协会成立。

**1981 年**
卡罗琳·斯洛特的小说《卡拉哈里之梦》出版。

**1982 年**
博茨瓦纳大学成立。

**1986 年**
贝西·黑德去世。

**1986 年**
诺曼·拉什的短篇小说集《白人》出版。

**1986 年**
巴罗隆·塞卜尼的第一部诗集《太阳的图像》出版。

**1991 年**
诺曼·拉什的长篇小说《交配》出版，赢得了美国国家图书奖。

**1998 年**
亚历山大·麦考尔·史密斯的侦探小说《第一女子侦探社》出版。

**2000 年**

尤妮蒂·道第一部小说《比远方更远》出版。

**2002 年**

卡罗琳·斯洛特的回忆录《刀锋之前：非洲童年生活回忆录》出版。

**2003 年**

贝西·黑德被追授南非天堂鸟金勋章。

**2005 年**

凯特琳·戴维斯回忆录《芦苇地》出版。

**2007 年**

博茨瓦纳成立了贝西·黑德遗产信托基金和贝西·黑德文学奖。

**2011 年**

巴罗隆·塞卜尼的作品《茨瓦纳谜语：英语译文》出版。

**2011 年**

亚历山大·麦考尔·史密斯被授予博茨瓦纳总统功绩勋章。

**2014 年**

贾旺娃·德玛的诗歌作品《下颌》被非洲诗歌图书基金选中出版。

**2018 年**

贾旺娃·德玛的作品《粗心裁缝》获得了西勒曼非洲诗人一等书奖。

**2021 年**

特罗特洛·特萨马瑟成为诺莫奖首任博茨瓦纳得主，获奖作品为短篇小说《在我们的虹膜之后》。